解放者

特殊捜査班カルテット２

角川文庫
19399

目次

指揮官

カスミ

クチナワが用意したのは、JR渋谷《しぶや》駅に近い雑居ビルの一室だった。あたり一帯の地上げが進み、解体が決まっているのか白い鉄板で周囲をおおわれている。左右の建物はすでに解体が終わっていて、囲いの内側は空き地になっていた。

囲いにとりつけられた作業員用の出入口の前にバンが止まっていた。運転席にいるのはトカゲだ。

タクシーを降りたカスミが歩みよっていくと、トカゲはバンを降り、周囲の安全を確認してから、囲いにとりつけられた小さな扉を開いた。カスミはそれをくぐって封鎖された廃ビルの敷地に入った。

ビルは、昭和の、それも早い時代に建てられたような、重厚な造りをしていた。入口にはアーチ型の車寄せがあり、そこにクチナワが車椅子を止めて待っていた。

再開発が決定した広い区域の中の、ぽつんと一棟だけ残ったビルなのであたりはひどく静かだ。ハチ公前の交差点と、直線距離でならほんの五百メートルもないというのが信じられない。

カスミはミニスカートにブーツという服装だった。サングラスをかけている。よく晴れた日で、空き地には強い光が注いでいる。ほんの一年前だったら、このあたりにはほとんど日がささなかったろう。古いビルが建ち並ぶ、ごみごみとした一角だったのだ。

クチナワはだが、その太陽光を嫌うようにアーチの下にいた。車寄せのカーブを登り、歩行者のための石段にカスミは腰をおろした。日なたにいたかった。

クチナワの車椅子がモーター音をたてた。日なたと日陰の境まで進んでくる。

「ここが新しいベースなの」

カスミはいった。クチナワは首をふった。

「ここに新しく建つビルにベースをかまえようと考えている。渋谷なら君らがきても目立たないし、セキュリティが万全の建物になると聞いているのでね。今日はいわば、その下見にきた」

カスミはフン、と笑った。

「いったい、いつの話。チームがあと二年も三年もつづくと思っているの」

「それはわからない。だが、彼らがいなくなれば、また新しい人間を捜すまでだ。そのときは一チームではなく、複数のチームを動かせればよいのだが」

「勝手にやればいいでしょう。あたしには関係ない」

カスミはいって、バッグから煙草をとりだした。

「君には協力してもらう。私の、この部隊には、君の存在が不可欠だ」

クチナワはおだやかな口調でいった。

「いつまでもあたしがつきあうと思わないで。嫌になったら、二度と会わない」

カスミはクチナワめがけ煙を吐きだした。

「彼らともかね」

「当然じゃない。残りの一生で二度と会わないでしょう」

「君はまだ嘘が下手だ。前回の任務で、君ら三人のあいだには特殊なシンパシーが生まれたと私は理解している」

「それはタケルとホウの二人のあいだだけの話よ。女のあたしには入っていけない関係がある」

クチナワは笑みを浮かべた。

「それを君は残念だと思っている」

「冗談でしょう。ガキっぽいのにはつきあえない」

「彼らはガキではない。ときにひどく大胆になるが、自分をコントロールする術《すべ》を身につけている。前回、それを証明した。君のリポートにもあった」

「確かに二人は特別よ。彼らでなければ、ミドリ町のあの状況をクリアできなかった。

ホウにはすごいプレッシャーがあったろうし、タケルやあたしは不安でたまらなかった」

「ホウの裏切りを警戒したかね」

「初めはね。でも途中からまるで考えなくなった。ホウは本当の自分をわかっていなかったと思うの。でもミドリ町でかわった。リンに対して抱いていた感情とはちがう気持を、タケルにもったと思うの。でもその一方で、リンを失ったのとはちがう傷を負った。この十日くらい、めちゃくちゃ塞《ふさ》ぎこんでいる」

「その理由は、彼のアイデンティティーの問題か」

「たぶん。でもあたしたちは踏みこめないし、そうしてはいけないとも思う」

「なるほど」

「今、ホウが憎しみや怒りを抱くとすればあなたね。ミドリ町に送りこみ、彼を混乱させた張本人なのだから」

カスミは楽しげにいった。

「怒りの矛先を私に向けたいのかね」

クチナワは動じなかった。

「嫌われ者は必要よ。あなたが尊敬されることなんてありえないのだから、悪役に徹してくれたほうが、チームの結束力は増す」

クチナワは答えなかった。カスミは煙草の吸いさしを石段に押しつけた。

「彼らの報酬をトカゲに預けてある。君から届けてやってくれ」

「新しい任務は？」

からかうようにカスミは訊《たず》ねた。

「藤堂《とうどう》が動いているという情報がある」

カスミの表情が凍りついた。笑みが消え、クチナワを見つめた。だが日陰でうつむいているクチナワの顔ははっきり見えなかった。カスミはサングラスを外した。

「本当なの?!」

「君には接触していないのか」

「するわけないじゃない。パパはもう、あたしには二度と会わない」

「それは私を前にした場合においてのみの、君の願いだ。実際は異なる。君は藤堂に会いたいと思い、藤堂もおそらく同じ気持だろう。だが私の存在がそれを邪魔している」

カスミはクチナワをにらんだ。

「あたりまえじゃない。あなたとパパは敵どうし」

「では君は？　私の敵かね。それとも藤堂の敵かね」

カスミは唇を強くかんだ。光る目でクチナワを見すえ、首をふった。

「どちらにも味方しない。あなたにもパパにも。もしあたしたちをパパのことで使うつもりなら、あたしは降りるわ。二人がどうするかはあなたが訊《き》いて」

クチナワは顔を上げた。冷ややかな笑みがその頬に浮かんでいる。

「動いているという情報はあっても、日本国内に入ったという知らせはまだない。したがって君らを藤堂がらみの任務につけることは、今はない」

「本当に？　嘘をいって、別の任務に見せかけて、あたしたちを駆りだすことはしない？」

険しい口調でカスミはいった。クチナワは首をふった。

「そんな真似をすれば、苦労して築いた、君との関係が崩れる。私は犯罪者には冷酷だが、協力者にはフェアでいたいと思っている」

「『グリーン』のマスターにもそういえば」

カスミは言葉を投げつけた。

クチナワはつかの間、沈黙した。やがて、

「彼だって、それは否定しない。私に裏切られたと、もし彼が思っているのなら別だが」

「さあね。あたしはそこまで聞いたことがない。タケルとホウは知らないけれど」

クチナワはさらに車椅子を進めた。骸骨《がいこつ》のような顔に日があたり、鋭い目がカスミを見すえた。まぶしさを感じていないかのようだ。

「このチームを消耗品だと考えたことはない」

「『グリーン』のマスターたちはちがったの？」

クチナワの視線をうけとめ、カスミは訊ねた。クチナワの目がそれた。

「軍隊における兵士は消耗品だ。少なくともあのときは、そう思っていた。そのことを今は後悔している」

「でもあなたは辞めていない。マスターは辞めた」

「それが指揮官の務めだ。敗北が決まれば指揮官は職を失うが、私にとっての戦いは、すべて終わったわけではない。あの男にとっての戦いは、ちがった」

クチナワは厳しい口調でいった。

「私が敗北を認めれば、失われた者たちは決して許さないだろう。私は何度でも兵を集め、戦う義務がある。ただし、同じ戦法はとらない」

カスミは息を吐いた。二人はしばらく無言で見つめあった。

「君らには、しばらくトレーニングをつづけていてもらいたい。新しい任務は、一ヵ月以内に決まる筈《はず》だ」

やがてクチナワがいった。

アツシ

タケルの家でスパーリングをするのが日課になっていた。いっしょにいても二人はあまり口をきかない。だが体を動かしたいという欲求は一致している。

タケルは独自の格闘技を身につけていた。ホウはそれを教わり、かわりに自分が習った拳法《けんぽう》を教えた。タケルの呑《の》みこみは早かった。

その理由がホウにはわかった。

人は武術を習うとき、まずは「強くなりたい」と願う。それは健康のためであったり、自信を得たい、という理由からだ。日本では、礼儀作法を身につけるために武術を習うと聞いたことがあった。中国でも近い考え方をする。人としての道に背いた武術は、ただの暴力でしかない、と説くのだ。

しかしどれほど鍛練を積もうと、強くなれない人間はいる。練習ではそれなりの結果をだせるのに、実戦はからきし駄目なのだ。なぜかはわかっている。

恐れがあるからだ。自分が傷つくこと、相手を傷つけることへの恐れが、体の動きを鈍らせる。

相手を恐れるのはいい。だが相手のほうが自分より優れていると思ってしまったら、実戦では決して勝てない。

タケルにはそれがない。どんな相手であろうと、戦うからには倒す、という信念がある。したがって、敵に呑まれることがない。敵の弱点を見抜く冷静さがある。恐怖にかられて実際以上に敵を過大評価しないのだ。

もちろんそれが仇《あだ》になるときもあるだろう。自分よりはるかに強い相手に対しても、タケルは「勝つ気」で向かっていく。

トカゲがそうだった、とタケルはいった。その気になれば、トカゲは素手であっという間に俺を殺せた」


「あいつにはまるで歯が立たなかった。その気になれば、トカゲは素手であっという間
に俺を殺せた」

「殺すことを恐れたら負けるぞ」

ホウはいった。ギャングの戦いはいつもそうだ。

「殺さずに勝ちたいなんて思ってたら、あべこべに殺されちまう。といって、殺されたくないってびびっていたら、絶対に勝てない」

「結局、心臓の問題か」

タケルがつぶやき、ホウは頷《うなず》いた。

「リンのボディガードをしていたときが、俺は一番強かった。リンのためなら、いつ死んでもかまわないと思っていたからな」

「そのリンが死んじまって、弱くなったってのか」

タケルはホウを見つめた。

「たぶんな」

ホウは答えた。

「じゃ、死にたいと思ったか」

「死んでもかまわないとは思った」

「今も、か」

ホウは息を吐いた。タケルから目をそらす。

「答えろよ」

「半分くらいはそうだ。俺なんて生きていたってしかたがない、と思ってる」

タケルは怒ったようにホウの視線をとらえた。

「残りの半分は？」

「わからねえ」

「わからねえ？」

「俺はずっと自分を中国人だと思ってた。日本人にロクな奴はいなかったし、大きくなったら中国に帰りたいとガキの頃から願っていたんだ。だが、もし中国に帰っても、きっと俺は居場所を見つけられないような気がしてきた」

「ミドリ町でそう思ったのか」

「それもある。結局のところ、俺は中国人でも日本人でもない、ひどくハンパな人間なんだ」

「どっちでもないってことは、どっちにもなれるってことじゃないのか」

ホウは首をふった。

「そんな簡単なことじゃねえ」

「そうかもしれない。けど、しようと思ったらできる。俺はミドリ町で、お前がふつうに中国人と喋《しゃべ》っているのを見て、すげえと思った。お前が俺たちと話していたら、誰だって日本人だと思う。お前は嫌かもしれないがな。その一方で、俺は、お前を中国人にしか見ていなかった。どっちもやれるってけっこうすごいことじゃないか」

「やりたくてなったわけじゃない」

「そんなことはわかってる。もしかしたらお前は、ふつうの中国人か日本人になりたかったと考えているのかもしれん。日本人はないか」

ホウは無言だった。どのみち、どちらにもなれないのだ。

「どっちでもないからって死にたいか」

タケルが真剣な顔でいった。ホウは笑った。

「さすがにそこまでは思わない。自分が中国人だか日本人だかわからないから死にたい、なんていったら、バカだろう」

「ああ、バカだ。難しいことは、お前じゃない俺にはわからない。けれど、お前は、そう悪くない、と思う。ムカつくけど、カスミはお前をすごく買ってる」

ホウは皮肉をこめた目でタケルを見た。

「ムカつくのは、カスミにか。それともカスミが俺を買ってることに対してか」

タケルの顔がわずかに赤くなった。

「うるせえ」

お前、惚《ほ》れてるだろう、という言葉をホウは呑みこんだ。当たっているだろうが、もしそれをいえば、タケルは本気で怒りだす。

タケルの口から、その生い立ちを少し聞いた。

こいつは今まで女とつきあったことがないのかもしれない、と思った。

ホウは女には不自由しなかった。リンのボディガードになる前から周囲に女はいたし、リンとくっついてからは、嫌になるほど女が寄ってきた。それこそ中国人だろうと日本人だろうと、いくらでも、どうにでもなった。

タケルは、きっと女を好きになったことがない。誰かを好きになったら、怒りだけで生きていくなんてできない。だから女を好きになるのを、自分に許さなかったのだ。

そんな奴が日本人にいるなんて。

ホウは息を吐いた。日本人はもっと軟弱で、根性のない奴らばかりだと思っていたのだ。

タケル

「つきあってほしいところがある」

カスミに会うのは一週間ぶりだった。一週間前、クチナワからだ、と百万円の現金をもってきたのだ。ホウにも同じ額を届けた、といった。

タケルは顔が熱くなるのを感じた。また髪をのばしているようだ。化粧はあまりしていないが、ムカつくほどかわいい。

「どこだよ」

「山」

「はあ？」

「うまく説明できないんだけど、福島《ふくしま》県と栃木《とちぎ》県の境の山奥に温泉がある。そこにいきたい」

「温泉？　婆さんか、お前」

「別に温泉が目的なわけじゃない。あんたたちに見せたい施設がある。郡上《ぐじょう》さんて人がやっていて、お寺みたいな修行場みたいなところ。すっごい山奥にある」

あんたたち、という言葉に気づいた。

「ホウもか」

カスミは頷いた。

「二人に見せたい」

「何があるんだ」

「クスリとかで駄目になっちゃった人を立ちなおらせている。ヤク抜きさせて、木工技術みたいのを勉強させる」

「刑務所みたいだな」

「刑務所をでて、でも家族や社会にもうけいれてもらえないようなヤク中をひきうけているんだ」

「その郡上ってのは坊さんなのか」

「本物のお坊さんとはちがうよ。ボランティアでやってるんだ」

タケルは黙った。ずっと待っているのに飽き飽きはしていた。

「郡上さんにも会わせたいんだ。きっといろいろ勉強になる」

「その郡上てのは、クチナワの仲間か」

もしかしたら「グリーン」のマスターと同じ、元警官なのかもしれない、と思った。

だがカスミは首をふった。

「ちがう。あたしのほうの人」

「何だ、それ」

カスミは一瞬黙った。

「あたしの父親の知り合い」

「お前の父親……」

タケルは驚いていった。

「そう。だから小さい頃から、あたしは知ってる。親戚《しんせき》のおじさんみたいなもの。いったらきっと歓迎してくれるし、いろいろ教えてくれる」

タケルはカスミを見つめた。こいつが、自分の親戚のような人間にタケルやホウを会わせようとしているなんて信じられなかった。

だが嬉《うれ》しい。

「別に俺はいいが、ホウは何だって」

気持を気づかれまいと、ぶっきら棒に訊《き》いた。

「タケルがいくのならいいって。あたしと二人じゃまっぴらだって」

タケルは一瞬かっとなった。自分はカスミと二人だったらどうしたろう。喜んでいく、とホウに思われているのではないか。だとしたらムカつく話だ。

「つきあってやるよ」

タケルはいった。

カスミ

出発の日、三人は渋谷で待ち合わせた。「グリーン」のマスターが知り合いから借りてくれた、古い国産セダンに乗ってホウとタケルはやってきた。ハンドルを握っているのはホウだ。助手席にすわるタケルは嬉しそうだった。

「何か妙だよな。俺ら三人でどっかいくのって」

スプリングのへたった後部シートにカスミが乗りこむと、いった。

「変じゃないよ、別に」

カスミがいうと、ルームミラーの中でホウが見た。

「クチナワは知ってるのか。俺らがでかけること」

「知らない。いう必要もないし」

カスミはそっけなく答えた。郡上のことを思いだしたのは、クチナワが父親の話をしたからだ。もっといえば、郡上に会えば、何か父親の新しい話を聞けるかもしれない、と思ったのだ。携帯電話もつながらないようなど田舎なのに、郡上はどうやってか、カスミの父親についていつも何かしら情報を得ている。

郡上に会い、その修行場を見せたら、ホウとタケルに、父親の話をしようと考えていた。

渋谷は、どんよりと曇っている。この街はいつきてもむし暑いような気がする。渋谷は好きだが、ふつうの女の子のようにここで過したことは一度もない。

いつかできるだろうか。用もないのにぶらぶらしたり、友だちとお茶するようなことが。

それができる頃には、きっとおばさんになっていて、渋谷じゃ浮きまくるだろう。でもかまわない。いつか、きっと、必ず、渋谷で女の子をする。

「高速か」

ホウが訊《たず》ね、我にかえった。

「うん。首都高乗って、あと東北自動車道。一番近いのは――」

バッグからだしたパソコンを立ちあげ、地図を確認した。

「那須《なす》インターチェンジかな。そこで降りて、矢沢《やざわ》ダムっていうところに向かって。方角的には北西」

「近くまでいったら、また教えてくれ」

ホウはいって、車を走らせた。首都高三号線に乗り、環状線を回って東北自動車道に入る。平日の午前中なので、途中短い渋滞にぶつかったが、一時間とかからずに東北道に合流することができた。下り線はがらがらだ。

ホウは運転に慣れていた。リンとともに、地方のクラブを車で回っていたからだ。一番遠くまで車でいったのはどこだ、とタケルに訊かれ、神戸だと答えた。

「お前がいつも運転したのか」

「リンは免許をもってなかったからな。それに着いて向こうで仕事をするのはリンだ。俺はぼさっと見ているだけだった」

「疲れたらいえよ、運転かわる」

タケルがいった。ホウはちらっとタケルを見やり、

「ああ」

とだけいった。

免許はもっていないが、カスミも車を運転できる。他に小さな船やヘリコプターの操縦も習っていた。教えたのは、父親や父親の仲間だった。

チームを組んだときには、この二人に父親の話をすることなど、夢にも考えなかった。してても理解できないだろうし、理解したらしたで、ずっとそのことをいわれそうな気がして嫌だった。

だが、ミドリ町でいっしょに過した数日間で、二人に対する印象がかわった。心の中に怒りしかなかったタケルと、絶望がそのすべてだったホウは、少しだけカスミのための居場所を心に作ってくれたような気がする。そんな二人に自分の父親の話をせず、クチナワの下す任務を果たすよう求めるのは、ちがう、と感じ始めていた。

でも、唐突に父親の話をしても、彼らはあっけにとられるだけだろう。俺たちに何の関係があるんだといわれるか、最悪の場合、クチナワと二人で俺たちを利用するのかと怒りだすかもしれない。だから郡上の修行場に案内することにしたのだ。修行場を見た彼らが、何かを感じるだろうという確信がある。

「東北っていくの初めてだ」

タケルがいった。

「家族がいた頃は、よく旅行にいった。十歳までだ。だからそんな遠くにいったことはない」

「どこが楽しかった」

ホウが訊ねた。

「覚えてない。変な話だけど、ある頃から、家族でいっしょに何かをしたって記憶がどんどんなくなっていった」

「ある頃ってのは、狩りをお前が始めた頃か？」

「もっと前だ。施設に預けられて何年かしたくらいの頃さ。思いだすたびに悲しくなるんで、忘れようって決めた気がする。悲しむくらいなら怒ろうってな。だからなんだろうな」

「犯人、つかまってないのだろ」

「つかまってない。なぜ、うちの一家が皆殺しにされたのか、警察はつきとめられなかった」

「異常者じゃないのか」

「ちがう。それだけははっきりしてる。犯人はナイフの扱いに長《た》けたプロで、確実に短時間に、俺の家族全員の息の根を止めた。無駄な傷はまるでなかったらしい。変態野郎だったら、そんな殺し方はしないだろう」

カスミは膝《ひざ》の上のパソコンを叩《たた》いた。タケルの一家惨殺事件のファイルが入っている。警視庁のメインコンピュータから落としたものだ。タケルも知らない情報がそこにはあった。

凶器だ。特殊な片刃の戦闘用ナイフが、犯行で使用されたことを鑑識はつきとめていた。

グルカナイフ。別名をククリ刀《とう》ともいう、ネパールのグルカ族が使う、鎌とナイフの中間のような形をしたナイフだ。グルカ族の兵士は、「グルカ兵」と呼ばれ、その勇猛さで知られている。傭兵《ようへい》になる者も多く、かつてはイギリス軍に、今はインド軍などに多数が所属しているという。グルカナイフは、刺すよりも切りつけることに向いた刃物で、動物の皮をはいだり、解体する作業にも向いている一方、独特の形状から、慣れない者には使いにくい刃物だ。それを使用して、三人の人間を短時間に殺害した犯人を、警視庁は八年たった今も特定できずにいる。

犯人はプロの殺し屋か兵士で、犯行後、海外に逃亡した、と考えられていた。問題は、殺害の動機だった。犯行現場である、タケルの家から現金などがもちさられていないことから、強盗殺人という線はなかった。次に考えられるのは怨恨《えんこん》だが、当時、タケルの家族は誰ともトラブルを抱えていなかった。殺害現場の状況から、動機を怨恨と見て、容易に容疑者を絞りこめると考えた捜査陣は、判断を誤った。その初動捜査のつまずきが、事件を迷宮入りさせかけている。

凶器がグルカナイフと判明したあとも、警察はそれを公開しなかった。容疑者を絞りこめる特殊な情報だと考えたからだ。やがて日本国内でもインターネット等で、グルカナイフの購入が可能になり、今度は公開する意味のない情報となってしまった。今公開しても、混乱を招くような誤情報ばかりが集まってくるだろう。それらを選別するには、捜査陣が縮小されすぎている。

未解決の犯罪を抱える間にも、次から次と凶悪な犯罪は発生しているのだ。

パソコンの画面を地図に戻し、カスミは息を吐いた。長いこと未解決だった事件の犯人が逮捕されたと警察が発表するのは、たいていの場合、偶然の産物によるものだ。別の、比較的新しい事件でつかまった犯人が、取調の最中に、自分をより大物に見せたがったり、長年の罪悪感に耐えられなくなって、自ら過去の犯罪を告白する。DNAの鑑定が捜査に導入されるまでは、それ以外の理由で過去の未解決事件の犯人が判明することはめったになかった。

タケルの家族が殺害された事件現場からは、確実に犯人のものと断定できるDNAは採取されていない。それはつまり、犯人は一滴の血も汗も流さず、髪の毛一本残していなかったということだ。怨恨で人を殺すような人間は、もっと証拠を残す。興奮して自らを傷つけたり、汗や唾液《だえき》をたらしたりする。

犯人はまさに機械のように手際よく、タケルの一家を皆殺しにし、そこを血の海にしてでていったのだ。むろん、指紋も足跡も残していない。

プロとしかいいようのない犯行で、警察が逮捕を難しいと考えるのも無理はなかった。だが、クチナワは、何かを知っているようだ。タケルをチームに加えたのも、それが理由であるような気がカスミはしていた。

渋谷を出発して二時間足らずで、車は那須《なす》インターを降りた。そのまま北上すれば那須高原《すこうげん》だが、カスミは西に向かうようホウに告げた。二千メートル級の山が連なる一帯で、数本の林道を除けば、中に分け入る道路はない。冬だったらもちろん、雪で通行止めになる。

進むにつれ、気温が明らかに下がってくる。渋谷より五度は低いだろう。夜になればもっと寒くなる。七月でも、ストーブをたきたくなる晩があると聞いていた。

途中、渓谷沿いの道を走り、ダムにぶつかってそれが途切れた。その先に修行場がある。「私有地　立入禁止」という札が、林道の入口に張った鎖から下がっている。

「この先よ」

カスミはいって車を降り、鎖の片方を外してたるませた。車がその上を通過すると、再び鎖を張る。

「こんな山奥に修行場か。嫌になって逃げだしても、車がなかったらどうにもならないな」

タケルがつぶやいた。

「ヤク中を閉じこめておくにはぴったりってことだ」

ホウが答えて車を進めた。カスミは携帯電話を見た。アンテナマークが一本になっている。山と山のあいだで、ひどく電波が届きにくい場所なのだ。

二キロほど林道を進むと、めざす修行場だった。山あいの窪地《くぼち》のようなひらけた場所に、黒い瓦《かわら》屋根の建物がある。戦前にたてられた寺の本堂だった。そのかたわらに、丸太を組んで造った、山小屋のような家が二軒、並んでいた。

寺の本堂の前には、軽トラックと４ＷＤが一台ずつ止まっている。その横でホウがブレーキを踏んだ。

「ここで待ってて。郡上さんに話をしてくる」

カスミはいって、車を降りた。本堂や山小屋の周囲に人の気配はない。

「ああ。そうしてくれ」

ホウが答えた。

「むやみにうろつかないほうがよさそうだ」

アツシ

「なんで俺たちをここに連れてきたんだろうな」

カスミが本堂の中に入っていくのを見守りながら、タケルがつぶやいた。

「何かしら理由はある筈《はず》だ。俺たちはチームかもしれないが、仲よしグループってわけじゃない」

ホウは答えて煙草をくわえた。窓をおろすと冷んやりした空気が流れこんでくる。さまざまな鳥の鳴き声が、建物のたつ窪地を囲んだ山林から降ってくる。

「あいつには秘密がたくさんある。ミドリ町のとき、それをこだしにされて頭にきた」

タケルがいった。

「カスミのことをもっと知りたいのか」

ホウはタケルを見た。

「知りたいっていうか……。あいつは俺たちのことを調べていた。そう考えると不公平じゃないか」

タケルは口ごもった。

「知ったからって、別に何かかかわるわけじゃないだろう」

「そんなことはねえよ。知ってれば知っているほど、何かあったときにその人間がどう行動するのか予測がつくようになる。それって重要だ」

「なるほどな」

ホウはドアを開けた。さすがに足をのばしたかった。降り立つと、くわえ煙草のまま、大きくのびをする。

「何をしている」

不意に声をかけられ、ふりかえった。本堂の横手から山林にのびた獣道のような坂を登ってきた男がいた。灰色の髪を長くのばして後頭部で束ね、青い作業衣のような服を着ている。

「誰の許可を得て入った」

男の背後には、一列に何人もの人間が連なっていた。それぞれバケツやポリタンクを抱えている。男は窪地まであがってくると、まっすぐにホウに歩みよってきた。

「ここは禁煙だ。すぐに煙草を消せ」

タケルが助手席から降りた。

「何だよ」

「何だよじゃない。道に迷ったわけじゃないだろう。ここへの道は立入禁止と書いてあった筈だ」

男はタケルを険しい目でにらみすえた。四十代の中頃だろうか。陽に焼けていて、皺《しわ》の一本一本がまるで彫ったように深い。

男の背後から獣道を、続々と人間が登ってきて、窪地に集まった。男も女もいる。十二、三人はいるだろう。全員同じようなツナギを着て、容《い》れものを抱えていた。何ももっていないのは目の前の男だけだ。

ホウは煙草を地面に落とし、踏み消した。

「拾え」

男がいった。

「何？」

「吸い殻だ。ここに捨てていくんじゃない」

タケルがむっとしたように男をにらんだ。ホウは無言で吸い殻を拾い、車の灰皿に投げこんだ。

「おっさん――」

タケルがいった。それを無視して男は、坂道をあがってきた人間たちをふり返った。

「何を見ている。汲《く》んできた水を、本堂の桶《おけ》に入れるんだ。あともう二往復しないと、いっぱいにならないぞ」

ツナギを着た連中は、どこか放心したような顔をホウたちに向けていた。疲れているようでもあり、他人に関心を向ける余裕がないようにも見える。

男の言葉にしたがって、ひとりが本堂に向かって歩きだした。するとあとを追うようにぞろぞろと動きだす。

「立ち去れ」

男がいった。

「ちょっと待てよ――」

タケルがいいかけた。

「午後の行《ぎょう》の途中だ。彼らの心を乱したことは許してやる。ただちにここから立ち去れ」

「俺たちは――」

「お前らの話など訊《き》いていない。今すぐここをでていけ」

タケルの顔が怒りで赤くなった。

「郡上さんだろ、あんた」

ホウはいった。男がホウをふりかえった。

「新しい人間を預けるなら、前もって手紙で了解を得てもらうのが決まりだ。それすら知らんで押しかけてきたのか」

「カスミだ」

ホウはいった。男が眉《まゆ》を寄せた。

「何だと」

「カスミが俺たちをここに案内したんだ」

建物からツナギの男がひとり走りでてきた。

「先生！」

甲高い声で呼びかける。

「部外者がいます。若い女です」

あとを追うようにカスミが現われた。

「郡上さん」

男の表情がかわった。

「カスミちゃん！」

険しい表情が消え、笑みにかわる。

「よくきたな」

「久しぶり」

男は目を細めた。

「大きくなったな。すっかり女の子だ」

「やめてよ。もう十七なのだから」

カスミはホウとタケルを見た。

「もう会ったんだ、二人に」

男は笑みを消し、二人をふりかえった。

「うちに預けにきたのか、この連中を」

カスミは笑いだした。

「ちがうよ。二人はあたしの友だち。この修行場を見せてあげたくて連れてきたの」

「歓迎されてないようだがな」

タケルがいった。

「それは悪かった。いっては何だが、君らは不審者にしか見えなかった。特に——」

男はホウを示した。

「これのせいか」

ホウは両腕にびっしりとタトゥが入っている。

「見かけは関係ない。この二人はすごくまともだよ」

カスミがいうと、男はじっとホウの目を見つめた。

「なるほど。年のわりに痛みを知っている顔をしている。こっちもだ」

今度はタケルに目を移していった。

「でしょう。あたしたち三人でチームなの」

「チーム？」

「クチナワよ」

カスミが答えると、男は黙りこんだ。が、明るい声になっていった。

「とにかく、話はあとだ。まだ午後の行の最中でね。我々は下の沢まで水を汲みにいかなきゃならん」

「あいかわらず井戸もないの」

「すべて修行なのだ。水を汲み、畑を耕し、薪《まき》を割る。あらゆることで体を使わなければならない。君らは本堂で待っていてくれ」

ツナギを着た人々が空になった容器を手に次々に建物をでてきた。カスミが頷《うなず》いた。

「わかった。ごめんなさい、突然押しかけてきて」

「いや。カスミちゃんならいつでも歓迎だ。ただ、日課はかえられない。それはわかってほしい」

男はいって、再び坂道を下りていった。

「いちいち沢まで水汲みかよ。まるで原始時代だな」

タケルが吐きだした。

「いや、悪くない」

ホウはいった。タケルがふりかえる。おもしろくなさそうな表情だった。

「何だよ、あのおっさんに腹が立たないのか。偉そうな口をききやがって」

「あらゆることに体を使わせるっていってたろう。クスリを抜くにはそれが一番なんだ」

「どういうことだ」

「あいつらを見たろう。皆、ヤク中だった顔をしてる」

「ヤク中なんざ珍しくもないね。今までさんざん潰《つぶ》してきたからな」

タケルが吐きだした。ホウはタケルの目を見た。

「ヤク中がなぜクスリに手をだすかわかるか」

カスミは黙ってやりとりを見ている。

「いや、わかんないね。馬鹿だから、じゃないのか」

「楽しみが他にないからだ」

ホウはいった。

「未来に何の希望もなくて、楽しみが何もない奴。どん底の生活がこの先もずっとつづいていくしかない。そんな奴がクスリに手をだすんだ」

「じゃあ金持やその馬鹿息子なんかがクスリにはまるのはなぜだ」

「裏返しの意味で同じだ。好き放題をやっているうちに、楽しみがなくなる。何もかも退屈に思えてきて、クスリを試す」

「下らねえ。どっちにしろ自分の体をぼろぼろにするだけじゃねえか」

「楽しみのない奴にとってみれば、自分の体しか残ってないんだ。タトゥだってそうだ。体で感じること、体で示せるものがすべてで、それ以外は本物には思えなくなる」

タケルは首をふった。

「甘ったれてるだけじゃないのか」

「お前はどん底のとき、何をした。体を鍛えたのじゃないか」

ホウは訊《たず》ねた。

「鍛えたよ。へとへとになって吐くまで自分の体をいじめた。それでも家族を殺した奴のことを考えると、まだまだやれる、と思った」

「同じだ。自分の体だけが、自分のものだったからさ。あのおっさんが、あらゆることで体を使わせ、へとへとにさせるのも、ヤク中だった奴らにクスリのことを忘れさせるためなのさ」

「まるで動物じゃないか。頭を使うなっていってるみたいだ」

「頭を使う余裕があったらクスリのことを考えるに決まってる」

「なるほどね、本当に修行だな」

「中にいこう」

カスミがいい、ホウとタケルは顔を見合わせた。

「まさか坐禅《ざぜん》とか組まされるのじゃないだろうな」

「そこまで宗教くさくないよ」

三人は本堂に入っていった。

タケル

使われなくなった寺を修行場にしたというカスミの言葉通り、本堂は寺そのものだった。

大きな仏像が正面にすえられていて、毎日掃除されているのか、うす暗い中でも黒光りしている。広い板の間には、ゴザがしかれていた。頭上を見あげるとランプが吊るされている。電気はきていないようだ。

「なつかしいな」

ホウがそれを見てつぶやいた。

「俺がガキの頃、停電がよくあった。そんなときランプを使った」

「中国の話かよ」

「そうだ。ランプのあの透明なガラスのところがススで黒くなると、暗くなる。だからそれを磨くのが俺ら子供の仕事だった」

「電気も水道もない。確かにクスリとは遠い世界だ」

タケルはつぶやいた。クラブでクスリをキメていたような奴らがここに連れてこられたら、同じ日本だとは思えないだろう。

三人はゴザの上に腰をおろした。

「皆、ここで寝泊まりしているのか」

タケルはカスミを見た。カスミは首をふった。

「寝るのは、この並びにある小屋よ。男女別になっていて、ここを使うのは食事とか語りの行《ぎよう》をするとき」

「語りの行？」

「皆んなでいろいろな話し合いをするの。なぜクスリを始めたか。クスリのせいで何を失《な》くしたか。嘘をいうのも作り話をするのもかまわないけれど、毎日のように語りの行をしていたら、いずれ本当の話しかしなくなる」

「あの郡上っておっさんが考えたのか」

タケルは訊ねた。

「そう。外国や日本のいろんな中毒者更生施設をまわって、やり方を勉強したみたい」

「なぜこんなことを始めた。自分もヤク中だったのか」

カスミは頷いた。

「やっぱりな」

タケルはつぶやいた。

「カスミは前にもここにきたことがあるのか」

ホウがいった。

「あるよ。五年前、ここで少し暮らしてた」

「お前もヤク抜きをしたのか」

「そうじゃない。預けられたんだ、父親に」

「お前の親父に？」

「そう。見ておけ、といわれた」

カスミは深々と息を吸いこんだ。

「ここができたのは、今から十年前で、最初の修行者は、あたしのお母さんだった」

タケルは絶句した。ホウもさすがに無言でカスミを見ている。カスミはいった。

「あたしのお母さんはひどいヤク中だった。父親がそれを何とかしたくて、郡上さんに預けたの。その頃は、このお寺しかなくて、もっとぼろぼろだったらしい。郡上さんは、お母さんや他の何人かとこのお寺をきれいにして住めるようにした。お母さんは何回も逃げだしては、そのたびに連れ戻されたり、自分で戻ってきたって」

「なぜ病院に入れなかったんだ。そのほうが早いだろう」

タケルはいった。いくらなんでも原始的すぎる。

「郡上さんもそうすべきだって父親にいった。でも父親は、郡上さんに任せる、お前が治してやってくれって。郡上さんは、父親には逆らえなかった」

「お前の親父って何なんだ」

タケルは訊ねた。だがカスミはそれには答えず、いった。

「お母さんは結局、半年しかここにいなかった。最後に逃げだそうとしたときが真冬だった。雪が降ってて、道に迷い、結局、凍死したの」

本堂の中はしん、となった。そのとき、

「待たせたね」

と声がして、郡上が現われた。ツナギの人間たちはいない。

「水汲《みずく》みのあとは、農作業や薪割りといった、各自の行がある。それまでは私はついていなくてはならないんだ」

カスミはすわりなおした。正座し、ぺこりと頭を下げる。

「郡上さん、お久しぶりです。二人を紹介するね。ホウとタケル」

「よろしく」

郡上は頭を下げた。

「先ほどは失礼した」

「いや、俺らも態度が悪かった」

ホウがいって、タケルを見た。タケルは無言だった。ホウのようにあやまる気にはなれなかった。郡上の偉そうな態度がムカつくし、カスミの母親が死んだのがここだと聞かされたら尚更《なおさら》だった。なぜカスミが、親戚《しんせき》のおじさんのような口のききかたをするのかがわからない。本来だったら、恨んでもおかしくないのだ。医者でも坊さんでもないのに、リハビリ施設のようなものをこしらえ、あげくにカスミの母親を死なせた。なのに偉そうにしている。

「私に怒りを感じているようだな」

郡上がいった。タケルは目をそらした。

「怒るってほどじゃない。気に食わないだけだ」

「なぜかね」

「なぜかな。偉そうにしているからじゃないか。自分だってヤク中だったのに、その自分がうまく抜けだせたから、今ヤク中の奴らにまるで教祖さまみたいにふるまってる」

「見たのか。私が教祖さまのようにしているところを」

表情をかえることなく郡上はいった。

「さっき少し見た。口答えは許さない、何でも俺のいう通りにしろ、といってるみたいだった」

挑発していた。カスミがきっと止めるだろうとタケルは思い、それをどこかで期待もしていた。だがカスミは無言だった。

「確かにその通りだ。ここでは私のルールが絶対だ。修行の内容ややりかたについて疑問をもつことは許されない」

「あんたのやりかたは原始的だ。へとへとになるまで体を使わせ、クスリが欲しくなるような余裕を与えないのだろう」

タケルはいった。

郡上はわずかに首を傾けた。

「君はクスリをやったことがあるのか」

「ない。ヤク中やクスリを捌《さば》いてる奴ならたくさん見てきたが」

「どう思った？　蔑《さげす》んだか、憐《あわ》れんだか」

「ゴミだと思った。消しちまえ、と」

「つまり憎んだ？」

「そうだ」

「実際に消したのか」

「殺したか、というならちがう」

「怪我はさせた？」

「ぼこぼこにした。一生車椅子って奴もいるだろう」

郡上はカスミに目を向けた。

「あの男が彼をリクルートしたのか」

「あたしが薦めたの」

郡上はしばらく無言でカスミを見ていた。やがてそっと息を吐いた。

「そういうことか」

「二人にここを見せたかった」

カスミがいった。

「なぜ?」

カスミはつかのま迷っているように見えた。

「父親のことを話そうと思って」

「それはカスミちゃんの自由だ」

「カスミの親父はあんたを恨んでいるのか」

タケルは郡上に訊《たず》ねた。郡上はおだやかに訊《き》き返した。

「なぜかね」

「ここにいたとき、カスミのおっ母《か》さんが死んだ、と聞いた」

郡上は下を向き、小さく首をふった。

「恨んではいない。ここを維持していくための費用を払っているのは、カスミちゃんのお父さんだ」

「何者なんだ」

ホウがいった。

「それはカスミちゃんから聞くべきことだ。今夜、君らが泊まる場所を用意させた。この裏に、新たに建てた小屋だ。最近は、修行している者に会いたがる身内もいてね。そういう人たちに本堂に泊まれ、とはいいづらい。食事は、全員でとることにしよう。本堂で、六時からだ。それまで、裏の小屋で待っていてほしい」

「勝手に出歩くな、か」

タケルはいった。

「いや。自由だ。修行している者たちに会ったら、挨拶《あいさつ》をしてやってくれ。怪我をさせるのはなしだ」

「大丈夫だ。今はもう」

タケルが答えると、郡上は頷《うなず》いた。

カスミ

前にきたときはなかった建物だった。丸太小屋とはちがう、もっと家らしい造りをしている。本堂の裏側にあるので、目につかなかったのだ。畳がしかれ、トイレや流し場もついている。水は、大きな瓶《かめ》にためられていた。

案内され、三人はその建物に入った。裏の山に面した窓に網戸がはまり、そこから冷んやりと湿った空気が流れこんでくる。

「郡上さんが嫌い？」

カスミはタケルに訊ねた。つっかかっても止めなかったのは、上べの理解で終わってほしくないと思ったからだ。

ぶっきら棒にタケルは答えた。

「無理に好きになって、とはいわない。でもああいう生きかたもあるってわかってほしい」

「あいつはクチナワに会ったことがあるのか」

ホウがいった。畳の上にすわり、足を投げだして壁によりかかっている。

「どうして」

「お前がクチナワの名をだしたとき、一瞬だが険しい顔をした」

「クチナワは、あたしの父親をずっと追いかけている。だから、じゃない」

「そんな話、やめろ」

タケルがいった。窓べに立ち、背中を向けたままいらついたように体をゆすっている。

カスミは息を吸い、いった。

「あたし、まちがえてた?」

タケルがふりかえった。

「何を」

「タケルは、あたしのことを知りたがってると思ってた。あたしは二人のことをいろいろ知ってる。でも二人はあたしを知らない。それって不公平でしょう」

「別にどうでもいい」

タケルはまた背を向けた。

「嘘さ。こいつは知りたがってた」

ホウがいうと、タケルはにらんだ。

「おい」

「口でいろいろ話すより、見てもらうほうが早いと思ったの。郡上さんは、二人に会わせられる中では一番、昔からあたしのことを知ってる」

「お前の父親のこともだろう」

ホウがいった。

「やめろって」

タケルが尖《とが》った声をだした。

「俺はカスミの親父の話なんか聞きたくない」

ホウがカスミを見やり、あきれたように首をふった。

「あたしの話が嫌なら、ここに連れてきたのもまちがいだった。あやまる。ごめんなさい」

カスミはいった。

「お前が嫌なんじゃない」

タケルは短くいった。

「わかってる。でも聞いて。これから先あたしたちがチームとしてやっていくためには、父親の話は避けて通れない」

「クチナワも関係しているんだろう」

ホウがいった。カスミはホウを見て、小さく頷いた。

「お前の親父は、犯罪者なのだろ」

タケルが背を向けたまま吐きだした。

「簡単にいえば、そう。警察が追いかけているけれどつかまらない。その先頭がクチナワよ」

「じゃあなんでクチナワと組んだ」

タケルが訊ねた。

「いろんな理由がある」

「たとえば」

「父親を追いかけているのは警察だけじゃない。同じ犯罪者の中にも、追いかけている奴がいる」

「恨みをそこら中で買ってるってわけか」

カスミは黙った。

「タケル」

ホウが立ちあがった。

「ちょっと外にでないか」

カスミを見やっていった。

「こいつと二人で話す。いいだろう」

カスミは無言で頷いた。何かをいおうとすれば泣いてしまいそうだった。

タケルはホウをふりかえり、自分から先に建物をでていった。

アツシ

鳥が鳴き止んでいた。いつのまにか日が翳《かげ》っている。まだ日没には早いが、山の向こうに太陽が隠れてしまったのだ。

「あまりカスミを責めるな」

ホウは煙草をくわえ、いった。

「わかってる。わかってるけど――」

タケルはいって息を吐いた。

「カスミは俺たちにフェアになろうと決心したのだと思う。だからここへ連れてきた」

ホウは煙を吐いた。

「フェアってのは、親父の話をすることか」

「たぶんな」

「とんでもねえワルなのかな」

「そんな気がする」

「そんな奴とヤク中のおっ母の間に、あいつは生まれたのか」

「生まれてくる場所は選べない」

「お前、よく平気だな。考えてみりゃ、お前だって選べなかったものな」

「そうさ」

タケルは黙りこんだ。しゃがんで、雑草をむしった。

「こんにちは」

声がかけられた。クワやカゴを担いだツナギ姿の男たちが、裏山から下りてきたのだった。

「こんちは」

ホウはいった。男たちは本堂を回りこむ道を歩いていった。

「俺たちがチームでいることと、カスミの親父の問題は分けられないのか」

タケルがつぶやいた。

「クチナワがいる限り無理だ。たぶんあいつは、カスミの親父をつかまえるのが、最終的な目的なのだと思う」

「きたねえ」

「だがカスミもそれを知らないわけじゃない」

「だったらなんで組むんだ。あいつも親父をつかまえたいのか」

「本人に訊《き》けよ」

「そんなこと訊けねえ。あいつが話したいと思うことしか聞きたくない」

「じゃあ、なぜあいつを責める？」

タケルは黙りこくった。タケルの気持はわかっている。とにかく不器用な奴だ。

「いつも通りいこうぜ」

ホウはいった。

「いつも通り？」

タケルがふりかえった。

「カスミが頭で、俺たちが手足だ」

ホウは答えた。

「でも今日のこれは、任務じゃない。俺たちは――」

いいかけ、タケルは黙った。

「カスミさ。やっぱりあいつが頭だ」

ホウはいった。タケルはまた草をむしった。いらだったように、ぶちぶちと引き抜いている。やがて訊《たず》ねた。

「お前さ、どう思ってる」

小さな声だ。

「何を、だ」

ホウは訊き返した。

「あいつ、のこと」

途中、唾《つば》を飲み、タケルは答えた。ホウはタケルの丸めた背中を見つめた。

「俺やお前とはまるでちがう」

「そんなことはわかってる。第一、あいつは女だぜ」

ホウは煙草をくわえた。

「俺は……カスだ。カスみたく育ってカスみたく、くたばる。ずっとそう思ってた。カスじゃなけりゃオマケ。世の中ってのは、リンみたいなのが中心にいて、オマケの俺なんかはどうだっていい。だから自分のことをずっと真剣に考えてこなかった。それが少しかわったとすりゃ、お前やカスミと会ったからだ。

お前は、何ていうか、一直線だ。つっ走ってて、たいてい何かに怒ってる。世界には、お前と、お前を怒らせるものしかなかった。それをかえたのは――」

「カスミだ。それとお前。仲間が俺にはいなかったから」

タケルがくぐもった声でいった。ホウは煙を吹きあげた。夕暮れの空に吸いこまれる。

「カスミが全部かえたんだ。俺もお前も、ふつうじゃ仲間なんて絶対に作れない。だけどこの三人ならうまくいく、とあいつは思って、その通りになった」

「俺が訊きてえのは、そんなことじゃない」

タケルがふりむいていった。

「あわてるな」

ホウはいった。

「カスミは確かにすごい奴だ。いろんなことを知ってるし、きっと俺たちとはまったくちがう世界で、いいことも悪いこともさんざん経験してきたろう。だからって、あいつだって神さまじゃない。迷ったり、恐くなったりするときがある。俺たちは、あいつをおっ母《か》さんみたいに思うべきじゃない」

「そんな風に思ってねえよ。何いってんだ。俺は、俺は――」

タケルはいいかけ言葉に詰まった。

「わかってる。だからいってるんだ。カスミだってお前の気持に気づいてるさ。だが、だったらどうしろ、というんだ。こっちの気持にすべて応《こた》えろ、と思うほうが酷だ」

タケルは目をみひらいた。頬がぷっとふくらむ。

「じゃあ、カスミは俺のことなんて――」

「待てよ。どう思ってるかまで俺にわかるわけがない。だがどう思っていたとしても、今のこの状況で、お前のそういうのを受けとめられると思うか。そんなことしたら、チームはどうなる。命がけで戦えって、いえるわけないだろう。あいつが実際のところ、どう思っていようと、お前の気持にイエスもノーもいいようがない。その苦しい立場をわかってやれ」

タケルの顔から緊張感が消えた。

「俺は、あいつを困らせてる？」

「そうさ。お前は、カスミが困ることとなんか何もない、と思ってる。それは、カスミは弱みがない人間だと信じてるからだ。だけどそうじゃないってところを、あいつは俺たちに見せようとしたのさ。だからここに連れてきた。見かたをかえれば、俺たちを信じてるって、あいつなりに証明しようとした」

「――なのに俺は、あいつに当たった」

「その通りだ。泣きそうな顔をしていたのに気がつかなかったのか」

「泣く？　あいつが？　泣く？」

タケルは呆然《ぼうぜん》とくり返した。

「そうさ。神さまじゃないって、気づいてやれ」

ホウがいうとタケルは唇をかんだ。目を閉じ、しぼりだすようにつぶやいた。

「馬鹿だ、俺」

ホウは思わず笑った。

「今ごろ気がついたのか」

「うるせえ。でも、本当に馬鹿だ、俺。自分で自分をぶち殺したい」

呻《うめ》き声をあげた。目を開け、ホウを見た。

「どうすりゃいい」

「あいつの話したいことを聞けばいい。そして怒らずにいてやれ」

「それだけかよ」

「あいつがお前や俺に、一番してほしいことがそれだ」

タケルははあっと息を吐いた。

「また仲間に戻れるかな」

「何いってやがる。俺たちは仲間になったばかりだろ」

ホウは答えた。

カスミ

二人が戻ってきたとき、タケルの表情はすっかりかわっていた。カスミの目を見ることなく、つぶやく。

「つっかかって悪かった。腹が減っててさ」

カスミは思わずホウを見た。ホウの目が笑っていた。無言で頷《うなず》いている。

「もうちょっとしたら御飯だと思う」

カスミはいった。タケルは頷き、畳の上にあぐらをかいた。ホウは再び壁によりかかる。

あぐらが苦手なようだ。

「なあ」

そのホウがいった。

「何日くらい、ここにいようか」

「え？」

「俺は、ここがそんなに嫌じゃない。なんだか落ちつく」

カスミはタケルを見た。タケルが視線に気づき、はっとしたようにカスミをふり仰いだ。顔が赤い。

「タケルは嫌でしょ」

「そんなことない。俺、あやまるよ、あの郡上っておっさんに」

タケルはぼそぼそと答えた。カスミは目をみひらいた。

「ガキみたいな態度とって、悪かった」

ホウに叱られたのだろうか。だがそれにしては、ふてくされているような表情ではない。むしろ照れている。思わずまた、ホウを見た。

ホウがにやっと笑った。

「タケル君は反省したらしい」

「やかましい」

タケルはいったが、声に力がなかった。カスミのほうを見ようとしない。

「何だかわかんないよ」

カスミはいった。

「わかんなくていい。とにかく俺が悪かった。それだけ」

タケルがいった。ホウがカスミにまた頷いてみせる。

カスミの体から力が抜けた。

「ありがと、タケル」

「やめろ」

タケルが首をふった。

「そんなこといわれたら、俺、自分をぶっ殺したくなる」

下を向いたままだ。カスミはタケルを見つめた。なぜかはわからないが、心があたたかくなるのを感じた。

「そんなの許さない」

カスミはきっぱりといった。タケルが顔を上げた。おずおずと訊《たず》ねた。

「駄目か」

「駄目。タケルは、仲間だから」

カスミは答えた。

タケル

一時間ほどして、ツナギの男が迎えにやってきた。

「先生がお呼びです。お食事の仕度ができましたから、本堂へおこし下さい、とのことです」

頭を短く刈って陽焼けしているが、自分とかわらないくらいの年だろう、とタケルは思った。

三人が本堂におもむくと、そこには郡上だけがいた。

「修行してる人たちは?」

カスミが訊ねた。

「今日は向こうで食事をしてもらうことにした。カスミちゃんとは積もる話もしたいし」

大きな鉄鍋《てつなべ》がワラで編んだ座布団の上におかれている。

「ごめんなさい。皆さんの日課を乱したのね」

カスミがあやまった。

「いいんだ。明日もいてくれるなら、皆で食べよう。いきなりいっしょじゃ、連中も面食らう」

郡上の目がタケルを見ていた。タケルはいった。

「俺、生意気でした。あんたのことをよく知りもしないのにつっかかって。あやまります」

カスミが目を丸くした。郡上も驚いたような顔をしている。

「どうしたんだ」

カスミを見た。カスミは首をふった。

「あたしは何もいってないよ」

「飯が食いたいだけかも。つっかかってたら何も食わせてもらえないと思ったのじゃないか」

ホウがいった。郡上が噴きだした。

「そうなのかね」

「ちがう。変なことというな、ホウ」

郡上は笑いながら首をふった。鍋の木蓋《きぶた》をとると、味噌《みそ》の香ばしい匂いが立ちこめる。

「味噌仕立ての山菜雑炊だ。こんなものしかないが、たくさん食べてほしい」

「修行中の皆さんも同じですか」

カスミが訊ねると、郡上は頷いた。

「ああ、同じだ」

「それならいただきます」

木の椀《わん》にカスミが雑炊を盛った。自家製らしいタクアンがつく。汁をすすり、ひと口運んでタケルはいった。

「すげえうまい」

「味噌もここで造ったものだ。買ってきたほうが安いし、手間もかからないのだが、こういうのも修行の一部だと思ってな」

郡上がいった。タケルはあっという間に一杯目を平らげた。お代わりを盛ろうとすると、ホウも同じことをしようとしている。

「貸せよ」

タケルはいって、ホウの椀をとり、お代わりを先に盛ってやった。

「君らは相当体を鍛えているようだな」

郡上がタケルとホウに目を向けた。

「二人ともそれしかなかった」

ホウがいった。

「それしか？」

郡上が訊《き》き返した。ホウが答えた。

「タケルは子供のとき、家族を皆殺しにされた。犯人はまだつかまっていない。俺は、残留孤児三世で、生きのびるために戦うしかなかった」

「なるほど」

郡上はつぶやいた。カスミを見た。

「カスミちゃんが選んだ二人か」

「そう。クチナワのリストから」

カスミが短く答えた。郡上は深々と息を吸いこんだ。

「今までに三人で――」

訊きかけ、言葉が途切れた。

「おそらくこれまでで一番の実績をあげてます」

カスミがいった。

「ミドリ町の一件は、君らか」

郡上がいったのでタケルは驚いた。カスミは無言で頷《うなず》いた。

「そうか。あれはいったい誰がやったのだろうと思っていたのだが……。カスミちゃんたちだったのか」

「ひとつ、訊いていいか」

ホウがいった。

「何だ」

「カスミの父親とあんたの関係だ」

郡上の目がカスミを見た。カスミが小さく頷いた。

「友人だ。親友。あるいは、片腕」

「片腕？」

「彼女の父親の片腕だったことがある。プレッシャーに耐えかねて、私はクスリに手をだした。あるときそれがばれて、私は仕事を外れるようにいわれた」

「カスミの父親はクスリをやらないのか」

「やらない」

「でもおっ母《か》さんはやっていた」

タケルはカスミが気になった。腕を下におろし、まっすぐ下を見つめている。

「その話は、いずれしよう」

「大丈夫。あたしのお母さんは、父親と夫婦だったわけじゃないんだ。何人もいた愛人のひとりで、たまたま子供を産んだだけ」

カスミが硬い声でいった。

「カスミ」

思わずタケルはいっていた。カスミがタケルをふりかえった。

「お前が話したいのなら聞く。でもそうじゃなかったら、いうな」

「大丈夫」

答えて、カスミは椀を床においた。コトリという音がやけに大きく響いた。

「藤堂は――。藤堂というのが、あたしの父親の名前ね。そのほうが冷静に話せるから、藤堂っていうことにする。

藤堂は、本当は子供なんか欲しくなかったのだと思う。だけどあたしが生まれて、たぶんがらりとかわった。あたしにいろんなことを教えた。自分のできることは全部、あたしにもできるようにさせたかったんだと思う」

「無茶だろう、そんなの」

タケルはいった。カスミはタケルを見た。

「でしょう。でもそうした。あたしはほとんど学校にいかせてもらえなかった。勉強を教えたのは、藤堂や藤堂の仲間。でもおかげでふつうの子ができない、いろんな経験はしたよ」

「いったいなんでそんなことをお前に押しつけたんだ」

ホウが訊《たず》ねた。

「自分の、後継者になってほしかったのだと思う」

「後継者？」

郡上が口を開いた。

「藤堂は、国際的なあるグループのリーダーだ。ＦＢＩやインターポールのマークもうけている。もちろん日本の警察も、だ。藤堂は複数の国で活動をおこない、各国に部下がいる」

「何の活動をしているんだ」

「さまざまな活動だ。ある国では反政府活動を支援するテロリストだと思われているし、別のある国では、コンピュータ犯罪のプロ集団を率いていると目されている。どれが本当の姿、というものはない。彼に国境はなく、いってみれば現代の海賊のようなものだ」

「海賊……」

「海で船を襲っているわけではないがね」

「あたしは十五のときに、藤堂のところを逃げだした。東京にきて、ひとりで暮らし始めた。藤堂が本気になれば、あたしをつかまえ連れ戻すことなんて簡単にできたと思う。でもそうはしなかった」

カスミがいうと、郡上が頷いた。

「藤堂は、カスミちゃんに、実地の勉強をしてもらいたかったのだろう。ひとりで社会と渡り合い、充分に生きていける、と考えている。そして、いずれその経験を、自分の組織でいかしてもらいたいと」

「待てよ」

タケルは口をはさんだ。

「じゃあカスミは、いずれ親父さんのあとを継ぐ気なのか」

カスミは首をふった。

「あたしにそのつもりはない。あたしが選んだのはその逆。自分の知識を、犯罪をなくすことに使いたい」

そしてタケルを見た。

「でもあたしにも矛盾はある。あたしのこの生活は、藤堂から与えられたもので成立している。洋服や住んでいる場所は、もとは藤堂のお金で手に入れたもの」

「そんなもの気にする必要はない」

郡上がいった。

「たとえどのような使いみちだろうと、君が使ってくれれば、藤堂は喜ぶ。その金で、君が自分を追いつめたとしてもね」

「藤堂は、カスミが今、何をしているのか知っているのか」

ホウが訊ねた。

「おそらく知っているだろう。彼の部下は日本にも何人もいる。もちろん敵もいるが」

「敵？　警察か」

「それだけではない。アンダーグラウンドの世界には、藤堂に恨みをもったり、その力を横どりしたいと考えている者もいる」

「あたしはだからクチナワと組むことにした」

カスミが静かにいった。

「あたしひとりで生きていこうとすれば、そういう連中に狙われることも避けられない。早い話、藤堂を恨んでいる奴があたしをさらってその恨みを晴らす可能性だってある。どんな目にあわされるかなんて想像もしたくないけど……」

「クチナワは優秀な警官だ。かつて藤堂を逮捕しかけた、唯一の警官といってもいい」

郡上がつぶやく。

「逮捕しかけた？」

タケルは訊《き》き返した。

「そうだ。まだカスミちゃんが藤堂の手許《てもと》にいたときだ。私が藤堂を救いだした。そのときの怪我がもとで、クチナワは脚を失った」

タケルは息を呑《の》んだ。

「じゃあ、クチナワはあんたを――」

「逮捕もできるのに泳がせている。いずれ藤堂につながると考えているのだろう」

タケルは首をふった。頭を殴りつけられたような衝撃だった。

「参ったな」

「クチナワは、藤堂が動いている、という情報がある、といった」

カスミがいった。とたんに郡上の顔が無表情になった。

「カスミちゃんはあの男にいわれてここにきたのか」

「まさか。でもあの人のことは知りたい、と思ってる。日本にいるの？」

郡上はすぐには答えなかった。

「それを君に話すのは、結果的にクチナワに藤堂の情報を洩《も》らすことと等しい。わかった上で訊いているのかい」

カスミは唇をかんだ。タケルは黙っていられなくなった。

「郡上さん」

郡上はタケルに目を向けた。

「確かにクチナワは、カスミの父親を追っているかもしれないし、俺たちはクチナワの立てた計画通りに狩りをしている。だけどクチナワのロボットってわけじゃない。ここで話したことを全部、クチナワに報告する義務はないんだ。第一、ここにきたのだって、別にクチナワとは関係がない。クチナワは俺たちがここにいることなんか知らない」

郡上の口もとがほころんだ。

「狩り、か」

「俺がいっているだけだ。別にカスミやホウはそういってない。任務とか仕事、というのじゃないから、俺はそういうしかない」

「君は警官になりたいとは思わないのか」

タケルは首をふった。

「俺は警察が好きじゃない。数ばかりいて、ひとりひとりじゃ何もできない連中だ」

郡上は小さく頷《うなず》き、カスミに目を戻した。

「君たちがここを訪れているのをクチナワが知らないというのは本当かね」

「本当」

カスミは答えた。

「では訊くが、藤堂が動いている、とクチナワがカスミちゃんに話したのはいつだ。つい最近のことではないかね」

カスミは頷いた。

「そのことが結果的に、君とこの二人をここに向かわせた」

「その通りよ」

「藤堂の話をすれば君が私に会い、そして何らかの情報を得るだろうとクチナワが考えるとは思わなかったか」

「もちろん思った。でもそれを話す話さないは、あたしの自由。タケルもいったけど、あたしたちはクチナワの部下じゃない」

「しかし彼の立てた計画にしたがって、犯罪者を摘発している」

「それはたまたま、あたしたちのしたいこととクチナワの計画が一致したから」

「そのように誘導されているとは思わないかね」

カスミは首をふった。

「そのことをあたしは一番気をつけている。特にこの二人といっしょに行動するようになってからは。あたしはともかく、二人をクチナワの戦いに巻きこみたくない」

「戦いか」

「クチナワはいった。自分が敗北を認めれば、失われた者たちは決して許さない。自分は何度でも兵を集めて戦う義務がある。ただし、同じ戦法はとらない、と」

郡上の顔がひきしまった。

「つまりは、あの男は復讐《ふくしゅう》を考えているということだ。警官としての立場を利用して」

　ホウが口を開いた。

「俺はあいつの味方をする気はない。だけど、あいつが警官じゃなければ、復讐したいと思うような目にもあわなかったのじゃないか」

「俺もそれは聞いたことがある」

　タケルはいった。

「クチナワは昔、自分だけの軍隊を作って、でもうまくいかなかったって」

　郡上は無言だった。やがていった。

「君らがクチナワの完全な部下ではない、としよう。私も、今は藤堂の右腕ではない。つまりここでするのは、単なる噂話に過ぎん。藤堂は日本にいる」

　カスミが弾《はじ》かれたように顔を上げた。郡上がつづけた。

「クチナワがどこからその情報を手に入れたのかが、私には不思議だ。藤堂の組織の中に穴が生じているのかもしれない」

「何をしに日本にきたの」

　カスミが訊《たず》ねた。郡上は首をふった。

「そこまでは私は知らない。彼に、会いたいかね」

　カスミは唇をかんだ。

「会いたい。でも、今は会ってはいけないと思う。会えばきっと、クチナワをパパのところへ連れていく羽目になるような気がする」

　タケルはカスミを見つめた。「パパ」という言葉をカスミの口から聞くのは初めてだった。ホウも少しだが驚いたような目でカスミを見つめている。

「それはたぶん正しい。どんな局面であろうと、クチナワは藤堂を捕えるチャンスが得られると思えば躊躇《ちゅうちょ》なくそうするだろう。あの二人は敵どうしだが、目的のためにはいくらでも非情になれるという点では似ている」

　カスミが重い息を吐いた。ひとり言のようにつぶやく。

「そうだよね。確かに似ている。だからこそあたしはあいつと組むのを選んだんだと思う……」

　誰も何もいわなかった。

アツシ

　食事がすむと、郡上は本堂をでていった。三人は無言で顔を見合わせた。

「お前、本当にここが気にいったのかよ」

　タケルが訊ねた。

「ああ。こういう何もないところって、いいじゃないか。穴を掘ったり、木を切ったり、水を汲《く》んだり。人間が生きてくのに最低限必要なことしかない生活って気がする」

「じゃあここで暮らしていいといわれたら、そうするのか」

怒ったようにタケルはいった。

「もしかしたらな。今すぐ、というのは無理だろうが」

「お前ってときどき、やたら年寄りくさいな。調子が狂うぜ」

「お前みたいにいつでもブンブン、エンジン回して生きてる奴がうらやましいよ」

ホウはいってカスミを見た。同意するかと思ったが、カスミはぼんやりした表情を浮かべているだけだ。

「疲れたのか」

それに気づいたのか、タケルがいった。

「少し」

「いいじゃないか。こんなところじゃ寝るしかない。ゆっくり休もうぜ」

ホウはいった。タケルが困ったようにホウを見た。

「三人で寝るのかよ」

「ミドリ町でもそうした。何か問題か」

「あっちでカスミを寝かせて、俺たちはこっちで寝ないか」

タケルの目が懇願している。ホウはおかしくなった。

「いいよ、そんなことしなくて」

カスミがいった。が、確かに三人で寝たら、タケルは一睡もできないだろう。

「そうするか。疲れてるならひとりのほうが熟睡できていい」

「いいって」

「よし、そうと決まったら、向こうから俺、布団《ふとん》もってくる」

タケルは立ちあがった。

「俺の分もだぞ」

「わかってら」

タケルが本堂をでていった。

ホウは煙草に火をつけた。

「いろいろありがとう」

カスミがいった。

「よせ。仲間だと思うならそんなこというな」

ホウは煙を吹きあげ、答えた。

「あたしは駄目だな」

カスミはつぶやいた。

「そういう反省はひとりでしてくれ。聞かされるとこっちが重くなる」

カスミは黙った。ホウは頭をかいた。

「仕事でいっしょにいるのと、こうやって関係なくいっしょにいるってのは、ちがうんだな。まあこれからはなるべく、仕事のときだけってことにするか」

「そのほうがいいかも」

「タケルにはまだいうな。へこむ」

カスミは頷《うなず》いた。

「お前はいつでも頭でいろ。俺らが手足で」

「そうするつもりだった。けど難しいかも」

「頭がもち場を放棄したら、手足はどうなる？　それを覚悟の上で俺たちをひっぱりこんだのだろう」

「うん」

「だったらそうしていてくれ。じゃなきゃつきあいきれねえ」

ホウは吸いさしを囲炉裏《いろり》に投げこんだ。ばたばたという足音が聞こえた。タケルが戻ってきたのだった。手に何もない。

「布団、どうしたんだ」

「妙だ。誰かが外からあっちの小屋のようすをのぞいていた」

「誰か？　ここで修行している奴か」

タケルは首をふった。

「ちがうと思う。一瞬しか見なかったが軍隊のような格好をしてた。黒ずくめで」

「軍隊？　銃をもってたのか」

「銃はもってない。けど、刀みたいのを背中にさしてた。まるで忍者だ」

「何だ、それ」

「ここは一番近い人家から十キロ以上離れてる。歩いてくる人なんかいない。車でくれば音がするだろうし」

カスミがいった。

「俺が見まちがえたっていうのかよ」

「そうは思わないけど」

「調べてみよう」

ホウはいって立ちあがり、三人で本堂をでた。本堂と裏の小屋のあいだは約十メートルほどあるが、まっ暗だった。小屋の窓からわずかにランプの灯《あか》りが洩《も》れている。電気の照明と異なり、それほど強い光ではない。

「どのあたりにいたんだ」

ホウは小屋の中に吊《つ》るされていたランプをとってきていった。

「この陰だ。俺が小屋のほうに歩いていったら、さっと隠れる気配があった。何だろうと思ってきてみたら、あっちの山に走っていくうしろ姿が少しだけ見えた」

タケルは小屋の裏手から山のほうを指さした。ホウはランプをかかげ、地面を調べた。

草むらと建物のあいだにわずかだが、地面がある。そこに足跡が残っていた。

「お前の靴、見せてみろ」

ホウはタケルにいった。タケルがはいているのはスニーカーだ。地面の足跡はもっと深い靴底の模様が刻まれている。

「確かに軍隊のブーツみたいね」

のぞきこんだカスミがつぶやいた。

「修行中の連中はどんな靴をはいてた？」

「ワラジよ。自分たちで編んだ。冬になったら足袋《たび》をはくけど」

「じゃあこれは外部の奴の足跡だな」

ホウはつぶやいてタケルをふりかえった。

「顔は見なかったのか」

「無理だ。一瞬だし、この暗さじゃ」

タケルは答え、山の奥に目を向けた。

「どうする。捜しにいくか」

「懐中電灯もなしで無茶よ。道に迷うだけ。それに足を踏み外したら、沢まで落ちちゃうわ」

カスミが止めた。ホウは頷《うなず》いた。

「確かにそうだな。郡上さんに知らせるか」

「明日でいいんじゃない。郡上さんだって夜のうちは何もしようがない。なるべく騒ぎたくないよ。修行している人たちの邪魔になるから」

「刀をさしてたってのが気になる」

ホウは立ちあがった。

「刀のように見えただけかもしれない。もしかしたら鎌かも」

「鎌？」

「柄があって、その下がまっすぐじゃなかった」

「黒ずくめで鎌を背中にさしてたっていうのか」

三人は小屋の中に入った。窓は板をはめこむと閉じられる。ホウはそれを使って外からのぞけないようにした。留め具を回すと、外から侵入もできない。

「近くの農家の人じゃないのか。鎌もって仕事帰りとか」

「歩いてはこられない。それに鎌を背負うなんて、江戸時代じゃないのだから」

「身のこなしがちがう。けっこうな速さだ。あれは体を鍛えてる」

タケルがいった。

「警察か。クチナワが俺たちに尾行をつけて、ここを警官隊が囲んでるとか。鎌に見えたのは警棒か何かで」

ホウはカスミを見た。カスミは首をふった。

「いくら何でも、そんなきたない真似は、クチナワもしないよ。それに郡上さんがここに道場をもってることは前から知ってると思う」

「あのおっさんが誰かに恨みを買ったか」

タケルは腕を組んだ。

「ジャンキーを集めてるとなりゃ、プッシャーとかそういうのが、客をとられて頭にきてるかもしれん」

「ヤクのプッシャーが、わざわざこんな山の中まで恨みを晴らしにくるか？」

「そいつもジャンキーだったら？」

「だったらこそそのぞかず、それこそ刃物でもふり回して乗りこんでくるのじゃないか？　それに鍛えた身のこなしだったんだろ」

ホウがいうと、タケルは唸《うな》った。

「確かにその通りだ」

ホウはカスミを見た。

「どうする？　ここで寝るのが気持悪いなら、あっちで俺たちと寝るか？」

「扉に鍵《かぎ》はかかる？」

タケルは小屋の扉を調べた。

「ああ、かかるぜ。簡単な錠前だけど、外すにはかなり手間をくいそうだ」

「だったら目が覚めるね。大丈夫、何かあったら叫ぶから」

ホウはカスミとタケルを見比べた。

「何かもってきてないのか。身を守るもの」

タケルは首をふった。カスミも肩をすくめた。

「だって、ただの旅行だと思ってたから」

「確かにそうだな。俺も丸腰だし」

三人は顔を見合わせた。

「何でもないかもしれない。本当に近くの農家の人が、好奇心でのぞいてただけで。車の音をあたしたちが聞きのがした可能性もあるし」

カスミがいった。

「まあいい。とにかく何かあったら、でかい声だせ」

いってホウは押入れから布団《ふとん》をひっぱりだした。カスミは頷いた。

タケル

本堂に戻り、囲炉裏のかたわらに布団をしいた。そこにあおむけになって、タケルはずっと天井をにらみつけていた。ホウは畳んだ布団の上に尻《しり》をのせ、片膝《かたひざ》を立てて囲炉裏の炭を見つめている。

「やっぱり見まちがいじゃねえ」

タケルはいって、むっくりと起きた。

「確かに黒ずくめの奴がいた。背中に鎌みたいのをさして」

「別に疑っちゃいない」

ホウはいって、煙草に火をつけた。

「気にならないのかよ」

「そいつが何者にせよ、目的は俺たちじゃなくてここだろう。あるいはここで修行している誰か」

「誰か？」

「お前がさっきいっていたように、ここにいるのはジャンキーだ。ジャンキーてのは、とにかくトラブルを起こす。誰かのクスリをギっただの、売り上げをネコババしただの。それが誰かを怒らせ、そのジャンキーをさらいにきたのかもしれん」

「さらってどうするんだ」

「ネコババしたクスリか売り上げの隠し場所を吐かせる」

「そんな下らねえ話かよ」

タケルは吐きだして、再び布団にひっくりかえった。

二人ともしばらく無言だった。タケルは首だけを回し、ホウを見た。赤い炭火が、ホウの両腕にびっしりと入ったタトゥを照らしだしている。

「お前は何でジャンキーにならなかったんだ」

「リンがいたからだ」

ぽつりとホウは答えた。

「リンはいつもぶっ飛んでた。奴が馬鹿をしないように、俺はシラフで見張ってなきゃならなかった」

「いつ、リンがいないとき、やろうとは思わなかったのか」

「いつ、リンから呼びだしがあるかわからない。それにクスリをやって、自分を勘ちがいしたくなかった」

「勘ちがい?」

「クスリをやってる奴は、自分がオールマイティだと思いこむ。飛べると思って窓から落ちたり、勝てる筈《はず》のねえ奴にケンカを吹っかけたり、そんな馬鹿をさんざん見ていたから、自分がそうなるのが嫌だった」

タケルは無言だった。こんなマトモな奴がなぜ、今ここにいるのだろう、とふと思った。が、それはいくら考えても、自分では答の見つけられそうにない問いだった。

「お前はジャンキーになるわけないな。煙草すら吸わないのだから」

ホウがいった。

「ああ。潰《つぶ》したプッシャーやジャンキーならいくらでもいるがな」

「恨みを買ってるぞ」

「そう思う。だからいつかそういう奴に刺されるかもしれん」

タケルはつぶやいた。そのときはそのときだ、と覚悟している。狩りを始めたときからそうだった。

ホウが立ちあがり、布団をのばした。

「つまんねえ話だ。寝ようぜ」

カスミ

何かの気配で目がさめた。どこかで叫び声がした。そんな気がする。ランプの絞った灯で、小屋の中は薄暗い。

何だろう。何かが起きている。背中がざわつくような、胸をぎゅっとつかまれたような、そんな嫌な気配があった。

携帯電話をさぐり、開いた。午前二時を回っている。強い光に目を細めた。

そのときまた、叫び声が聞こえた。

空耳ではない。何かが起こっている。それもただごとではない何かが。

カスミは布団の上に体を起こした。脱いで畳んでいた衣服を携帯電話の光で身に着ける。

扉がノックされた。

「カスミ」

低い声がした。タケルだった。カスミは急いで扉に近付くと錠を外した。扉が開き、タケルとホウの姿が見えた。二人とも緊張した顔をしている。

「どうしたの」

「わからん。けど、何かが変だ。悲鳴みたいのが聞こえた。お前は大丈夫か」

タケルの問いにカスミは頷《うなず》いた。

「あたしは平気」

「ここじゃ夜中に、何か大声をだすような修行をしてるのか」

タケルの背後からホウが訊《たず》ねた。カスミは首をふった。

「聞いたことない。でも、もしやってるなら郡上さんが教えてくれた筈だよ」

「すると叫び声がしたのは別の理由か」

ホウはつぶやいてタケルと顔を見合わせた。

「どうする、ようすを見にいくか」

タケルはいった。ホウは頷いた。

そのとき駆けてくる足音がした。本堂の方角から誰かやってくる。

じっとしていると足もとから寒気が這《は》いあがってくるのをカスミは感じた。ひどく寒い。

「カスミちゃん」

郡上だった。白い作務衣《さむえ》を着ている。

「郡上さん、どうしたの?!」

郡上は答えず、ホウとタケルを見た。

「今すぐここをでなさい」

「何だって」

「車に乗ってここを離れるんだ。理由を話している暇はない。カスミちゃんを守りたければそうしろ」

「わけわかんねえ。何なんだよ」

タケルがいった。郡上はタケルの肩をつかんだ。恐ろしい形相《ぎょうそう》だった。

「いうことを聞け。車に乗ったらライトはしばらくつけるな。いいな！　早く！　早くいけ！」

タケルはあ然として郡上を見つめた。動いたのはホウだった。

「いこう」

言葉少なにいって、タケルとカスミを促した。

「そうだ。いけっ」

郡上は低い声で叫んだ。三人は走りだした。

「初めて見たよ、郡上さんのあんな顔」

走りながらカスミはいった。

「それだけ切羽詰まってるってことだ」

車にとりつき、ドアを開けながらホウがいった。後部席に乗りこみ、カスミは背後をふりかえった。

本堂と小屋を結ぶ通路に郡上の姿がぼんやりと浮かんでいた。小屋のほうをふりかえりながら、早くいけ、と手をふっている。

ホウが車のエンジンをかけた。

「ライトをつけるなっていったよな、大丈夫か」

タケルがいった。

「一本道だから何とかなるとは思うが、スピードはだせない」

サイドブレーキを外し、答えたホウがそろそろと車を発進させた。

「何が起きてんだよ」

タケルもうしろをふりかえりながらいった。

「わからんが、もしかしたらお前が見た黒ずくめの奴と関係があるかもしれん」

車は林道に入った。やっと月明りで道が見えた。ホウは車のスピードを上げた。

「小屋が襲われたのかも」

カスミはつぶやいた。

「だったら助けたほうがいいのじゃないか」

タケルがいった。

「俺たちがいて何とかできる相手だったら、郡上さんは逃げろとはいわないだろう。きっとかなわないような相手だから逃げろっていったんだ」

「かなわないような相手？」

「お前が見た奴は軍隊みたいな格好をしていたんだろ。そういうのが集団で襲ってきたとか」

「だったらよけい、俺たちが助けるべきだったのじゃないか」

「丸腰でか。ひとりふたりならともかく、何人もいたらどうする」

「だからって逃げるのかよ」

「郡上さんの言葉を思いだせ。カスミを守りたけりゃそうしろっていった。つまり襲ってきた奴らの目的はカスミなんだ」

「そんな」

思わずカスミはいった。

「なぜあたしなの」

「わからん。でも郡上さんや修行中の奴が狙いなら、ああはいわないだろう。それに俺らが泊まってるときに襲ってきたというのもひっかかる」

「あたしたちが泊まってるのを知ってる人なんていないよ」

「クチナワか」

タケルがつぶやいた。

「クチナワには、カスミをどうとかする理由がない。よし、ここまでくりゃいいだろう」

ホウは答え、ライトをつけた。ヘッドライトが林道を照らすと、周囲の闇がむしろ濃くなった。その闇をふり切るように、ホウは車のスピードを上げた。

「じゃおかしくないか。いったい誰が、カスミがあそこにいることを、襲ってきた奴らに知らせたんだ」

「ずっとあそこを見張っていた奴がいたのかもしれない」

「それか、修行している人の中にスパイがいた」

カスミはつぶやいた。

「何のスパイだよ」

「パパを恨んでる人。郡上さんとあたしの関係を知っていて、あたしがあそこに現われたら知らせられるように潜りこんでいた」

「何だってそんな面倒なことをする」

「郡上さんがいってたじゃないか。アンダーグラウンドの世界には、藤堂に恨みをもったり、その力を横どりしたいと考えてる者もいるって。カスミの父親を恨んでる奴にしてみれば、カスミを狙う理由はある」

「狙うって――」

「あたしが死ねば、パパはどこかで悲しむと思う。さらえば、何かを要求できるかもしれない」

カスミはいった。もしそうだったなら、自分は郡上と修行中の人たちにとんでもない迷惑をかけてしまった。

いや、迷惑ですめばいい。もしかすると——。

カスミは携帯電話を開いた。まだ「圏外」の表示が消えない。

「わかんねえ！　ていうより、何か信じられねえ」

タケルが唸《うな》り声をたてた。ホウがいった。

「郡上さんがあそこで道場をやっていることは、クチナワも知っているとカスミはいった。それならアンダーグラウンドの人間には〝常識〟だったわけだ。郡上さんや道場に恨みがあるのなら、いつでも襲撃ができる。それが今日だとすりゃ、偶然てわけがない——」

そのとき、ドーンという地響きのような音が聞こえた。バックミラーを見たホウが口をつぐんだ。

全員がうしろをふり返った。

山が赤く染まっていた。爆発が起こり、炎があがっている。

「嘘」

カスミはつぶやいた。

「やりやがった」

ホウがいって、ブレーキを踏んだ。車が止まり、三人は降りたった。

もう何キロも離れているのに、赤い火がはっきりと見てとれた。燃えているのは、郡上の道場だ。

「ひどい」

「郡上さんのいう通り、逃げて正解だったんだ」

ホウがいった。

「なんで正解なんだよ！　俺たちは見捨てたんだぞ」

タケルが食ってかかった。

「じゃあ俺たちに何ができた?!　武器は何ひとつない。相手は、お前が見た奴だって刃物をもっていて、もしかすると銃もあったかもしれない。それにあれは、爆弾を破裂させた音だ。そんな装備できている連中に勝てるわけがないだろう。俺らも殺され、カスミも殺されて、それでいいのか」

「そうじゃねえ！　そうじゃねえけど――」

言葉に詰まったタケルが拳《こぶし》で車のボンネットを殴りつけた。

「くそっ」

「とにかく逃げるぞ。あいつらは俺らを追っかけてくるかもしれない。山の中にいる限り、すぐに見つかっちまう」

ホウはいって車に乗りこんだ。

アツシ

市街地にでるとホウは高速道路には入らず、国道を南下した。やがて高速那須インター付近に連なるラブホテルのネオンが見えた。その一軒に、車を進入させた。ガレージの上に部屋がある、コテージタイプのラブホテルだ。使用中の部屋がいくつかあった。

車を止め、三人はガレージの横に作られた急な階段を登って部屋に入った。

「なんで東京に帰らない」

タケルが訊《き》いた。

「襲ってきた奴らに仲間がいたら、逃げた俺らが高速に乗るのを待ちかまえている可能性がある。交通量のない夜にインターを張られたら一発だ」

ホウは答えて、備えつけの冷蔵庫から缶コーヒーをとりだした。

「ホウのいう通りだと思う。ごめんなさい」

カスミがつぶやき、ぺたんと床にすわりこんだ。

「なんであやまる」

「あたしが皆んなを巻きこんだ」

ホウは無言で缶コーヒーをカスミの前においた。

「へこむのはあとにしろ。クチナワに連絡するんだ」

「待てよ、クチナワが信用できるって保証はあんのか」

タケルがいった。

「いったろう。クチナワはあそこのことを知ってた。それにカスミを狙うならわざわざ郡上さんたちを巻きこむ必要もない」

別の缶コーヒーをタケルに投げてやり、ホウは答えた。コーラをだし、ひと口飲んだ。

カスミは伏せていた顔を上げた。

「郡上さんのことが心配なら、クチナワに応援を頼んで戻るしかない。俺ら三人でのこのこ戻ったら一巻の終わりだ」

カスミは無言でホウを見つめ、小さく頷《うなず》いた。携帯電話を開き、ボタンを押す。

耳にあてていたが、相手がでるといった。

「コード・ブラック」

そして電話を切った。

一分とたたないうちに、カスミの電話が鳴った。

カスミが話し始めた。

タケル

電話を切ったカスミが説明した。緊急事態専用の番号があって、そこには留守番電話が設定されている。「コード・ブラック」は、ただちに生命の危険がある状況ではないが、応援を要請する暗号だというのだ。

連絡をしてきたのはトカゲで、カスミの説明を聞いて、朝までそこに待機するように告げたという。

三人はまんじりともせずにその部屋で過した。午前五時、外が明るくなり、鳥の声が聞こえ始めた。

カスミの携帯電話が鳴った。

「クチナワよ。下にいるって」

三人は部屋をでた。クチナワが移動に使うバンが止まっていた。車椅子のクチナワのかたわらにトカゲが立っている。

「ヘリを飛ばした。報告によると、郡上の道場は全焼しているようだ。周辺に何体かの遺体を視認した、とパイロットが伝えてきた」

前おき抜きでクチナワがいった。カスミが息を呑《の》んだ。

「ひどい」

「道場にいた正確な人数を知っているか」

三人は首をふった。

「郡上さんを入れて、十四、五人だと思う」

ホウがいった。

「ヘリからは生存者を見つけたという報告はない。現在、栃木県警と消防が林道から道場に向かっている。君らを連れていくことは可能だが、望まないなら残ってもいい」

「いくぜ」

タケルはいった。

「知らん顔なんかできねえ」

クチナワは頷き、ホウを見た。ホウも無言で頷いた。

「あたしもいく」

カスミがいった。

「かなり凄惨《せいさん》な現場かもしれない」

「あたしのせいで人が死んでるの。知らん顔なんかできるわけない！」

カスミは叫んだ。

「わかった。私の車に乗れ。君らの車はここにおいていく」

クチナワは頷いた。

アツシ

「私がいいというまで車を降りるな」

道場だった場所が見えてくるとクチナワがいった。林道は途中から警察に封鎖されていた。トカゲが身分証を見せて通過した。

本堂もそれ以外の建物もすっかりなくなっていた。あたりの樹木も焼け焦げていて、山火事にならなかったのが不思議なくらいだった。

トカゲがバンを進めた。ロープで遮断された内側を、多くの警官が動き回っている。ロープぎりぎりの位置でバンが止まった。クチナワが車椅子を動かし、電動のリフトをトカゲが作動させた。

三人はバンの窓に顔を寄せた。

バンのスライドドアが開き、クチナワが降りた。ロープのかたわらにいた私服の警官が駆けよった。ロープがもちあげられ、クチナワは車椅子を操って、その内側に入った。あちこちでカメラのフラッシュが光っている。トカゲは運転席にとどまって、クチナワを見守っていた。

カバーをかけられた担架を、マスクをした警官が前後にはさんで運んでいた。黒焦げの、枯れ枝のようなものがつきでている。それが人間の手か足であることにホウは気づいた。

「ひでえ」

タケルが呻《うめ》くようにいった。

「メッセージよ」

カスミが小さな声でいった。

「メッセージ？」

タケルが訊き返したが、それ以上は何もいわなかった。

やがてクチナワが戻ってきて、トカゲに合図を送った。トカゲがスライドドアを開いた。

「降りろ」

短くいう。三人はバンを降りた。

クチナワが車椅子を動かし、三人の前に移動した。

「全部で十四の遺体が見つかった。うち十三体は、死亡したのち焼かれている。死体を一ヵ所に集め、火を放ったのだ。一体だけが燃やされていなかった」

「郡上さんね」

カスミがいった。顔色はまっ青だが、口調はしっかりしている。

「そうだ。会うかね」

カスミは頷いた。クチナワが移動し、三人はあとをついていった。遺体運搬用のバンが何台も止められていて、そのうちの一台の前に、クチナワを通した私服警官がいた。

リアハッチを上げ、遺体にかけられていたカバーをはがした。

郡上は眠っているように目を閉じていた。だが眠っているのでないことは喉《のど》に大きく開いた傷口とその下の赤く染まった作務衣《さむえ》で明白だった。

「頸動脈《けいどうみゃく》を裂かれている。あっという間に失血死しただろう。他の焼死体にも、同様の傷があった」

私服警官がいった。ホウたちが何者だか知らされているのか無表情だった。他の警官は皆、好奇の目を向けている。

「凶器はナイフ？」

「傷口の形状から見て、やや特殊な刃のつきかたをしているナイフ、あるいは鎌のようなものだろう」

カスミは無言で小さく頷いた。そのとき、タケルがつぶやいた。

「同じだ……」

ホウはタケルをふりかえった。

「何が同じなんだ」

タケルは大きく目をみひらき、郡上の死体を見つめている。その顔にも血の気はなかった。カスミもタケルのようすに気づき、ふり向いた。

「うちと……同じだ……」

タケルがいった。

「う、うち？」

「俺の家族だ」

タケルの目がクチナワに向けられた。カスミがはっと息を呑んだ。

「グルカ……ナイフ」

カスミがつぶやいた。クチナワがカスミを見て頷《うなず》いた。

「たぶん、そうだ」

「グルカナイフ？」

タケルが聞きつけた。

「何だ、それ。それが俺の家族を殺したナイフなのか」

一瞬の間をおき、

「そうだ」

とクチナワが答えた。

「どういうことだよ。郡上さんを殺した奴は、俺の家族を殺したのと同じナイフをもってるってことか」

「解剖した上でなければ断言できないが、おそらくそうだ」

ホウは訊《たず》ねた。

「グルカナイフが今まで殺しに使われたことは？」

「この十年に限っていうなら、二度目だ。一度目が――」

クチナワの目がタケルに向けられていた。

タケルは今にも張り裂けそうなほど目をみひらき、クチナワを見返した。

「――知ってたんだな」

つぶやくなり、クチナワにとびかかろうとした。

「知ってて俺を――」

それを寸前でホウは抱き止めた。

「よせ、タケル」

「離せ！　離せよっ。こいつは、こいつは、俺の家族を殺した奴を知ってるんだ」

「落ちつけ」

いいながら、ホウもクチナワを見つめた。

「どういうことなんだ」

訊《き》かずにはいられなかった。クチナワは冷ややかにホウとタケルを見上げている。

「グルカナイフのことなら、もちろん知っていた」

「それ見ろ、やっぱり！」

タケルはホウの腕をふりほどこうとした。

「落ちつけって」

ホウはクチナワをにらみつけた。

「誰なんだ?!」

「犯人を知っているとはひと言もいっていない。凶器にグルカナイフを使うプロの殺人者がいるという情報を得ていただけだ」

クチナワは淡々と答えた。

「その情報はどこから得ていたの」

カスミが訊ねた。カスミも鋭い目でクチナワを見つめている。

「それをここで明かすのは問題がある」

クチナワは周囲を見やっていった。その場にいるすべての人間が、クチナワとタケルたちを見つめていた。現場検証をおこなっていた警官も消防士も、すべてだ。

ホウは我にかえった。

「クチナワのいう通りだ。話はここじゃなくてもできる」

タケルの耳もとでいった。タケルの体からやっと力が抜けた。

「じゃ、どこだ。どこでできる」

ホウはタケルの体を離した。クチナワはカスミを見つめ、それからタケルとホウに目を移した。

「渋谷で会おう。明日、きてくれ」

「大丈夫なのか。俺らだけで動いても」

ホウは訊ねた。

「ヘリで君らを東京まで送らせる。東京に入れば、君らは安全だ」

「なぜそんなことが断言できる？」

「掟《おきて》があるからだ。ここを襲った連中は、東京では活動できない」

「何だと？　何の掟だ」

「渋谷で話す」

クチナワはそういって、トカゲに合図をした。

カスミ

渋谷の駅前でタケルとホウを拾い、カスミはタクシーでベースの建設予定地に向かった。前回訪れたときと同じように、とり壊される予定のビルの囲いの前にトカゲがバンを止めて待っていた。

東京は晴れていた。気温が上がり、街には夏が戻ってきたかのようだ。歩いている人々も、まるで真夏の格好をしている。

タケルは珍しく濃い色のサングラスをかけていた。カスミやホウから少し離れた位置に立つ。怒っているようにも見えるが、サングラスのせいで表情がわからない。

クチナワはやはり車寄せのアーチの下の日陰にいた。カスミとホウが石段に腰をおろすと、車椅子が動いた。

「きのうはずっと口をきかなかった」

ホウが目でタケルを示し、低い声でカスミにいった。

「どうしたの」

「たぶん誰も信じられなくなってるんだ。クチナワだけじゃなく、俺たちも」

カスミはそっと息を吐いた。グルカナイフに関する情報を黙っていたことがわかったら、タケルは決して自分を許さないだろう。

「全員、無事のようだな」

クチナワがいった。タケルは少し離れた地面に、両脚を広げて立っている。怒った猫のように、背中が丸まっていた。

「話せよ」

サングラスをクチナワに向け、いった。

「掟って何だ」

クチナワは一瞬黙った。が、口を開いた。

「『一木会《いちもく》』という団体がある。関東を縄張りとする組織暴力団の幹部たちが、毎月第一木曜日に会合をもつことからその名がつけられた。親睦《しんぼく》団体を標榜《ひょうぼう》しているが、実際は、関東以外の土地に拠点をもつ組織暴力団に縄張りをおかさせないための軍事協定を定める場だ。掟があり、それを破った組織には制裁が科される。制裁にはいくつかの段階があるが、最も重いものだと、組織の存続が危うくなる。したがって掟が破られることは、まずない」

「それと俺らに何の関係がある？」

ホウが訊ねた。

「かつて、プロの殺し屋という職業はこの国に存在しなかった。殺しを専業にしても、商売として看板を掲げるわけにはいかないし、雇った側も雇われた側も、相手が生きている限り、枕を高くして寝られないという問題を抱えこむ。だから殺しを専業にする者は、いずれかの組織に属し、その決定にしたがって犯行を重ねる。プロフェッショナルの殺し屋というより、命令で殺人をおかす暴力団員にすぎない。それが変化したのは一九九〇年代以降のことだ。日本の景気が悪化し、収入が激減した組織暴力団は、取締の強化もあって、身内に殺人を命じるのを躊躇《ちゅうちょ》するようになった。組員が長期刑に服せば、組織にはその家族の面倒をみる義務が生じる。それには金がかかるし、さらに犯行が組織の命令によるものだと立証されなくとも、幹部に刑事民事双方の責任が生じるとの判断が司法の場で示されたからだ。簡単にいうなら、やれと命じた命じないにかかわりなく、子分のおかした罪の責任を、刑務所と金の両方で親分は負わなければならなくなった。結果、組織暴力団は、殺人を外部に依託する傾向が強まった。ちょうど時期を同じくして、外国人犯罪者が増え始めた」

「つまり中国人てことか」

ホウがクチナワを見つめ、いった。

「中国人だけではない。金に困っていて、犯行後すぐ日本を離れることに同意するなら、何人《なにじん》でもよかった。車に乗せ銃を渡し、標的の住む家の前まで連れていく。インターホンを押し、標的が現われたら撃て、と命じる。犯行後は再び車に乗せ、空港まで連れていって飛行機に乗せる。犯人は、自分が撃ったのが何者なのかも知らない。簡単であとくされがなく、金もかからない手段だ。さらに実行犯がつかまらない限り、組織暴力団による殺人だと立証されにくい、というメリットがある。かつて組織暴力団に属する者は、逮捕され刑に服すことを〝勲章〟だと考え、組織もそういう人間を手厚く遇した。現在はちがう。刑務所に入れば生活は苦しくなるし、出所しても組織は前ほどあたたかく迎えてはくれない。最も重い刑が科せられる殺人を、組織のためにおかす者が減っている。そうした流れが、日本にプロの殺し屋の需要を生んだ」

「どこにも属さず、金だけで殺人を請けおう？」

カスミが訊《たず》ね、クチナワは頷《うなず》いた。

「多くの殺し屋は、一度きりの使い捨てだ。お膳立《ぜんだ》てはすべて組織暴力団がおこない、引き金をひく者としての用途が求められるだけだ。度胸さえあればよく、能力や経験は必要ない。が、やがて特殊な仕事をこなす能力をもった殺し屋の需要が生まれた。証拠を残すことなく、一度に大量の人間を殺す能力だ。こうした殺し屋は存在が限られる。そのあたりにいる食いつめた外国人にはこなせない仕事だ。軍隊で訓練を受けたり、多くの人間を殺害しても冷静さを失わないでいられる経験のもち主でなくてはならない」

「本当のプロフェッショナルということだな」

ホウの言葉にクチナワは頷いた。

「このようなプロは、そう多くはいない。安全のため、連絡をとる手段が限られているし、活動の機会も多くない。しかし一度、仕事に入れば、その能力は高く、雇う側である組織暴力団にとってもその存在は脅威だ。使い捨ての殺し屋が拳銃《けんじゅう》やライフルなら、このプロは、大量破壊兵器といえる。したがって組織暴力団どうしの協定で、この使用は厳しく制限されている。その一番目が、東京都内で仕事をさせてはならない、という掟だ」

しばらく誰も口をきかなかった。やがてタケルがいった。

「俺の家族は東京で殺された」

「その頃は協定がなかった。いや、『一木会』そのものが存在しなかった。『一木会』が設立されたのは、今から七年前、お前の家族が殺された翌年だ。以来、グルカナイフを用いた殺人は起こっていなかった」

「グルカナイフは、今は簡単に手に入る。同じ犯人だとはいえないのじゃない」

カスミはいった。

「確かにインターネットですら購入できる。しかしグルカナイフを使って効率的に人を殺害する能力までは、売っていない。ただ単に人を殺すだけなら、銃やふつうのナイフのほうがはるかに使いやすい武器だ」

「大量殺人には向いていない、ということ？」

「使い慣れた者を除けば。解剖の結果、八年前の事件と今回の事件では、被害者の傷の形状が非常に似通っていた」

「被害者じゃない。俺の家族だ」

タケルが硬い声でつぶやいた。

「タケルの家族を殺したのと郡上さんたちを殺した犯人は同じだってこと?」

カスミの問いにクチナワは頷いた。

「その可能性は高い。そして私は、この犯人が『一木会』の協定によって雇用を制限されている、特殊プロと考えている」

ホウはカスミを見た。

「郡上さんはそれを知ってた。だから俺たちに逃げろ、といったんだ。プロだから戦っても勝ち目がないと見て」

「俺はその野郎を見た。なのに逃がしちまった。あいつが俺の家族を殺した張本人だってのに……」

タケルが呆然《ぼうぜん》としたようにいった。クチナワが口を開いた。

「八年前と今回の事件では、異なる点がいくつかある。ひとつは、犯人は単独ではなく、二、または三名いると思われること。もうひとつは、爆発物を使用している点だ。タケルの家族を殺害した犯人は単独だったし、爆発物も使用していない」

「つまり、その野郎には仲間がいる」

タケルがいった。

「その通りだ。グルカナイフを用いる複数の殺人者集団が、アマチュアである筈《はず》はなく、その結果、『一木会』による制限をうけるプロだという私の判断につながった」

「そこまでわかっていて、なぜつかまえられないんだ」

ホウが訊ねた。

「それにはいくつかの理由がある」

「ふざけるなっ」

タケルが怒鳴った。

「だったら俺がつかまえてやる！　『一木会』だろうが何だろうが、そいつらと連絡をとるやり方を知ってる野郎をぶちのめして吐かせればいい」

「もしそれができるなら、とっくにそうしていた。仮にこのプロをグルカキラーと呼ぶことにする。グルカキラーとの連絡手段を知っていると認める者はいない。万一、警察に情報を洩《も》らせば、自分が『一木会』、あるいはグルカキラーによる制裁の対象になるからだ」

「だが知っている奴は必ずいる」

ホウがいった。

「そうだ。知っている者とはつまり、グルカキラーを雇った者だ。八年前、タケルの家族が殺されたとき、警察は、誰が何の目的でそれをしたかをつきとめられなかった。結果、異常者による犯行という判断が有力になった。しかし今回はちがう。郡上とその道場を襲わせた人物には目的があった。目的のために、その人物は、手段としてグルカキラーを用いたのだ」

クチナワの目はカスミを見ていた。

「あたし……」

カスミはつぶやいた。

「だからメッセージを残したのね」

「メッセージ？」

ホウが訊ねた。

「道場を燃やしたこと。郡上さんだけは燃やされなかったこと。あたしを守る者はこうなるというメッセージ」

「私は少しちがう考えだ」

クチナワがいった。

「ちがう？」

カスミはクチナワを見た。

「グルカキラーを雇った者は、郡上とお前の関係が気に入らなかった。お前が郡上と親しくし、チームの仲間二人を郡上に会わせたことに怒りを抱いた。カスミに近づく者を許さないというメッセージが、グルカキラーのやり口にはこめられている」

カスミは目をみひらいた。

「それって――」

　クチナワはカスミを冷たく見返した。

「藤堂にとって郡上は腹心の部下だった。それが訣別《けつべつ》し、さらには自分の愛人の死にも責任がある人物だ。にもかかわらず、その愛人が産んだ娘と親しくしているというのが許せなかった――」

「ありえない！」

　カスミは叫んだ。

「あの人がグルカキラーを雇って、郡上さんを殺させたなんてありえない。パパは郡上さんを恨んでない。あたしが郡上さんと仲よくすることを怒ってもいない」

「当人からそう聞いたのかね」

「それは……それは、ちがうけど……」

「待てよ」

　タケルがいって、不意にカスミに歩みよってきた。

「てことはつまり、カスミの親父はグルカキラーを知ってるんだな。だったら八年前――」

「ちがう！」

　カスミは叫んだ。

「そんなのありえない！」

「わからねえじゃないかっ」

タケルはカスミの腕をつかんだ。恐ろしいほど力がこもっていた。

「お前の親父が俺の家族を殺させたのか」

「待ってよ、どうしてそんなこと思うの」

カスミは泣きそうだった。それだけはちがう。あってはならない。

「断言できるのか。八年前、お前はどこで何をしてた。親父がいっしょだったのだろ」

「落ちつけ、タケル」

ホウがいった。

「うるさい！　俺はカスミに訊《き》いてる。こいつの親父が俺の家族を殺させたのじゃないといいきれるのか」

「あたしは……あたしは……」

カスミは言葉に詰まった。

「お前は十五のときまで親父といっしょにいたといったな。十五っていや、二年前だろう。だったら知ってる筈だ。どうなんだ、答えろ！」

カスミは激しく首をふった。

「あの人がやることを全部知ってたわけじゃない。だから断言なんかできないけど、何も知らない子供や女の人を殺させるような人じゃないとあたしは思ってる」

「クチナワ」

ホウがいった。怒りのこもった声だった。

「いくらなんでも、きたなくないか。カスミとタケルを仲違《なかたが》いさせて、何が楽しい」

「楽しいことなど何ひとつない。私がしたいのは、殺人者とそれを雇った者を捕えることだけだ」

「俺がやってやる！」

タケルが叫んだ。

「タケル――」

カスミはタケルを見た。サングラスの奥の瞳《ひとみ》を知ろうとした。だができなかった。

「たとえそれがカスミの親父だろうが何だろうが、グルカキラーを雇った野郎を狩ってやる」

「カスミ」

クチナワがいった。カスミは怒りをこめてクチナワを見すえた。今日ほどこの警官を憎いと思ったことはない。

「グルカキラーを雇ったのが藤堂ではないと思うのなら、それを証明しろ」

「つまりあたしにグルカキラーを雇った者をつきとめろ、ということ」

「あたしじゃない。あたしたちだ」

ホウがいった。

「俺たちはチームだ。カスミが受けた任務は、俺とタケルの任務でもある。そうだな、タケル」

ホウがタケルをふりかえった。まっ黒なサングラスがホウに向けられている。

「タケル……」

タケルは無言だった。

お願い。お願い。カスミは心の中でくり返した。あたしたちを引き裂かないで。

「――俺にはわからない」

やがて虚《うつ》ろな声でタケルがいった。

「誰を信用していいんだか、誰を憎んでいいんだか、わからない……」

ホウは黙った。目がカスミを見た。

「お願い、タケル。あたしを信じて」

カスミはいった。涙声になっていた。

「俺は、俺はよ……お前を」

いいかけ、タケルの言葉が途切れた。不意にタケルは背中をそらした。顔を上に向け、太陽の光をサングラスに反射させた。

「俺のやることはひとつしかねえ」

タケルはいった。

「狩りだ。今までだってそうだったし、これからもそうだ。俺はまちがってたのかもしれない。狩りをするのに、仲間を作ったり、仲間を――」

黙った。

「タケル」

「タケル！」

カスミとホウは異口同音にいった。

タケルは無言で背中を向けた。そして歩きだした。廃ビルの囲いの出入口に向かっている。

「待って、タケル」

タケルの足は速くなった。そして出入口を抜け、消えた。

カスミは体中から力が抜けるのを感じていた。

タケル

渋谷の公園通りのガードレールにタケルはかけていた。目の前をひっきりなしに人が流れてゆく。大半がタケルとかわらないくらいの年の男女で、しかもひとりではなく、二人や三人以上のグループだ。誰もが楽しそうで、大声で笑ったり互いをつつきあったりしながらいきすぎていく。

ひとりひとりの顔など見なかった。ただ、こいつらは群れていて、タケルはひとりだ。

ひとりでいるのを寂しいと思ったことなどなかった。誰が、どんな姿でそばにいようと、小さい頃からずっと抱えてきた怒りがおさまったためしなどない。

憎み、狩り、壊す。

ただそれだけがタケルの存在理由だった。

疑問を抱かず、冷静に、容赦なくそれをつづけてきた。

充実していた。たったひとりでも恐いとも不安だとも思わなかった。

それがかわってしまった。

こうしてひとりでいる今、群れている奴らを見て、自分とはちがうとはっきり感じる。

いや、ありえない。なぜこんな弱っちい人間になってしまったのか。

カスミだ。ホウだ。

二人に今、怒りすら感じる。あいつらが俺を弱くしたのだ。身にまとっていた堅い鎧《よろい》を溶かし、内側のやわらかい心に食いこんだ。

いや、あいつらのせいじゃない。俺の心がやわらかかったのが駄目なんだ。

俺の心がもっと堅ければ、鎧の内側に入りこまれたって、はね返すことができた。要は、まだ甘ったれだったってわけだ。

あいつらのせいじゃない。

何をいってる。この期に及んで、まだあいつらをかばうのか。俺を弱らせ、堕落させた張本人なのに。

まして、俺の家族を奪った犯人の娘かもしれないというのに。

——お願い、タケル。あたしを信じて

涙ぐんだカスミの顔が浮かんだ。

馬鹿野郎、信じてたまるか。

あの日の光景を思い浮かべた。血だまりの中に次々と見つけた家族。タケルの世界が失われた夜。

カスミの顔が遠ざかる。乱れていた心が、暗く冷たい覆いによって、静まっていく。やがて決して消えることのない炎だけが心の中で燃え広がった。揺らがず、燃えつづける。

よし、それでいい。次は何をするかだ。闇雲に動いたって、何の役にも立たない。

タケルは深呼吸した。幸せそうな人波はもう気にならなくなっている。決して消えることのない炎というフィルターを通して眺めた街は、人形どもの楽園だ。こいつらをなぎ倒しながら俺は疾走する。獲物に突進し、喉笛《のどぶえ》に食いつき、息の根を止めてやる。

まずは情報だ。

カスミとホウを交えたクチナワとのやりとりを思いだすとき、再び心が乱れそうになった。が、それを炎で蒸発させた。焼けた鉄板の上で水滴が爆《は》ぜ、踊り狂い、そして消えるように、乱れた気持は、弱い心は、燃焼して消してやる。

「一木会」、グルカキラーを知る者たち。その設立は七年前。

タケルは目をみひらいた。八年前、タケルの家族はグルカキラーに殺された。つまり、タケルの家族が殺されたことが、「一木会」の設立につながったのではないか。

グルカキラーのような〝大量破壊兵器〟を東京で野放しにしてはマズい、とやくざどもは気づいたのだ。次にグルカキラーを雇う奴は、対立する組の幹部を皆殺しにさせるかもしれない。そんな可能性を考えたら、誰ひとりやくざは枕を高くして眠れなくなる。

つまり、タケルの家族が殺されたとき、それがグルカキラーの仕業だと気づいた人間が、東京の暴力団の中に何人もいたのだ。

そういう奴をつきとめ、追いこめば、グルカキラーに関する情報が得られる筈《はず》だ。

誰だ。どうやってそれをつきとめる。

タケルは視線を上げた。渋谷の空に並んだビルの窓に目を走らせる。

ひとりの男を思いだした。ずっと狙っていたが、チャンスがつかめなかった。ボディガードを連れていたせいもあるが、とにかく用心深くて、要塞《ようさい》のような家に住み、押し入るのも不可能だった。渋谷のプッシャーはその名前を聞いただけで震えあがるという。

何十年も前から、渋谷を裏で支配してきたといわれる組織の頂点に立つ男。

名前は信田《のぶた》といった。陸栄会《りくえい》という暴力団の会長だ。

その家の前に何度も足を運び、狩るチャンスをうかがった。だがテレビカメラや有刺鉄線を高い塀の上にはりめぐらせ、内部のようすがまるでうかがえない屋敷に忍びこむのは不可能のように思われた。

外出するときは、ボディガードを乗せた車にはさまれたセンチュリーでガレージをでてくる。バイクで尾行したこともあったが、道玄坂《どうげんざか》にある組本部ビルの地下駐車場に消えた。駐車場の入口にはシャッターがあって、信田たちが出入りするときだけ、開閉するのだ。

だが信田なら「一木会」のメンバーになっていておかしくない。

タケルはガードレールから身を起こした。

狩りの始まりだ。信田からグルカキラーの情報をひっぱりだしてやる。

アツシ

「でない。電源を切ってやがる」

携帯電話をおろし、ホウはいった。見ていたカスミが目を伏せた。ホウは視線をそらした。うまく言葉にできない感情が胸の中で渦巻いている。タケルに対するいらだち、嫉妬《しっと》。嫉妬？　確かに嫉妬だ。カスミの、タケルへの思いが、めったに揺らぐことのないホウの心にさざ波を立てている。

俺とは関係ない筈だ。カスミとタケルの関係は。なのに、カスミがタケルをチームに引き戻そうとする気持が、ホウの心にさざ波を立てる。

「どうすればいい？」

カスミが小さな声でいった。ホウはカスミを見直した。

「お前がそんなことをいうのを初めて聞いた」

カスミは唇をかんだ。今にも泣きだしそうなのをけんめいにこらえているようだ。

「だって……」

そのあとの言葉がつづかない。ホウは目をそらし、あたりを見回した。

二人は新宿《しんじゅく》に近いビルの屋上にいた。ホウとタケルが殴りあい、カスミがバッグからトカレフをだして二人に扱わせた場所だ。

屋上を囲む金網に指をかけ、ホウは街並みを見おろした。この中のどこかにタケルがいる。傷ついて、ひとりきりで、初めて出会ったときのように怒りの感情だけをたぎらせて。きっと手負いの獣のように、あたりかまわず喧嘩《けんか》を吹っかけているだろう。

いや、ちがう。あのときのタケルとはちがう。今のあいつには目標がある。

「グルカキラーだ」

ホウはつぶやいた。カスミがはっと顔をあげた。

「タケルはグルカキラーを捜す。奴の家族を皆殺しにした犯人に少しでも近づこうとして」

「どうやって?」

ホウは再び下界を見おろした。食う奴と食われる奴の街だ。

「考えろ。カスミが頭で、俺たちは手足だ」

カスミがごくりと喉を鳴らした。

「あたしが頭」

「そうさ。『ムーン』のときも、ミドリ町のときも、俺たちはお前のたてた計画にのった」

「だけど今は――」

「同じことを奴もいった。任務じゃない、と。だが俺たちは、任務だろうとそうじゃなかろうと、お前がいなけりゃチームにはなれなかった。お前が、タケルも俺もかえた」

「今はちがう。タケルはきっと後悔してる。あたしを信じたことを。いっしょにいたことを」

ホウは深々と息を吸い、煙草をくわえた。

「それは、お前の親父が奴の家族を殺させたからか」

「あの人はそんなことはしない。たぶん、しないと思う」

カスミの声は小さくなった。

「いいか、たとえお前の親父が殺させたのだとしても、お前が殺させたわけじゃない。タケルがもし、お前の親父を見つけ、殺そうとしたら、お前は苦しいだろう。けれど今、大事なことは何だ」

「タケル」

ホウは小さく歯をくいしばった。さざ波が大きくなる。よせ、気にするな。カスミがどっちを好きかなんて、考えてるときじゃない。

「そう、タケルだ。タケルをもう一度、チームに戻したいのだろう」

カスミはこっくりと頷《うなず》いた。

「だったら奴がこれからすることを、俺たちもするしかない。そしてそれがわかるのは俺じゃなく、お前だ。なぜならお前は、タケルのことを誰よりもわかってる」

カスミはホウを見つめた。

「あたしがわかれば、タケルに会って仲間に戻ってもらうこともできる？」

「それは会ったときのことだ。いつ、どんな場所で会うか。ひとつだけいえるのは、タケルは、まずお前の親父を捜すわけじゃない。グルカキラーの居どころを知っていそうな奴を捜すだろう」

「結局、クチナワの思った通りに動く羽目になるんだね」

「ああ。頭にくるが、あいつは全部計算していやがった。タケルがキレること。キレたら俺たちがタケルをとり戻すために、任務を引きうけるしかないこと」

それは全部、お前の親父への憎しみから生まれたんだ、という言葉をホウは呑《の》みこんだ。

カスミは強くかぶりをふった。目を閉じ、雑念をふり払おうとしているかのようだ。

ホウはくいしばった歯の奥から息を吐いた。これでいいんだ。カスミが考え、俺が動く。タケルをひき戻し、俺たちはまたひとつになる。二人でいようなんて思うな。

空に浮かぶ白い雲を眺めた。気温は真夏なのに、雲はやはり秋だ。薄くて頼りない。

「タケルは……『一木会』のメンバーを捜す。グルカキラーとの連絡方法を知っているのは、掟《おきて》を定めた組織暴力団の幹部たちだから」

「どうやって捜す？」

「今までやってきたタケルの狩り。それが捜す手がかりになると思う」

ホウはカスミに目を戻した。

「奴は潰《つぶ》したプッシャーややくざから『一木会』のメンバーをつきとめられるのか」

カスミは首をふった。目の焦点がぼやけ、ここではない場所を見ていた。

「ちがう。そんな小物をいくら叩《たた》いたって、『一木会』のメンバーのことはつきとめられない。もっと大物をターゲットにする」

「大物。やくざの親分のような？」

カスミは頷いた。ホウは頬をふくらませた。やくざの親分なんていくらでもいる。どいつを狙うかつきとめるのは簡単じゃない。

「でもあたしたちがタケルの狙うメンバーをつきとめるのは、タケルとの連絡なしじゃ無理」

「奴の家を張るか」

「それでタケルに会えても、タケルは怒るだけよ。あたしたちが狩りの邪魔をしようとしてると思う」

「そうだな。特にお前は誤解されるかもしれん。親父を助けようとしている、と」

カスミは無言だった。

「結局は、俺らは俺らで『一木会』のメンバーをつきとめ、そこからグルカキラーに近づくしかないってことか」

カスミが頭《こうべ》を巡らせた。

「そうなるわ。あたしたちも、タケルも、失敗したら組織暴力団に一生追われる。掟の秘密を探りだそうとする部外者を、『一木会』は許さないだろうから」

「クチナワの野郎」

ホウはつぶやいた。

「いつかぶっ殺す」

タケル

携帯を開いた。カスミとホウ、両方からの着信記録があった。四日間で二十回を超えている。きのう今日は少なくなった。あきらめたのだろうか。胸が小さく痛んだ。あきらめたのだとすれば、チームは終わりだ。

早朝だった。二日目の午後から、ずっと道玄坂のビルを張りこんでいた。陸栄会の本部の入った建物だ。

信田の乗ったセンチュリーがいつも吸いこまれるシャッターのかたわらに小さな通用口がある。そこが開いて、作業服を着た男が姿を現わした。両手にふたつ、大きなゴミ袋をさげている。

タケルはうずくまっていた植えこみの陰から立ちあがった。体がこわばっている。小さく足踏みし、血行をとり戻しながら作業服の男が背を向けるのを待った。

今だ。

男がゴミの集積所に袋をおく瞬間を見はからって、タケルはダッシュした。カラスの鳴き声を浴びながら道路をよこぎり、男のでてきた通用口にとりついた。

金属製の輪になったノブをつかみ、半回転させて引く。通用口が開いた。すり抜け、ビルの内部に入った。スロープを下り、地下駐車場へと走る。

地下駐車場はがらんとしていた。車は二台しか止まっていない。

その一台、黒のレクサスと壁のすきまにとびこんで、タケルは伏せた。頭上で通用口が開閉する軋《きし》みと錠のおりるカチリという音がした。

ほっと息を吐いた。首をあげ、あたりを見回す。監視カメラが二ヵ所にあった。走りこむタケルの姿を誰かが見ていたかどうかは賭《か》けだ。もし見られていたら、すぐにでも当直の組員が駆けつけてくるだろう。

息を殺し、待った。足音も叫び声もない。

侵入に成功したようだ。タケルは駐車場の床に寝そべった。

あとは信田が出勤してくるのを待つだけだ。

カスミ

西新宿に建つ高層ビルのエントランスをカスミはくぐった。

エレベータホールには制服の警備員が立ち、大理石を張った案内カウンターがあった。

そのうしろの壁には、ビルに入居する企業の一覧がある。ＩＴ企業、外資系の投資会社、芸能プロダクション。

「ミラージュエンターテインメント」と記されたプレートが、「47」の数字の横にあった。

エレベータで四十七階に昇る。

ガラスの自動扉をくぐると、受付の女性に歩みよった。女性はカスミをタレントの卵とまちがえたようだ。

「オーディションですか？」

「いえ。社長の久鬼《くき》さんにお会いしたくてきました」

女性は首を傾げた。手もとの表に目を落とす。

「お約束でしょうか」

「していません。でも藤堂の娘が会いにきたとお伝え下さい」

女性は瞬《まばた》きし、カスミを見つめた。一流の歌手や俳優が所属する芸能プロダクションに突然やってきて、社長に会わせろという十代の娘に、パトカーか救急車の出動を要請したほうがいいのではないかと考えているようだ。

カスミはなるべくおとなしく見えるワンピースにブーツという格好だった。

「お名前をもう一度」

内線電話に手をのばし、いった。

「藤堂です」

受話器を耳にあて、でた相手に、

「藤堂さんとおっしゃる若い女性の方が、社長に面会を求めておいでです」

と告げた。そのまま待つ。

警備員がきてつまみだされるのだろうか。

「はい、そうです」

女性は相手に告げ、受話器をおろした。

「お待ち下さい」

カスミは頷き、正面のはめ殺しの窓に歩みよった。そびえ立つ高層ビルの頂上は鉛色の雲におおわれている。真夏のような天気は去り、冷たい雨が今にも降りだしそうだ。

「ミラージュエンターテインメント」は、日本の芸能界にあっては、一、二を争うタレントプロダクションだった。百名以上の俳優、女優、歌手を抱え、タレントスクールも経営している。

社長の久鬼勝《まさる》が「ミラージュエンターテインメント」を設立したのは今からわずか十年前だった。豊富な資金力で、あちこちのプロダクションから売れっ子を引き抜き、急成長した。その資金がどこからでているか、また久鬼がどんな経歴の人間なのか、知る者は少なかった。表の業務は大手プロダクションからひっぱった副社長に任せ、業界の会合などにも顔をだすことはない。

「お待たせしました」

声にカスミはふりかえった。スーツを着た、銀髪の男が立っていた。

「藤堂さまですね。私、久鬼の秘書をつとめております細川《ほそかわ》と申します。こちらへどうぞ」

細川は五十くらいに見えた。まるで俳優のように整った顔立ちをしている。

芸能プロダクションといっても、所属する歌手や俳優がそこにいるわけではない。プロダクションの仕事は、所属タレントのスケジュール調整やCD、DVDなどの著作権管理、制作する番組の企画などが大半で、貼られているポスター類などを除けば、オフィスはふつうの会社とちがいがなかった。

フロアの一番奥にある「社長室」と記された扉の前に、細川はカスミを連れていった。

ノックし、失礼しますといって開く。

新宿を見おろす窓辺に巨大なデスクがあった。その椅子からはみだすほどの大男がカスミを見つめていた。

「藤堂さんです」

細川は告げた。

大男は口を開いた。部屋の空気が振動するほど低く、大きな声だった。

「本物か」

カスミは無言で大男を見つめた。大男もカスミを見ている。

大男が立ちあがった。上半身に比べると下半身が不自然なほど小さい。短く曲がった脚をちょこまかと動かし、カスミの前に立つ。滑稽《こっけい》に見えてもよい姿なのに、まるでおかしくはなかった。

大男は腰を折り、カスミを見おろした。

「怖いか」

割れ鐘のような声が降ってきた。

カスミは大男を見上げた。

「初めまして。藤堂の娘のカスミです」

大男はゆっくりと首をめぐらせ、細川を見た。

「本物のようだな」

細川は無言だった。大男は再び、カスミに目を戻した。

「お前の父親のことを俺がどう思っているのか、知っていてここにきたのか」

カスミは首をふった。

「知りません。でも父のことを知っている人が父について感じているのは、恐れか憎しみのどちらかです。あるいはその両方か」

大男は深々と息を吸いこんだ。不意に踵《きびす》を返し、再び巨大なデスクの向こう側におさまった。

「俺はお前の父親を怖がっちゃいない。少なくとも今は、な。今の俺は昔とちがう。お前の父親に逆らい、叩《たた》き潰《つぶ》されて、プライドをこっぱみじんにされたチンピラじゃない。このビルを見たろう。お前のような若い娘なら『ミラージュ』がどんな会社なのか知っている筈《はず》だ。俺は芸能界のドンだ。俺のところのタレントなしで、どんな映画もテレビ番組も成立しやしない。だからお前の父親を怖いなどと思ってはいない」

「憎んでもいませんか」

カスミはいった。大男はくるりと椅子を回した。高い背もたれの上に小さな、尖《とが》った頭だけがつきでている。

「憎むだ？　感謝している。藤堂に叩き潰されたおかげで今の俺がある。本当だ、お嬢ちゃん」

「それは久鬼さんが『一木会』の仕事をするきっかけになったからですか」

細川が咳《せき》ばらいした。

「藤堂さん。何か誤解をなさっておいでではありませんか」

カスミは細川をふりかえった。

「誤解？」

「ある時期急成長した、我が社と反社会的勢力の関係を疑うマスコミやライバル業者が数多くおりました。藤堂さんもそういう人間たちが流した噂を信じておられるようだ」

細川はとりすました表情だった。

「確かに社長の久鬼勝は、以前暴力団に身をおいていたことがあります。しかし現在は、まったくそうした集団とは関係をもっておりません」

カスミは淡々と告げた。

「『ミラージュエンターテインメント』の活動資金源は、『一木会』によって提供される麻薬や売春、恐喝などで得た非合法の利益の一部です。『ミラージュエンターテインメント』は、それをタレントプロダクションの運転資金にかえ、洗浄し、さらに利殖して『一木会』に還流させている。しかしその方法が巧みなので、警察や税務署も見抜けない」

細川は首をふった。

「あなたこそ恐喝が目的なのですか。そうならお帰り下さい。社長とあなたのお父さんは古い知り合いかもしれませんが、そのことは恐喝を成立させる材料にはなりません」

「お金が欲しくてきたのではありません」

カスミは椅子の向こうに見える、久鬼の後頭部に告げた。

「じゃあ何だ」

久鬼が背を向けたまま訊《たず》ねた。

「『一木会』に属する有力なメンバーをどなたか紹介していただきたいんです」

久鬼が笑いを爆発させた。

「『一木会』のメンバーを紹介してほしいだと。それも藤堂の娘が。こりゃおかしい」

「あたしがそれをお願いした理由を聞いたら、笑えなくなると思います」

久鬼は笑いつづけている。

「いやいや、こんなおかしな話はないぞ。藤堂の娘が、『一木会』を紹介してくれ、といっている。いやあ、傑作だ」

カスミは黙った。

「まあ、聞いてみようか。え？　なんで『一木会』のメンバーを紹介してほしいんだ？」

喉《のど》の奥でまだ笑い声をたてながら、久鬼は訊ねた。

「グルカキラー」

笑いが止んだ。久鬼がくるっと椅子を回した。

「今、何といった」

「グルカキラー」

小さな目がかっとみひらかれている。

「それがどうしたんだ」

カスミは首をふった。

「『ミラージュエンターテインメント』には関係のないことです。ちがいますか？」

久鬼は深呼吸した。カスミはつづけた。

「あたしがなぜグルカキラーに興味をもっているのか、それを久鬼さんにお話しするのは、タレントプロダクションとしての『ミラージュエンターテインメント』の存続を危うくするかもしれません。久鬼さんがこのまま日本の芸能界で巨大な影響力を維持するためには、知らないほうがよいのではありませんか」

久鬼はカスミをにらみつけていた。やがていった。

「『一木会』の誰を紹介してほしいんだ」

「グルカキラーの起用があれば、必ずそれが耳に入るレベルの人を。常任理事クラスで、できれば東京都内に縄張りをもっている組織に属しているのが条件です」

「俺がそれをしなけりゃならない理由は何だ」

「父への感謝、ではどうですか」

久鬼は黙った。カスミは待った。

「俺も、『ミラージュ』も一切、かかわりがない。すべてはお嬢ちゃん、あんたが責任をもつ、というのなら、紹介してやろう」

「お言葉ですが、社長。こんな若い方に、どう責任をとれるのです?」

細川がいった。

「子の不始末をぬぐうのは親のつとめだ。このお嬢ちゃんが責任をとれないようなことがあれば、『一木会』は、ケツを藤堂のところにもっていくだろうよ。このお嬢ちゃんの身柄をおさえれば、奴は必ずでてくる。それを大喜びする人間は、『一木会』にもおおぜい、いる」

「それでかまいません」

カスミはいった。久鬼は顎《あご》を引いた。

「いいんだな。万一のときは、お前の父親が的にかけられるのだぞ」

カスミはこっくりと頷《うなず》いた。久鬼はじっとカスミを見ていたが、ジャケットから携帯電話をとりだした。

タケル

防弾装甲を施したセンチュリーが、ゆっくりと地下駐車場への入路を下ってくるのを、タケルは楯《たて》にしたレクサスの陰から見ていた。

駐車場へ侵入してから四時間が過ぎていた。

センチュリーの窓はフィルムでまっ黒だ。だがそれに信田が乗っているのをタケルは確信していた。何度も狙った男の車だ。見まちがいようがない。

センチュリーは、地下駐車場のエレベータの前で止まった。あとをついて降りてきた車のドアが開き、男が二人飛びだした。ひとりがセンチュリーの後部席のドアを開く。

男が降りた。白髪頭で眼鏡をかけている。

「お疲れさまです！」

声をだしたボディガードより頭ひとつ小さい。一六〇センチあるかないかだろう。これほど近くで姿を見るのは初めてだった。こんな小さな爺《じい》さんが渋谷の街を裏から支配しているとは、信じられない思いだ。

タケルは準備を整えていた。リュックからだした目出し帽をすっぽりとかぶり、両手に強力催涙スプレーを一本ずつ握り、レクサスの陰をとびだす。

足音にふりかえったボディガードの顔にスプレーを浴びせた。二人が顔をおさえて悲鳴をあげるのを待たず、スプレーを投げすてると、腰に留めたケースから大型のハンティングナイフを引き抜き、白髪頭の首をうしろから抱えこんだ。

「何だ、手前《てめえ》！」

センチュリーの運転手がふりかえり怒号をあげた。

「騒ぐな。親分の首が飛ぶぞ」

運転手の顔がひきつった。

「車に戻れ」

タケルはいって、信田の体をセンチュリーに押しやった。後部席に押しこみ、その横にすわる。

あ然として見つめる運転手に告げた。

「車をだせ。早く！」

運転手はあわててハンドルを握った。

「外へでて走らせろ。五分で親分を解放してやる」

「小僧、何をしてるのかわかっているんだろうな」

しわがれた声がいった。信田だった。驚いたようすも恐がっているようすもない。ただタケルを見つめていた。

「ああ。陸栄会の親分をさらった。それだけだ」

「そ、それだけ？　ふん」

信田は頬をゆがめた。笑ったのだ。タケルがつきつけたナイフなどまるで眼中にないようだ。

「この野郎！」

目をまっ赤にして鼻水をたらしたボディガードがセンチュリーのドアにとりついた。まだよくあたりが見えておらず、手がノブを探している。

「騒ぐなっ」

信田が怒鳴りつけた。

「おい、車をだしてやれ」

運転手に命じる。

「はっ」

センチュリーが発進した。ぐるりと地下駐車場を回り、地上へ向かうスロープを登る。

シャッターが閉じていた。運転手がブレーキを踏んだ。

「シャッターを開けろ」

タケルはいった。信田がいった。

「無理だな」

「何だと」

「このシャッターは、組の警備本部からじゃなきゃ開けられん。今の騒ぎをモニターで見ていたうちの者は、絶対にシャッターを開けないだろう」

タケルは唇をかんだ。

「残念だったな、小僧。どうする？」

バラバラという足音が聞こえた。スロープを駆けあがり、あるいは建物の通用口から、何人も組員たちが走ってきてセンチュリーをとり囲んだ。

「降りろ、この野郎」

外で叫んでいる。

センチュリーのドアはロックされている。それを外そうとした運転手に、

「開けるな！」

とタケルは怒鳴った。運転手がふりかえった。

「手前、このままですむと思ってんのか」

「いい腕だが、惜しかったな。どこかに雇われたのだろうが、自分の命と引き換えでも、この俺のタマをとれるか」

信田がいった。タケルは信田を見た。

「俺の目的はあんたの命じゃない。話を聞くことだ」

「話？」

信田は鼻を鳴らした。

「話なんぞするために、若い衆の目を潰《つぶ》し、俺の首にヤッパをつきつけたのか。馬鹿が」

「携帯でシャッターを開けさせろ」

タケルはやりとりを見つめている運転手に告げた。信田がいった。

「断わる。俺を殺すか、あきらめるか。腹を決めるのだな」

タケルはナイフを信田の喉《のど》にあてた。

「グルカキラーだ。グルカキラーとの連絡方法を教えろ」

信田の表情が動いた。

「何だと。小僧」

タケルは目出し帽をはぎとった。

「グルカキラーだ。八年前、俺の家族をグルカキラーは皆殺しにした。その翌年、『一木会』ができた。あんた『一木会』のメンバーだろう。グルカキラーのことを何か知っている筈《はず》だ」

素顔をさらしたタケルを、信田は細めた目で見つめた。つきつけられたナイフを無視していった。

「お前、その話を誰から聞いた」

そのとき運転手がドアロックを解いて、とびだした。センチュリーのドアが外から開けられ、あっという間にタケルは引きずりだされた。

「このガキは！」

「捨てろ、こらあ」

いくつもの銃口にとり囲まれた。

「殺すなっ」

声が響いた。信田だった。

「撃つんじゃない。この小僧に訊《き》きたいことがある」

タケルはじりじりと後退し、シャッターに背中がぶつかった。銃を手にした組員はざっと十人がとこはいるだろう。どんなに暴れても逃げだせる目はなかった。

タケルはナイフを投げだした。

「いい覚悟だ。だが陸栄会のアタマを狙って、ただですむとは思ってないだろうな」

先頭に立つ組員がいった。

質問も何もなかった。パンツ一枚にされ、バットや木刀で殴られつづけた。頭だけ外したのは、すぐに殺すのを避けるためだということはわかった。殺すなという信田の言葉を守ったのだろう。

失神し、バケツで水を浴びせられ、さらに殴られる。首から下の感覚が麻痺《まひ》した。気づくとコンクリートがむきだしの床に横たわり、目の前に信田がいた。パイプ椅子にすわり、煙草をくゆらせている。どれだけの時間がたったのか、まるでわからなかった。

「お前の家族の話は聞いたことがある」

目があうと、信田がいった。

「だが仕返しを考えるには、ちっと時間がたちすぎてやしないか」

タケルは無言で信田をにらんだ。

「おらっ、話せや」

信田のかたわらに立つ男がタケルの背中を蹴《け》った。衝撃を感じただけだ。痛みはない。

信田はタケルの体に目を走らせた。

「いい体をしてる。仕返しするために鍛えてたのか」

「あんたには関係ねえ」

タケルは喉をふりしぼっていった。かすれた、猫のような声しかでない。

「『一木会』とグルカキラーの関係を誰から聞いた」

信田は怒るようすもなく訊《たず》ねた。

「クチナワだよ」

「クチナワ？」

「車椅子にのったお巡りだ」

信田が煙を吐いた。

「奴か。とっくに辞めたと思っていた」

しばらく無言だった。

「お前は奴に利用されたというわけだ」

「だから何だっていうんだ」

タケルは咳《せ》きこんだ。激痛が胸に走った。アバラが何本も折れている。

「なぜ今になって、グルカキラーを捜すんだ？」

「先週、グルカキラーが郡上さんて人の道場を襲って、そこにいたのを皆殺しにした。俺は、その場にいた」

「先週？」

信田は怪訝《けげん》そうにいった。

「会長」

信田のかたわらに立つ男が体をかがめ、耳もとに口をあてた。ぐじょう、という言葉がかすかに聞こえた。

信田は頷《うなず》き、訊ねた。

「お前、ヤク中なのか」

「ちがう。俺はただ、道場を見にいっていただけだ」

信田と男は顔を見合わせた。

「お前がクチナワと呼んでいる警官がそこにきた、そういうことか」

「そうだ。そのとき初めて、グルカキラーと『一木会』の話を聞いた。『一木会』の奴なら、グルカキラーとの連絡方法を知っているかもしれないと思ったんだ」

「それで会長を狙ったのか」

男がいった。タケルは無言だった。

「去年の話だが、うちが使ってる人間が何人か半殺しにされたあげく、売りもののクスリを奪われることが三回ほどあった。よその組の縄張りでも似たような襲撃があったというのを聞いた。犯人はひとりで、お前が今日使ったのと同じようなスプレーを使ったことがある」

信田がいった。

「あれはお前か？」

タケルは目を閉じた。ここまでだ。

「そうだよ、俺がやった」

「なぜそんな真似をした」

「クズを潰す」

ふっと信田が笑った。

「自警団か。家族を殺された腹いせに、街のゴミ掃除をする、と。そういうわけか」

「悪いかよ」

目を開き、いった。信田は冷ややかにタケルを見おろしていた。

「悪かない、別に。だがつかまったらどうなるか、覚悟は決めていたろうな。小僧、よくやったと頭をなでてもらえるとでも思っていたか」

タケルは無理に笑ってみせた。

「そんなことはこれっぽっちも思ってないね。クズは執念深いからな」

信田は目を伏せ、首をふった。

「殺されても文句はいえないとわかっていたと。そういうことだな」

顔を上げ、かたわらの男に告げた。

「殺せ」

信田は立ちあがった。それきりタケルのことなど忘れてしまったかのように背を伸ばし、拳《こぶし》で腰を叩《たた》いた。

人を殺せと命じたことより、自身の腰の痛みのほうが重大だ、そんな風に見える身ぶりだった。

これがこいつらの正体だ。

怒りと絶望の中でタケルは思った。

命じさえすれば何でもかなう。他人の命など紙クズ同然なのだ。

その信田が不意にふりかえり、タケルを見た。

「ほう」

つぶやく。

「その目はまだあきらめていないな。見ろ」

かたわらの手下を促した。

「ふつうこれだけ痛めつけられれば、どんな奴も折れる。決して助からんとわかっているのだからな。だがこいつはちがう。獣だな。人間なら、とっくにあきらめている」

「今、殺しますか」

手下が訊ねた。

「そうだな。こういう奴は完全に息の根を止めん限り、いつまでもあがく。今、殺しておけ」

男が拳銃《けんじゅう》を抜いた。

ドン、という音がした。全員が背後をふりかえった。コンクリートで固められた部屋の唯一の出入口である、金属製の扉の向こうに何かがぶつかった。

扉が不意に開き、男が転げこんだ。男たちが身がまえた。

転げこんだ男はタケルのすぐそばで尻《しり》もちをついた。陸栄会のやくざだ。目をみひらき、扉の向こうを見つめている。

ジーッという機械音がした。何度も聞いた音だった。タケルは大きく息を吐いた。全身の痛みがよみがえった。

クチナワが現われた。車椅子のうしろにトカゲがいる。

「何だ、手前！」

銃を手にした男が叫んだ。

クチナワは無視した。車椅子を操作し、室内に入ってくる。目はタケルを見ていた。

「この野郎！」

男がクチナワに銃を向けるのと、

「よせっ」

信田が叫ぶのと、
バン！という銃声が轟《とどろ》くのが同時に起こった。

男の頭が爆《は》ぜた。血しぶきをまき散らしながら、男はうしろに倒れこんだ。

クチナワの膝《ひざ》の上に銃があった。

トカゲが素早く、倒れた男の手から銃をもぎとった。

「貴様……」

信田が歯をくいしばっていった。

「令状もなしでどうやって入った?!」

クチナワは答えなかった。

「何しやがるっ」

とびかかろうとした別の男の首をトカゲがつかんだ。宙に吊《つ》るし、もう片方の手で、警察の身分証を掲げた。

「いきなり入ってきて撃つってのはどういうことだ?! 違法捜査じゃねえのか、おお！」

信田が怒鳴った。

「この男を連れにきただけだ」

クチナワがいった。

「何だと」

信田は目をみひらいてタケルをふりむいた。

「我々は傷害容疑でこの男をずっと追ってきた。お前らに興味はない。この男を逮捕して連れ帰るのが私の仕事だ」

「ふざけんなっ。だったらなんでこいつをハジいた?!」

倒れている手下をさした。

「いきなり私に銃を向けた。この男の共犯で、捜査を妨害する気かと思ったのだ。この状況を見るとそうでもないようだが」

クチナワの銃が信田を向いた。

「それとも、妨害をつづけるかね」

残った手下があわてて信田をかばった。

「我々の邪魔をしなければ、ここで起こったことは不問にしてやろう。もしあくまでも邪魔をするというのなら、この場に警視庁の組《そ》対《たい》四課を呼ぶが、どうする」

「警察だからって何してもいいと思ってるのか」

手下のひとりが叫んだ。クチナワはその男を見つめた。

「縄張りの中にいる限り、お前たちやくざは無敵だ。仲間がいて、いざとなれば組織がバックについている、そう信じているのだろう。逆らう奴、気にくわん奴を閉じこめ痛めつけても恐れることは何もない、というわけだ」

「もういい!」

信田が断ち切るようにいった。

「この野郎を連れていけ」

クチナワは首をふった。

「いや、まだだ。この男と話がついてない」

手下の男を見つめている。三十代で、着ているスーツがはちきれそうな大男だった。顔をまっ赤にしてクチナワをにらみつけていた。スーツの男が進みでた。

「縄張りを締めるのは、俺らの仕事だ。俺らは恐がられてなんぼなんだよ。こういう考えちがいをしやがるガキは叩き潰《つぶ》される、そう教えてやらなけりゃならねえ。俺らのどこが悪い」

胸を反らしていった。

「悪くはない」

「やめろ、木内《きうち》」

信田がいった。

「しかし会長――」

「悪くはないが、まちがっている」

クチナワがいい、木内と呼ばれた男はふりかえった。

「何?」

「お前らは無敵じゃない。たとえ縄張りの中で、自分たちの城にたてこもっていたとしても、だ。お前たちが無敵だと思っているのは錯覚だ。警察が必ず手続きを踏む、と思っているのと同じように」

いきなりクチナワが銃を木内に向け、撃った。木内は悲鳴をあげた。右脚の膝に弾丸は命中し、もんどり打って転がった。

「何てことしやがる」

　信田が唇を震わせた。

「警察のほうから先に手をださない、と思っているのも錯覚だ」

　冷ややかにクチナワは告げた。木内は膝を抱えて呻《うめ》いている。

「わかったか。警察が手続きを踏むのも、先に手をださないのも、相手が一般人のときだけだ。お前らのようなやくざに対したときは、我々は何でもする。どんな抗議をしたところで受けつけない。それどころか、さらに逆らったと見なし、徹底的に痛めつける。まだ文句があるか、木内」

　木内の顔にまっすぐ銃口が向いていた。

　蒼白《そうはく》になった木内は首をふった。クチナワは頷《うなず》いた。

「理解できたようだな。他に疑問のある者はいないか」

　クチナワが首を巡らした。誰も何もいわなかった。

「では、この男を連行する。我々の捜査を妨害したことは、特別に不問に付そう」

　トカゲが進みでて、タケルの肩の下に腕をさし入れた。悲鳴がでそうになるのをタケルはけんめいにこらえた。

　トカゲが先に部屋をでた。銃を全員に向けたまま、クチナワが車椅子をバックさせた。

　エレベータがあった。そこにも何人もの陸栄会の組員がいて、憎しみのこもった目を向けてくる。

三人がエレベータに乗りこみ、扉が閉まると、タケルはほっと息を吐いた。

「あんたら、二人だけで乗りこんできたのか」

「それがどうした。お前とちがって、我々には銃も権力もある。たったひとりで組長を拉致《らち》しようとするほど愚かではない」

背中を向けたままクチナワが答えた。

「見張っていたんだな」

タケルはつぶやいた。

「見張るまでもない。単細胞が考えることはわかっている」

タケルの膝はわらっていた。

アツシ

高層ビルの駐車場に止められた純白のリムジンにカスミが乗せられるのを、ホウはフルフェイスのヘルメットごしに見つめていた。いっしょに乗りこんだのは、まるでゴリラのような男だった。それが「ミラージュエンターテインメント」の社長、久鬼勝だとすぐにわかった。

リムジンはすべるように走りだし、ホウもまたがっていたバイクであとを追った。カスミが連れだされたということは、作戦が成功したのを意味している。「一木会」の幹部にカスミを会わせると、久鬼は約束したのだ。

リムジンは西新宿を抜け、靖国《やすくに》通りに入った。大ガードをくぐり、区役所通りを左折する。歌舞伎町《かぶきちょう》だ。

区役所通りに入ってほどなく、リムジンは止まった。

メルセデスが二台、リムジンの前に止まっていた。

リムジンの扉が開き、カスミが降り立った。ひとりで、うしろのメルセデスに近づく。

メルセデスの助手席の扉を開けて、やくざが降りた。カスミと何ごとか話し、後部席の扉を開く。カスミがそこに乗りこんだ。

二台のメルセデスは発進した。リムジンをそこに残し、歌舞伎町の奥へと進む。渋滞で流れが悪くなっている中を、連なったメルセデスはのろのろと走った。

ホウはタクシーを一台はさんでメルセデスのうしろについた。バイクなので追いこすのは簡単だ。だがそうはしなかった。

ライダースジャケットのポケットに入れた受信器のスイッチを入れた。メットの内側のイヤフォンから声が流れでた。

「あんたは覚えていないだろうが、まだ一歳か二歳の頃、俺はあんたに会ったことがある、お嬢さん」

男の声がいった。中年の、落ちついた声だった。

「どこでお会いしたのです？」

「香港だ。先代のうちの会長があんたの親父さんに会いにいくのに同行した。親父さんはホテルのプールであんたを遊ばせていた。あんたは無邪気に笑ってた」

カスミは黙った。

「あの頃と今じゃ、日本の極道もずいぶんかわった。親父さんのことを知らない人間もいるだろうし、知っていても〝敵〟だと思っている者も多いだろう」

「河原《かわはら》組の組長さんはどうなんですか」

カスミが訊《たず》ねた。ホウはバイクのハンドルを握る手に力がこもるのを感じた。河原組は、新宿でも武闘派で知られた暴力団だった。中国人黒社会と対立し、縄張りをおかす中国人犯罪者を問答無用で〝処刑〟したことが何度もある。

シノギのために中国人と組む暴力団も多い中、河原組だけは決して組まなかった。その結果、河原組も何人かの組員を中国人に殺されている。

「うちは、そうだな。強いていえばやはり〝敵〟だろう。昔は親父さんに仲介を頼んでいた仕事を、今は自前でやるようになっている。いってみれば商売敵になっちまった、ということだな。だからといって、あんたの親父さんをどうにかしたいなんてことは考えちゃいない。ただ、あんたの親父さんが親しくしている連中とは、コトをかまえたことがある。その件についちゃ、親父さんもたぶん思うところがあるだろう」

「時代の流れが組長さんと父の関係をかえてしまったということですね」

「あんたみたいな若い人の口から時代の流れなんて言葉を聞きたくないな。いったい何が目的かは知らんが、あの久鬼が大あわてで押しつけてきたところを見ると、あまりいい話ではなさそうだ」

「グルカキラーについて知りたいんです」

男は沈黙した。

二台のメルセデスは歌舞伎町を抜け、職安通りにぶつかった。鬼王《きおう》神社前を右折し、明治《めいじ》通りにつきあたると再び右折した。歌舞伎町の周囲をぐるぐる回るように走っている。

「どこでその名前を聞いた」

やがて男がいった。五分近く沈黙していたのだった。

「何日か前、グルカキラーがあたしが子供の頃からお世話になっていた人を襲いました。グルカキラーは、『一木会』の許可がなくては雇えない、と聞きました」

「恨みを晴らしたいのかね」

「誰がグルカキラーを雇ったのか、知りたいんです」

「お嬢さん、あんたは勘ちがいをしているようだ。確かにグルカキラーを雇うには、『一木会』の承認を得る必要はある。が、それは『一木会』に所属する団体に限っての話だ。それ以外の人間なり組織がグルカキラーに金を払って誰かを始末させたとしても

『一木会』には知りようがない」

「ではお訊《き》きしますが、最近、グルカキラーを雇う承認を求めた団体が『一木会』のメンバーにいましたか」

「それを部外者であるあんたに話すことはできん。だがこういういいかたならできる。この七年、グルカキラーを雇った人間と会ったことはない」

　カスミは黙った。

「これで納得したかね、お嬢さん」

「ありがとうございます。では組長さんは、あたしの知り合いを襲わせたのは誰だと思いますか」

「そんなことが俺にわかるわけがない」

　男の声に笑いが混じった。

「その知り合いは、かつて父の右腕だった郡上さんという人でした」

「郡上。あの郡上か」

「はい」

「俺の聞いている話では、郡上はあんたの親父さんと袂《たもと》を分かった、ということだった」

「その通りです。でも父と郡上さんのあいだには今でも連絡があったようです。あたし自身は、もう二年、父と会っていませんが」

「こみいった話だな。郡上を殺したのがグルカキラーだというのは、まちがいないのか」

「警察がそう判断しました。それに――」

「それに？」

「郡上さんが襲われた晩、あたしと友人もその場にいました。そのとき、友人が黒ずくめの忍者のような格好をした人間を見たんです」

「黒ずくめ、か」

「背中に刀のようなものをさしていたそうです。その直後、郡上さんがあたしたちに逃げろといって……」

カスミの言葉が詰まった。

「殺されたのは郡上ひとりかね」

「いいえ。十四人が殺されました」

「十四人？　そんなに殺されたのに警察は何も発表しなかったのか」

「八年前の事件との関連を調べているからだと思います」

「八年前の事件のことをあんたは誰から聞いた?!」

男の声が鋭くなった。

「まだ子供だった筈《はず》だ。なぜ知っている」

「ある人から聞きました。お話ししてもかまいませんが、組長さんも八年前の事件についてご存じのことを話していただけますか」

「俺はほとんど何も知らない。ただカタギの一家が殺され、それがなぜだか問題になった。そしてそれ以降、グルカキラーに関する取り決めが作られた」

「そのカタギの一家に、ひとりだけ生き残りがいました」

「なるほど。そういうことか」

「当時も今も『一木会』の会合にでているメンバーの方を教えて下さい」

「それを聞いてどうする？　俺に会いにきたように、会いにいくつもりなのかね」

「はい」

「やめなさい。さっきもいったように、今はあんたの親父さんを〝敵〟だと思っている人間のほうがこの業界には多い。あんたが傷つくだけだ」

「では、グルカキラーとの連絡方法を教えていただけますか」

「馬鹿なことをいっちゃいかん。それこそ傷つくどころの騒ぎじゃなくなる。あんたも、俺も、だ。おい、車を止めろ」

メルセデスがブレーキランプを瞬かせた。

ホウはメルセデスのかたわらを走り過ぎ、少し進んだところでバイクを路肩に寄せた。

幸いに、ぎりぎり電波が届く位置で止められた。

「話し合いは終わりだ。降りなさい」

「お願いです。せめて七年前も今もいる、メンバーの方の名前だけでも聞かせて下さい」

「お嬢さん。この世界では、口の軽い人間は決して長生きできない。俺を早死にさせたいのかね」

「組長さんにご迷惑はかけません」

「人に決して迷惑をかけない人間は死人だけだ。俺はそう信じてきたから、今の場所にいる」

メルセデスの運転手が降り、カスミの側のドアを外から開いた。

「今日、あんたと話したことは忘れよう。そうでなけりゃ、俺があんたを死人にする方法を考えなけりゃならなくなる」

メルセデスを降りるカスミの姿がサイドミラーに映った。肩を落とし、うなだれている。

「さようなら」

男の声がいった。カスミは動かなかった。

運転手がドアを閉め、運転席に戻った。

メルセデスのウインドウが降りる音がして、カスミがはっと顔を上げた。

「ヒントになるかどうかはわからない。だが、ひとつだけあんたに教えてあげよう。グルカキラーの話だ」

「教えてくれるのですか」

「これは噂だ。グルカキラーは、初めひとりだった。それがじょじょに数を増やし、プロのグループになった。その最初のひとりを日本に連れてきた人物がいる」

「最初のひとり……」

「そう。その男が、ククリ刀を使う殺し屋を日本に連れてきた」

「誰です？」

「あんたのお父さんだ。藤堂だよ」

ホウは思わずふりむいた。メルセデスが発進した。目をみひらき、立ちつくしているカスミをその場に残して。

カスミ

ホウがかたわらにバイクを止めた。ヘルメットのサンバイザーを上げ、カスミを見つめている。

カスミは動かなかった。いや、動けなかった。

やはり父親とグルカキラーのあいだにはつながりがあったのだ。父親がグルカキラーを雇って、タケルの家族を殺させたという可能性が、重たくカスミの背にのしかかっている。

「乗れよ」

ホウがいった。カスミは小さくかぶりをふった。大きく息を吸い、吐いた。

「少し、考えたい。歩く」

ホウの視線がやさしかった。ホウは何もいわずにバイザーをおろした。

「わかった。適当なときに連絡をくれ」

くぐもった声でいって、バイクを発進させた。

カスミはじっと立っていた。やがて、あてもなく歩きだした。歌舞伎町の雑踏に迷いこむ。

さまざまな音と光に包まれ、歩きつづけた。ひっきりなしに誰かが何かを手渡そうとし、話しかけられた。すべてを無視し、しかし急ぐわけではなく、カスミは歩きつづけた。

父親に会うしか方法はなかった。グルカキラーについてこれ以上知ろうとするなら、父親に直接訊く他はない。

それがクチナワを喜ばせる、ということもわかっていた。カスミが父親に会うとき、クチナワは必ずその場に現われるだろう。そして父親をつかまえる。

カスミの足は止まった。

父親に会わなければ、タケルの怒りを解くことはできない。が、父親に会えば、クチナワがそこに襲いかかる。

いや、カスミが恐れるのは、クチナワではなかった。

真実だ。

父親がタケルの家族を殺させたかもしれないという真実。それこそが何より、タケルを自分を、傷つける。チームをバラバラにし、友情を憎しみにかえる。

まちがっていたのだ。

カスミは両手で顔をおおった。タケルとホウと自分。三人がひとつになって何かができるなんて思ったことが、まちがっていたのだ。

そのまましゃがみこみ、泣きじゃくりたかった。

「どうしたの」

誰かが声をかけてくる。

「ねえ、こんなとこで泣いてないで話してごらんよ」

肩に手をかけられた。

「ほっといて」

「そんなこといわないで、嫌なことがあったなら、ぱあっと遊びにでもいって忘れようよ。お兄さんがうんと楽しませてあげるから」

カスミは手をおろし、声の主を見た。金髪を盛りあげた、安物のホストのような男だった。ペラペラのスーツに先の傷んだとんがった靴をはき、首からじゃらじゃらネックレスを吊《つ》るしている。

「かわいいじゃん！　もったいない。人生は楽しまなきゃ」

男がいった。不意にその男の顔がこわばった。

「失《う》せろ」

カスミの背後から誰かがいった。

「な、何だよ」

「二度はいわん。失せろ」

男はあとじさった。

「わかったよ、わかりましたよ。ちぇっ、なんだい」

せいいっぱいの虚勢をはって、肩をそびやかした。口をとがらせ、歩きさる。

カスミはふりかえった。見知らぬ男だった。スーツを着け、ネクタイをしめているが、サラリーマンには見えない。といって、やくざとも少しちがう雰囲気がある。髪を短く刈って、背すじをぴんとのばしているところは、スーツより何かの制服が似合いそうだ。ただ、目がその姿勢を裏切っていた。軍人か警官のようなたたずまいなのに、目だけはどこか焦点が合わない、濁った不気味な視線なのだ。

男はカスミを見ていなかった。あたりを見回している。まるで今のやりとりを、遠くから誰かが監視していると疑っているかのようだ。

カスミは小さく首をふり、歩きだそうとした。男がいった。

「電話だ」

カスミは足を止めた。

「お前に電話がかかっている」

男は口の端だけを使って喋《しゃべ》った。そして上着のポケットから携帯電話をとりだし、つきつけた。

カスミは男を見た。男の目は今もカスミを見ていない。視線をひとところに落ちつけることなく、動かしている。

携帯電話を受けとり、耳にあてた。

「もしもし」

「何をしている」

男の声がいった。それを聞いた瞬間、カスミは体が棒になるのを感じた。硬直し、喉《のど》がからからになった。

「お前の目的は何だ」

「知ること」

ようやく言葉がでた。パパ、でもなく、どこにいるの、でもなかった。

「グルカキラーの何を知りたい」

「全部。誰がタケルの家族を殺させたか。郡上さんを殺させたか」

「タケル？」

「仲間だよ、あたしの」

タケルの名を口にしたとたん、カスミの呪縛《じゅばく》は解けた。凍りついていた頭の中で考えがめぐりだす。

「どこにいるの、今。日本なの？」

「お前が見える場所だ。捜しても意味はない。こちらからはお前が見えても、お前からは決して私は見えない」

「わかってる。クチナワがきっと見張っているから」

「クチナワ？」

「あなたが歩けなくした警官」

わずかに間があいた。

「あの男か。するとお前は、あの男の夢をかなえてやろうとしているのだな」

「夢？　それはあなたをつかまえること？」

「そんなのは奴にとっては小さな夢だ。奴はもっと大きな夢をみている」

「どうでもいい。それよりグルカキラーのことを教えて」

「私は何年も連中と接触していない。郡上を殺させたのが誰だかはわかっている。郡上はとうに私のもとを離れていたが、それを信じられず、郡上が私にそいつのことを密告すると疑ったのだ」

「そいつ？」

「かつては私にしたがっていた。郡上が抜けた穴を補う役目だった。だが私になりかわろうという願いをもった。私がこの国にいないあいだにとりいった連中がいて、愚かな夢を吹きこまれた。馬鹿な話だ。なぜ私の帝国を欲しがる。自らの帝国を築けばよいだけのことなのに」

「何をいってるの」

「裏切ったのだ。とうに私は気づいていた。なのにその男は、郡上が私に裏切りを知らせるのを恐れた。私の名でグルカキラーを動かし、郡上を襲わせた。報いはもちろん、受けさせる」

カスミは深呼吸した。

「八年前はどうなの」

「八年前」

「そう。タケルの家族がグルカキラーに殺された。あなたが日本に連れてきた、と河原組の組長はいった」

「タケル、タケル……、そうか、あの生き残った子供がタケルというのか」

カスミは目を閉じた。最悪の結果に、自分の足もとが崩れ、地中深く吸いこまれていくような気持だった。

「最悪。あたし、あなたの子供じゃなきゃよかった。今日ほどそれを思ったことはない」

「そうか。私に責任があることだ、それは確かに」

「なぜ?!」

カスミは叫んでいた。あたりが凍りついた。人々が立ち止まり、自分を見ている。

「なぜ、タケルの家族を殺したの?! 答えて！」

さらに多くの人々がカスミを見た。それに対する父親の答は聞こえなかった。不意にかたわらの男がカスミの手にした携帯電話をもぎとったからだ。

「返してっ」

カスミはよろけ、男にいった。だが男は電話を畳むと懐ろにしまった。

「終わりだ」

「ふざけるなっ、返せっ」

カスミは男につかみかかった。男はそれをふりはらい、警告するように左手をつきだした。人さし指でカスミの顔をさし、首をふる。

「やめておけ。俺は容赦しない。たとえお前があの人の娘でも。だから俺はよこされたんだ」

そのとき、男の体が吹きとんだ。歩道にのりあげたバイクが男の背中を直撃したからだった。

男は地面に叩《たた》きつけられ、ごろごろと転がった。周囲から悲鳴があがった。

「カスミ！」

ホウがヘルメットのバイザーを上げた。男にバイクをぶつけたのはホウだった。

「大丈夫か」

「大丈夫、それより――」

カスミは倒れている男に駆けより、上着の中に右手を入れた。その手首をつかまれた。

「やめておけといった筈《はず》だ」

男はカスミの手首を握ったまま立ちあがった。着ている服はあちこちが破れ、埃《ほこり》まみれだ。なのに痛そうな顔ひとつしていない。カスミは右手一本で宙吊《ちゅうづ》りにされ、思わず爪先《つまさき》立ちになった。

「貴様」

ホウが男に詰めよろうとした。男の足が一閃《いっせん》した。ホウの体がうしろにはねた。あおむけに倒れ、動かなくなった。

「ホウ！」

ホウは目をみひらき、瞬《まばた》きしている。何が起こったのか理解できない、という顔だ。

「馬鹿が」

男は口の端でいった。カスミは腕をよじった。男の力はおそろしく強く、右手首から先の感覚がまったくない。

カスミは左肩からさげていたショルダーバッグを振った。男の顔にバッグが命中し、金具が唇を切った。血が流れだす。

「容赦しない？　じゃああたしを殺せばいい」

濁った目がカスミを見すえた。

「そうするか」

男の左手が拳《こぶし》を作り、まっすぐうしろに引かれた。

覚悟した。

次の瞬間、男がよろめいた。男は目をみひらき、自分の胸もとを見おろした。赤い染みが広がっていた。背中から激しく血が噴きでるのが見えた。

カスミの手首を握ったまま、男はすとんと膝《ひざ》をついた。誰かを捜すように目があたりをさまよった。そして黒目が瞼《まぶた》の中に半ば隠れると、前のめりに倒れた。

アツシ

アバラの折れる音を、ホウは体の内側から聞いた。かつて経験したことのない強烈な前蹴《げ》りだった。

心臓の上を狙いすました蹴りだった。瞬間、わずかに体をずらさなければ、折れた肋《ろっ》骨《こつ》の先端が心臓につき刺さり、一撃で殺されていたかもしれない。

それでも咳《せき》もでないほど、ホウは息が止まっていた。

こんな奴がいるのか。蹴り一発で人を殺せる技をもっている。素手ではとうてい勝てない。必死になって武器になるものを捜していたとき、ホウに向けた男の背中から血しぶきがあがった。同時にガツッという音をたててかたわらの地面を何かがけずった。

男の背から噴きでた血をホウは浴びた。顔に熱いものがふりかかる。

男がカスミの腕をつかんだまま、ひざまずき、倒れた。

そのとき何が起こったのかがわかった。誰かが男を狙撃したのだ。銃弾は男の胸を射《い》貫《ぬ》き、ホウのかたわらの地面にあたった。弾丸が抜けた背中から血が噴出したのだ。

カスミが撃ったのか。

だが自由になるカスミの左手に銃はなかった。

カスミが男にとびついた。必死の形相で死体の上着を探っている。

カスミ、といおうにも声がでない。ようやく喉《のど》がひゅっと音をたて、新たな空気が流れこんだ。が、次の瞬間、胸に焼けつくような痛みが走り、ホウはのたうちまわった。

心臓に刺さらなかった肋骨が肺に刺さっている。

カスミが血まみれの手で男の上着から携帯電話をとりだした。

何をする、何をしたいんだ、カスミ。

ホウはけんめいに目をみひらき、カスミの手もとを見つめた。

カスミは携帯電話をいじり、耳にあてた。耳から離し、もう一度携帯電話をいじろうとした。そのとき気づいた。

携帯電話の一部が欠けていた。弾丸が粉砕していったのだ。

カスミは両手で携帯電話を握りしめたまま、ぺたんと膝をついた。顔がゆがみ、今にも泣きだしそうだった。

ホウは空を見た。多くの人々の顔が自分を見おろしている。

咳《せ》きこみ、激痛に身を折った。遠くで、サイレンが鳴っていた。

タケル

全身が悲鳴をあげている。全速力で走っているつもりなのに、よちよちとしか歩けない。

病院の廊下にカスミがいた。背中を壁に預け、膝を畳み、そこに顔を伏せている。

クチナワがかたわらにいた。車椅子の上で背すじをのばし、じっと正面の病室を見つめている。

ホウがICUに運ばれたと知らせてきたのはトカゲだった。同じ病院にタケルも入っていた。レントゲンとCTスキャンをうけ、体中に湿布を貼られ、ベッドの上で歯をくいしばっていた。

折れた肋骨が肺に刺さり、胸の中に血がたまっていて、それをとり除く処置をしたところだ、とトカゲはいった。

クチナワがゆっくりと首を巡らせ、タケルを見た。

「誰がやったんだ」

「よく動けたな、その体で。点滴はどうした？」

「面倒くせえから引っこ抜いた。誰がホウをやったんだ」

「クリハシという男だ。傭兵《ようへい》あがりで南アフリカに住み、ストリートファイターもこなしていた。素手で何人もの人間を殺し、その技術指導を傭兵相手におこなっていたらしい。かつては日本人だったが、今はフランス国籍だ。だった、というべきか。藤堂のボディガードを一時はしていたようだ」

「どこにいる」

「もう生きてはおらん。三〇─〇六のライフルで心臓をぶち抜かれた。即死だ」

「あんたがやらせたのか」

「私がするわけがない。クリハシは藤堂の命を受けて動いていた。いずれ藤堂の居場所へ私を案内してくれる筈だった」

感情のこもらない声でクチナワは答えた。

「じゃあ誰が――」

「誰だろうな。おそらくは藤堂だろう」

「なんで手前《てめえ》の手下を撃ち殺すんだ」

見ようとしていないのに、うずくまっているカスミに目がいった。

「なぜかな。最後になって、娘に情を感じたのか。もし撃たれなかったら、クリハシはカスミを殺していた」

「何だと」

「グルカキラーの情報を得るために、カスミは『一木会』の幹部に父親の名をだして接触した。信田は渋谷だが、カスミが会ったのは、新宿で名うての武闘派の組のトップだ。その結果、藤堂が動いた。なぜ娘が自分の名をだしてまでグルカキラーのことを調べて回っているのかを知りたかったようだ」

　クチナワがカスミを見おろした。

「クリハシは、おそらくカスミの周りの人間を殺せ、と命じられていたのだろう。カスミの動きが警察につながっていると、藤堂は気づいていた。場合によっては、カスミも殺させるつもりだったのかもしれん。だが最後の最後になって気がかわり、クリハシを殺した」

「――最低だよ」

　カスミがくぐもった声でいうのが聞こえた。

「あんな奴、死ねばいい。郡上さんは、あいつを裏切った手下が雇ったグルカキラーに殺されたんだ」

「裏切った手下？」

　思わずタケルが訊《き》き返すと、クチナワが説明した。

「藤堂が日本を離れたスキに、日本における藤堂の組織をのっとろうと考えた手下がいたらしい。その男は、郡上が藤堂にそれを告げるのを恐れ、藤堂の名を騙《かた》ってグルカキラーを動かした。八年前、グルカキラーを日本に連れてきたのは、藤堂だったと新宿の組長がカスミに話したそうだ」

「じゃあ、やっぱり――」

タケルはカスミを見おろした。だが怒りは湧《わ》かない。むしろ憐《あわ》れみに近い気持をカスミに感じていた。

カスミが顔を上げた。魂が抜け落ちたような、今まで見たことのない顔をしている。

「あいつがタケルの家族を殺させた。なぜかはわからない。それを訊こうとしたら電話をとりあげられて、そこにホウがつっこんできた。ホウはきっと遠くからあたしを見守っていてくれたんだと思う」

最後の言葉を聞いたとき、タケルの胸に怒りがこみあげた。それは、カスミに対してでもホウに対してでもなかった。

自分への怒りだ。カスミを苦しめ、見守ってやろうとしなかった、自分自身への怒り。

「ごめん」

タケルはいった。カスミが瞬《まばた》きした。言葉の意味がわからないようだ。

「俺が悪かった。俺は大馬鹿だった。すまない」

タケルはカスミのかたわらにしゃがんだ。カスミの目が下に動き、タケルの目をとらえた。

「何を、いってるの。タケルの家族を殺させたのは、あいつなんだよ」

「関係ねえ。お前とお前の親父は別なんだ。なのに俺は――」

カスミが首をふった。

「ちがうよ。あたしがタケルを巻きこんだ。チームにひっぱった。だからあたしには責任がある」

タケルはしゃがんだまま天井を見上げた。わめきたい気分だった。頭を壁に叩《たた》きつけ、ぶち割ってやりたい。

だが深呼吸し、気持を整えた。

「俺はお前を守ってやらなかった。自分勝手で、お前が傷つくことばかりした。最低の馬鹿野郎だ」

「タケル――」

「聞いてくれ。お前の親父に恨みはある。叩き殺してやりたいと思う。けど、それとお前とは関係ねえ。お前と俺とホウはチームなんだ。だからホウはお前を守ろうとした。そのとき俺は何をしてた？　つっ走ってボコボコにされ、うんうん唸《うな》ってただけだ。お前の気持なんかぜんぜん考えず、自分だけが正しいつもりでいて。俺は俺をぶち殺したいよ」

「やめてよ」

カスミの声に少しだけ力が加わった。

「そんなことされたって、ちっとも嬉《うれ》しくないよ」

タケルはカスミを見た。カスミの目に、今まで見たことのない優しさがあった。

「怒ってねえのか、俺のことを」

「怒ってなんか、いない」

「本当か」

カスミは頷《うなず》いた。不意にタケルは泣きそうになった。顔をそむけ、こらえた。

ICUのドアが開いた。白衣を着たドクターが姿を現わした。それにつづき、ストレッチャーが運びだされた。ホウが横たわっている。

タケルとカスミは立ちあがった。

ホウの顔色はまっ白だった。点滴のチューブが何本も腕からのびている。

「ホウ」

カスミとタケルはホウの顔をのぞきこんだ。ホウが目を開けた。

「何だ、その顔」

いきなりホウがタケルにいった。

「何だよ」

「さえねえツラだ」

「わかってる。大丈夫か」

「ああ」

ホウは首を傾け、カスミを見つめた。

「無事か」

カスミはこっくり頷いた。ホウはほっとしたように目を閉じた。

「病室に移動します」

ストレッチャーを押す看護師がいった。動きだすと、ホウが呼んだ。

「タケル」

「何だ」

タケルはストレッチャーにおおいかぶさった。

「カスミを頼む」

タケルは一瞬、言葉がでなかった。怒ってないのかよ、と問いかけたいのをこらえ、頷いた。

「任せろ。お前も早く、治ってでてこい」

カスミ

トカゲが運転するバンの後部席で、カスミはクチナワと向かいあっていた。ホウが入院してから二日後だった。タケルは今日、退院することになっている。

「藤堂が日本を離れた」

クチナワがいった。

「どうしてわかったの」

「情報が入った」

カスミはクチナワを見つめた。

「ずっと考えてた。あなたの目的は藤堂なのだろうって。そのためにあたしに近づき、チームを作らせた。チームに狩りをさせながら、藤堂をつかまえるチャンスを待ってた。でも藤堂とあたしの関係は、あなたの想像とちがっていた」

「そうかね」

バンは渋谷の街を走っている。どんよりと曇っていて、朝からまるで夕方のような天気だ。

「あなたは、藤堂があたしをすごく大切にしていて、あたしの身に何かあればすぐに姿を現わすと思っていたのじゃない？」

クチナワはサングラスをかけている。そのせいで表情が読みとれない。

「それを確かめたいという気持はあった」

「じゃあがっかりしたでしょう」

クチナワは答えなかった。

「藤堂は、あなたが考えたほど、あたしを大切になんか思わなかった」

「だがクリハシが君を殺しかけたとき、狙撃してまで、助けた」

「本当にそう思う？」

カスミはサングラスを見つめた。

「ちがうと考える理由はない」

「確かにクリハシはあたしを殺す気だったかもしれない。でもそれが理由で狙撃されたのかどうかはわからない」

「何をいいたいのだ」

「あいつはいった。『私がこの国にいないあいだにとりいった連中がいて、愚かな夢を吹きこまれた』奴が、郡上さんを殺した、と。つまりあいつの敵は身内にいて、しかもひとりじゃない。あいつのいう『私の帝国』は、崩れ始めている」

「藤堂の組織のことをいっているのかね」

カスミは頷いた。

「情報が入ったっていったよね。藤堂が日本を離れた、という。それはどこから入ったの？　藤堂の近くにいる人間からでなけりゃ、そんなことわかるわけない。つまりスパイがいる。警察に藤堂の動きを知らせるスパイがいたり、藤堂を裏切ってなりかわろうとする人間がいたり、つまりそれは藤堂の足もとが危うくなっているってことじゃない」

クチナワは深々と息を吸いこんだ。

「そのこととクリハシと、どんな関係がある？」

「クリハシはこういった。『俺は容赦しない。たとえお前があの人の娘でも。だから俺はよこされたんだ』。あたしはクリハシを選んだのがあいつだと思っていた。でもそうとは限らないことに気がついた。あいつは、誰かに、あたしと接触する人間を選ばせたのかもしれない。その誰かは、あたしを殺しても何とも思わないような人間、つまりクリハシを選んだ。クリハシがあたしを殺せば、あいつが落ちこむと計算して。でもあいつもそれをわかっていた。だからライフルを用意して、クリハシを射殺した。それはあたしを助けるためというよりは、裏切り者とつながっているクリハシを処刑するためだった」

クチナワは沈黙していた。やがて訊《たず》ねた。

「藤堂は君をエサに、裏切り者の意図を確かめた、というのか」

「あいつならやりかねない。それからもうひとつ、奇妙なことがある」

「何だ」

「あいつはタケルのことを知っていた。『あの生き残った子供がタケルというのか』、そして『私に責任があることだ』ともいった」

「認めたのか」

「認めた。だからあたしは訊《き》いた。『なぜ』って。『なぜタケルの家族を殺したの』、そうしたらクリハシがいきなり電話をもぎとった。『終わりだ』といった。あたしがもっと話させろといったら、あたしを殺そうとした」

「藤堂が会話を打ち切ったのではない？」

「打ち切らせたのはクリハシ。あのときは、あたしが騒いだので打ち切ったのだと思った。でもちがうかもしれない、とあとから気づいた。タケルの家族を殺した理由をあたしに知らせたくなかったのは藤堂じゃなくてクリハシだった」

「なぜだ」

「クリハシを選んだ人間、つまり裏切り者にとってはマズい話題だったから。それを藤堂があたしに話せば、困るから」

「困る理由は」

「それはまだわからない。警察が恐いのか、もっと別の何かなのか」

クチナワは息を吐いた。サングラスで表情は隠れているが、途方に暮れているようにも見える。

「この何年間かで、最も藤堂に近づいた瞬間だった」

「監視していたのでしょ、あたしを」

否定も肯定もしなかった。

「郡上の死は、藤堂にとって痛手だった筈《はず》だ。組織を抜けていたとはいえ、郡上は藤堂にとっては、精神的にはまだ右腕だった」

「それを知っていたから、あなたは郡上さんをほっておいた。あたしも郡上さんも、あいつをつかまえるためのエサだった」

「その通りだ」

クチナワはいって葉巻をくわえた。

「君はそれを承知の上で、私と組んだ。関係を解消したくなったのか」

「今度のことでそれを考えなかったわけじゃない。でも、あたしが抜けても、タケルとホウは残る。タケルは、グルカキラーを雇ったのが誰かをつきとめるまではやめないだろうし、ホウは今、他にできることが何もない。チームを離れたら、また何もない世界に戻るしかなくなってしまう。二人をひっぱりこんでおいて、あたしだけ逃げるなんてできないよ」

「それだけか。もっと別の理由があるのじゃないか」

カスミは深呼吸した。

「あたしがなぜ最初にあなたと組んだのか。覚えている？」

「復讐《ふくしゅう》のためだ。友人の人生をめちゃくちゃにした塚本《つかもと》への」

「それはきっかけにすぎない。あたしの中にはずっとやらなくてはいけないことがあったの」

「何かね」

カスミは首をふった。

「今は教えたくない。でもそのこととタケルとホウは関係がない。はっきりしているのは、あたしはあの二人に対して責任がある。あの二人をあなたのもとに残して逃げだすことはできない」

クチナワはサングラスを外し、走っているバンの外を眺めた。しばらく無言で流れる景色を見つめた。

「君は立派だ」

「立派？」

「かつて私は、指揮官として最もしてはならないことをした。それは戦いに負けることでも作戦をあやまったことでもない。そのどちらもしたが、それより何より、最も許されなかったのは、部下を見捨てたことだった。私のために命を賭《か》けようと一度は思った部下に対して、それは何よりあってはならない裏切りだった。私に比べ、君は指揮官として、はるかに立派だよ」

「あいつはいった。あたしは、あなたの夢をかなえてやろうとしているって。それがあいつをつかまえることなのかって訊いたら、『それは奴にとっては小さな夢だ。奴はもっと大きな夢をみている』」

クチナワは無言だった。

「その夢が何かなんて、別にあたしは知りたくない。あなたがあたしをエサに使うのも気にならない。だけど、あの二人を見殺しにだけはさせない」

カスミは力をこめていった。

「わかっているとも。あの二人を守ってやることが、エサとされるのを受けいれた君と私とのあいだでの最低限の契約だ。だから私はタケルを救いだした。ただし、こちらがオーダーした任務の過程で彼らに何かがあったとしても、それは君の責任だ。なぜなら二人の指揮官は、私ではなく君だからだ」

カスミはクチナワを見つめた。

「郡上さんを殺させた人間が誰なのか、スパイから情報は入っているの？」

「入っている」

「どこにいる？　そいつは」

「藤堂より先に日本を逃げだした。藤堂による粛清を恐れたようだ」

「名前を知りたい」

「村雲《むらくも》という男だ。藤堂の、日本における組織の資金管理をしていた。その立場を利用して『一木会』のマネーロンダリング・アドバイザーもおこなっていた。したがって『一木会』に加盟する暴力団の幹部の多くとつながりがあった。村雲の日本脱出に手を貸した者がその中にいた、と思われる」

「村雲……」

カスミはつぶやいた。

「君のいった、クリハシを選んだのは、おそらく村雲だろう。藤堂は、クリハシと村雲がつながっているのを承知で君に接触させたのだろうな。君がいうように、それを確かめるためだったのかもしれない。クリハシの行動によって、裏切り者が村雲であると確信した可能性もある。いずれにせよ、クリハシが射殺されたあの日のうちに、村雲は日本を出国した」

「藤堂は村雲を追っていったわけ？」

「かもしれん。裏切り者を処罰せず放置すれば、組織にとって大きなマイナスになる」

「タケルに話す」

「君の自由だ。再確認させてもらいたい。チームを存続させるのだな」

クチナワはカスミに目を向けた。

「させる」

「了解した。ホウとタケルの回復を待って、新しい任務をオーダーする」

バンが病院の前に到着した。カスミはシートから立ち、クチナワを見つめていった。

「村雲のことを調べて。タケルの家族を殺させた理由が、なぜ村雲にとってマズいのか、それを知りたい」

「わかった」

バンのスライドドアを開け、カスミが降りようとすると、クチナワが呼んだ。

「カスミ」

再びサングラスで表情を隠していた。

「君が私との関係を解消させなかったことを歓迎する」

「歓迎？　感謝のまちがいでしょ」

カスミはいった。クチナワの口もとがゆるんだ。カスミはドアをくぐり、バンから降り立った。

まっすぐ、ふりかえらずに病院の玄関をくぐった。

仲間が待っている。

解放者

カスミ

イベントの夜ということもあってクラブはごったがえしていた。混んでいればいるほど、イベントは盛りあがる。フロアにも客席にも、立っている場所を捜すことすら難しいくらい人が溢《あふ》れていた。

「なんだ、この人出は」

うんざりしたようにいう声があちこちから聞こえた。

「イナカモンが集まってやがるんだ」

そういいながら、皆どこか楽しそうに見える。

本気で嫌がっている人間がここにいるとすればタケルくらいだろう。カスミは思って、かたわらに立つ二人を見やった。

一階のフロアと二階の客席をつなぐ階段の途中に三人はいた。フロアを埋めつくした人波は、踊っているのかただ揺れているのかわからないくらいぎっしりだ。それを階段に腰かけたホウは楽しげに見ている。

タケルは終始不機嫌だった。クラブがあまり好きではないのだ。特にこの店は、六本木《ろっぽんぎ》にひと月前オープンしたばかりで、都内でも最もとがっているといわれ、金曜の晩の今夜は、おそらく一番人が集まっている。

それでも帰るといいださないのは、今日がホウの退院祝いだからだった。

退院したら何をしたい？　見舞いにいったカスミが訊《たず》ねると、久しぶりにクラブかな、とホウが答えたからだ。

「どう、ここのＤＪ」

カスミはホウの耳もとに口を近づけ、叫んだ。そうしないととうてい会話など交せない。

「悪くない。リンの真似だけどな」

カスミは頷《うなず》いた。それは確かだ。ホウがボディガードをつとめていた中国出身のＤＪ、リンは確かに天才だった。

「じゃ、エスを射《う》ちまくりじゃねえか」

タケルがいった。ＤＪブースをにらみつけ、今にも扉を蹴破《けやぶ》ってとびこみそうだ。ホウが笑った。

「いいじゃないか。自分がぶっとばなきゃ、人をぶっとばせない」

タケルは天井を見上げ、口を尖《とが》らせた。

「おい、ホウ！」

階段をフロアから上ってきた男が声をかけた。二十《はたち》くらいだろうか。髪を剃《そ》り上げ、頭頂部にタトゥを入れている。

「ケン」

ホウが腰を浮かせた。二人は掌《てのひら》を打ち合わせた。

「何やってんだ、最近。ぜんぜん見なかったが」

ケンと呼ばれた男が訊ねた。フロアにいる客の中で、断トツにいい動きをしていた。たぶんプロのダンサーだろうとカスミは見ていた。

「ぼちぼちだ」

ケンの目がカスミを見た。のぞきこむような視線は鋭かったが、決していやらしくはない。

「連れか？」

「ああ。カスミだ。こっちはタケル」

ケンはちらりとタケルを見やり、訊ねた。

「楽しんでるか」

「そこそこな」

「そっちは？」

おもしろくなさそうにタケルが答えた。ケンはふっと笑い、カスミに目を戻した。

「けっこう」

カスミが答えると、まっ白い歯を見せた。

「よかった。ここのDJ、悪くないだろう」

「ああ。だが——」

いいかけたホウの言葉をケンがひきとった。

「リンの真似、か？」

ホウは無言で頷いた。

「そうだな」

ケンはいって、フロアを見おろした。

「もう一年か、リンが死んで。リンに影響うけた奴らが一人前のDJになってきた」

年のわりに分別くさい口調だった。そしてホウをふりかえった。

「よかった、お前が元気そうで。リンとお前はいつもいっしょだったからな」

「何とかな」

「あの晩、『ムーン』にいたのか」

タケルが訊ねた。つっかかるような口調だった。

「よせよ、タケル。ケンはちがう」

ホウが止めた。ケンが訊《き》き返した。

「ちがうって、何が」

「あのイベントの関係者だったのかって訊いたのさ。タケル、ケンはダンサーなんだ」

「そうさ。俺はダンサーだ。あの『ムーン』のイベントにはいかなかった。ちょうどステージの仕事が入ってたんで」

　ケンは静かな目でタケルを見返し、答えた。

　不思議な目だった。暑くて人でごったがえして、皆が興奮しているこのクラブにあって、ひとり暗い森の中にでもたたずんでいるかのような涼しさがある。カスミは思った。

「そうか。悪かった」

　タケルがいうと、ケンは肩をすくめた。

「いいんだ」

　そしてホウに訊ねた。

「最近はここか」

「いや。あまりいかなくなった。お前はここが多いのか」

　ケンは微笑んだ。

「一番多いのは、外かな」

「外？　解放区って奴か」

　ケンは頷いた。

「いったことあるか」

　三人を見回した。三人は無言で首をふった。

　解放区というのは、この半年くらいの間に都内で突然はやりだした屋外イベントだった。携帯電話やパソコンにメールで開催情報が届き、ある日ある場所が、突然イベント会場に指定されるのだ。

それは何の変哲もない公園であったり、ビルのエントランスであったりして、メールを受けとった何百人という人間が集まる頃には、音響装置を積んだトラックがスタンバイし、不意にダンスイベントが始まるといった具合だ。噂を聞きつけてさらに人が集まり、やがてはパトカーが出動する。そのときには千人規模にふくれあがっていて、簡単には解散もさせられない状況が展開されるのだ。

イベントは始まったときと同様、唐突に終わる。それはたいてい、警察が本腰を入れて取締りに入ろうとする直前だ。音響トラックが姿を消し、しかしそれでも集まった人間はすぐには解散しない。アルコールやドラッグの入った連中は、喧嘩《けんか》になったり路上にすわりこんで奇声を発し、警官の手を焼かせる。

主催者が誰なのかはまるでわからず、音響トラックが押収されたこともあったが、トラックは盗難車で、機材からアシがつくこともなかった。

近頃は、警察もかなり解放区には神経を尖らせ始め、人が集まっているという兆候があるとすぐにパトカーを急行させ、解散を命じる。だがたいていの場合それは本物の解放区ではなく、ケチなイベント屋が真似た偽物だ。

「ないね」

タケルが答えた。

「すごいって話ね」

カスミがいうと、ケンは澄んだ目でカスミを見返した。

「すごい。どこの誰がやってるか知らないが、音だけじゃないんだぜ」

「音だけじゃない？」

ホウが訊き返した。

「いろんなもんが配られる。誰がどうしてかは知らないが、バツもエスもボールもだ。ただなんだ、それが全部」

「そんなことってあるの？」

「あるんだな」

「やくざ者がやらせてるんじゃないのか。新しい客を増やそうと思って」

ホウの言葉にケンは首をふった。

「やくざはからんでない。見かけたことがないし、やくざなら自分の縄張りがあるだろ」

「それもそうか」

解放区は、同じところでおこなわれたことがなかった。カスミが知っているだけでも、渋谷、港《みなと》、目黒《めぐろ》、世田谷《せたがや》といろんな場所で開かれている。だからこそ警察もすぐには対応できないのだ。

「じゃ、あなたにもメールがくるんだ」

カスミはいった。

「ああ。君のところにもくるようにするかい?」

カスミの目を見つめ、ケンは訊《たず》ねた。カスミは頷《うなず》いた。

「メルアドをじゃあ——」

ケンはヒップポケットから携帯電話をひき抜き、いった。二人はアドレスを交換した。

「俺のところにきたら転送する」

「お願い」

ケンは頷き、ホウを見た。

「じゃあな。会えてよかった」

ホウは手をあげた。ケンは軽やかな足どりで階段を駆けあがっていった。

「そう、ムカつくな。俺の友だちだ」

タケルにホウがいう。

「ムカつく? 俺が? なんで」

「顔にでてるわ。気に入らねえ野郎だ、ぶっ潰《つぶ》してやりたいって」

カスミもいった。タケルは口をへの字に曲げた。

「別にそういうわけじゃないが、解放区がそんなにおもしろいかな」

「皆んな何か楽しいことを捜してる。ありきたりじゃなくて、盛りあがれて、それでいてお金とかステータスがなくても参加できる何かを」

カスミはいって眼下のフロアを見つめた。

「クスリがただってのは妙だ。金儲《かねもう》けのためじゃないとすれば、何のためなんだろう」

ホウがいった。

「金儲けさ、そうにきまってる。何かカラクリがあるにちがいない」

きっぱりとタケルが断言した。

タケル

六本木にある中国料理店の個室に三人はいた。クチナワが三人を招待したのだ。ドアボーイがいるような中国料理店に入るのは初めてだった。名目は、「退院祝い」だったが、クチナワがそれだけで終わる筈《はず》がなかった。

食事はめちゃくちゃうまかった。トカゲもいっしょだったが、ほとんど食べず、余ったぶんはタケルが平らげた。

デザートのタピオカココナッツミルクとアンニンドウフがでてきたとき、クチナワが訊ねた。

「リベレイターという言葉を聞いたことはあるか」

「いいや」

ホウが首をふり、カスミを見た。カスミも首をふった。クチナワの目がタケルを向き、
タケルはココナッツミルクをすくったスプーンを口にくわえたまま首をふった。

「この数ヵ月、都内と近郊で破壊工作が連続発生し、警視庁の公安部が躍起になって情報を収集している。思想的、宗教的、あるいは民族的背景があるとは思えず、犯行声明もない」

「破壊工作ってどんな？」

カスミが訊ねた。

「先週、埼玉県で送電線が切断され、数万世帯が停電におちいった。あるいは先月の終わりにJR東海道本線の線路に盗難車が放置され、運行が妨害されて何十万人という乗客が足止めをくらった」

「どっちも知ってる。ニュースで見た」

「他にもある。携帯電話用の中継アンテナの破壊は今月に入って十件を超えているし、地下鉄乗場への階段シャッターを速乾セメントで固着させ開かなくさせたという事件の報告もある」

「タチの悪いイタズラだ」

タケルはいった。クチナワは頷いた。

「その通りだ。どれをとってもタチの悪いイタズラで、死者や怪我人はでないものの、何千、何万という不特定多数の人々が被害や混乱に巻きこまれている」

「同一の人間なり集団がやったという証拠はあるのか」

「ない。共通しているのは、今いった一点、不特定多数の人間が被害にあう、それだけだ」

「で、リベレイターというのは?」

「こうした悪質な妨害行為をおこなう者たちのことを、ネット上でそう呼んでいる人間がいる。解放者という意味だが、何からの解放を意味しているのかは不明だ」

「つまらん日常、退屈な毎日」

ホウがいった。クチナワは鋭くホウを見た。

「確かにやった人間は退屈しのぎになるだろう。だがたび重なる破壊工作は社会不安を招き、二次的な災害や犯罪につながる危険がある」

「自分が巻きこまれりゃ頭にくるだろうが、そうでなけりゃ高みの見物だ。それが人間だろう」

「大人だな」

にこりともせずにクチナワはいった。

「結局、ネットでそういわれているだけじゃないの。誰かが何かをやった、おもしろそうだから俺たちも何かやってみよう。真似ているのがたくさんいるんじゃない」

カスミが首をふった。

それには答えず、クチナワはトカゲに頷いた。トカゲがノートパソコンを開いた。

「もう食事はすんだか」

「腹いっぱいだね」

タケルはいった。

トカゲがパソコンを円卓の中央におき、立ちあげた画像を三人に向けた。

「何これ、カカシ？」

畑の中央に黒っぽいマネキン人形のようなものが倒れている。

トカゲの手がパソコンに触れた。画像が引きになり、そこが高圧送電線の下の畑であることがわかった。

今度は画像がマネキン人形に寄った。カスミが目をそらした。黒っぽいマネキン人形に見えたのは黒焦げの死体だった。

「三日前に千葉で見つかった。深夜鉄塔に登り、送電線を破壊しようとしていたらしい。誤って自分が感電した。下の畑に落下したようだが、落ちる前には死んでいたろう」

クチナワが説明した。画像が切りかわった。

ありきたりな若者のスナップ写真だった。

「橋野《はしの》洋介《ようすけ》、十九歳。都内の大学に通う学生だった。死体が発見される二日前から、友人や家族と連絡がとれなくなっていた。破壊工作に加担する思想的宗教的な背景はまったくない。交友関係にもそうした人物は存在しない。ごくふつうの、強いていえば遊び好きの、ただの若者だ」

「模倣犯かもしれない。というか、リベレイターそのものが、模倣犯の連鎖だとは考えられない？」

カスミがいった。

「その可能性は排除できないが、盗難車を線路上に放置したり、高圧送電線を破壊するのは、単独犯では困難だ。実行者は反社会的思想集団とは無縁かもしれないが、それを組織し、犯行に向かわせている意志の存在を私は疑っている」

タケルは訊ねた。

「つまりテログループがふつうの学生を使って破壊活動をおこなわせてるってことか」

「そこまで断定はしていない。が、手がかりとなる情報がふたつある」

タケルはホウと目を合わせた。

ホウがいった。クチナワは頷いた。

「任務、か」

「情報を先にいって」

カスミがいった。

「橋野洋介は、連絡がとれなくなる前日深夜、ＪＲ目黒駅前で無許可でおこなわれた屋外ダンスパーティに参加していた。君らも知っているだろう。解放区と呼ばれている、ダンスイベントだ。彼はこれまでもたびたび解放区に参加していた。自室のパソコンには、四ヵ月前からの解放区の開催通知メールが残されていた」

「JR東海道本線の線路上に放置されていた盗難車は、二ヵ月前に神奈川県の相模原市《さがみはら》の駐車場から盗まれたものだったが、同じ駐車場から盗まれた別のトラックが先月、渋谷の東急百貨店本店前でおこなわれた解放区を取締った際に押収された。音響機材を積んでいた」

「ふたつ目は?」

「それは同じ日に盗まれたってこと?」

「そうだ。常識的に考えれば、同一犯による窃盗だろう。一台がリベレイターの破壊工作に使用され、もう一台が解放区の演出に用いられていた。このふたつを考えあわせると、破壊工作と解放区のあいだには、何らかの関係性が存在する」

「警察には都合のいい話だな」

ホウがつぶやいた。

「解放区もリベレイターも、人をおもしろがらせるイベントで、警察には頭の痛い話だ。ふたつがつながっているとなれば、おおっぴらに取締ってぶっ潰《つぶ》せる」

「これまでも取締りはおこなっている。が、何百人、何千人と集まって踊っている若者を道路交通法違反だからと、全員逮捕するなど不可能だ。ただ解散を命じる他なかろう。リベレイターに関していうなら、単なる模倣犯にしては証拠が少なすぎる。素人が愉快犯でやったのなら、防犯カメラや遺留品から犯人を特定できる情報が得られる筈だ。そうした情報が極端に少ないのが、組織的な意志の存在を、私に疑わせる」

「疑わせる、か。だがそんなことをして、誰に何の得があるんだ」

「それは不明だ。解放区もリベレイターもただの愉快犯だとするなら、あまりにも大がかりだし、資金や資材がかかっている。得られる利益がないのに、そこまでやるのは、思想的、宗教的な背景のあるテログループの関与が考えられる」

「テロにしちゃ回りくどくないか」

　タケルはいった。

「ダンスイベントがテロ行為かよ」

「ダンスイベントの参加者の中から、これはという若者をピックアップし、破壊工作をおこなわせているとしたら？」

「死者も怪我人もない破壊工作か？」

「死者はいる」

　パソコンの画面をクチナワがさした。

「解放区に潜入して、リベレイターとの関係を探ってもらいたい。関係が確認されたら、その目的も明らかにすること」

　三人は顔を見合わせた。

「のらねえな」

中国料理店でクチナワたちと別れ、六本木の路上を歩きだすとホウがつぶやいた。

「何でだよ。解放区を潰すのが嫌なのか。お前の友だちもいるし」

タケルが訊《き》き返す。

「クチナワを疑ってる？」

カスミはホウを見つめた。ホウはその視線を避けるように目をそらした。

「確かに解放区に入りこむのはうちらにしかできない仕事だけど、そのためだけにあんな嘘をつくかな」

「仲間を調べるのが嫌なんだろ」

タケルがいうと、ホウはにらんだ。

「あたり前だ。スパイを楽しいと思う奴がどこにいる」

「確かにそうだけど、彼が関係してるって決まったわけじゃない」

カスミはとりなした。

「だがあれをやっている連中の正体を知るには、結局ケンのコネを頼ることになる。ちがうか」

「それはそうだ。じゃどうする、断わるか」

タケルが訊いたのでカスミは驚いた。前だったら、「お前はやめろよ、俺はやる」というのがタケルだった。

「何だよ、何見てんだ」

カスミの視線にタケルが気づいた。カスミは首をふった。

「別に」

「別にって。カスミ、今すげえ変な顔してたぞ」

「何でもない。ホウが嫌だっていったらタケルも断わるの？」

「そりゃそうだ。ひとりでも嫌な奴がいたら、こんなことできねえよ」

タケルはあたり前のことを訊くな、という口調だった。

「でも誰かがバックにいるという可能性がないわけじゃない」

ホウがいったので、タケルとカスミはふりかえった。

「ケンの奴もいってたが、クスリがただってのはどう考えてもおかしい」

「一回目はただだってことじゃないのか。プッシャーの手口だ。最初はただでばらまいておいて、はまる奴がでてきたら金をとる」

「だとしても縄張りは全部別だぜ。プッシャーの手口なら組が必ずからむ。組がからんでるのなら、当然その縄張りでじゃなきゃ、イベントは開けない」

「組でもねえ連中がただでクスリをばらまく理由なんてあるのか」

「だからクチナワはテロを疑ってる」

カスミはいった。

「テロって何だよ。送電線切ったりケータイのアンテナ壊すって奴か。それをクスリと交換にやらせてる？」

タケルが口を尖《とが》らせた。

「そんな単純なことじゃない。いくらクスリがただだからってそこまで馬鹿をやる奴がそんなにいるとも思えない」

「だろ。電車にラクガキする奴と基本、かわらねえ。それをあのおっさんはおおげさにいってる」

「でも電気が止まったり、電話がつながらなくなれば、たくさんの人や会社が迷惑する。問題はそれで得する人間がいるかってこと。犯罪というのは、恨みを晴らすとかいうのを別にすれば、必ず利益があるからやるわけだし」

「愉快犯てのはどうなんだ。それこそタケルのいった電車のラクガキとか」

ホウがカスミに訊《たず》ねた。

「愉快犯はたいていの場合、ひとりか決まったグループが起こしてる。でもリベレイターはそうじゃない。模倣犯が交じっているかもしれないけれど、これがグループによる犯行だとしたら、規模は大きい。なのに利益を求めていないとすると、やはり思想的な背景を疑わざるをえないと思う」

「世の中を混乱させたいっての？」

タケルがいった。カスミは頷《うなず》いた。

「社会不安をあおるのは、テロリズムの基本よ。送電線を切断するのも人混みで爆弾を破裂させるのも、社会不安をかきたてるという点ではいっしょ」

「で？　政権転覆とかを目ざすってのか」

「それはわかんない。でも政治家が裏で糸ひいてるとは思えない」

「じゃ結局、目的がないじゃないか。皆が迷惑して右往左往してるのをおもしろがっているだけかもしれない。やっぱり愉快犯だ」

「クスリをばらまくほどの金をかけてる愉快犯か」

ホウが唸《うな》った。そして足を止めた。

そこはつい最近、解体が決まった古いビルの前だった。周囲をぐるりと白いパネルが囲んでいる。その前に五人の男たちが立っていた。全員がホウに鋭い目を向けている。

「ホウ」

ひとりが呼びかけ、進みでると中国語を喋《しゃべ》った。男たちは皆二十代の初めくらいで、ホウと同じようにタトゥを入れたり、見るからに危険そうな匂いを放っていた。

ホウは無言で男を見返した。その顔に緊張があった。

「何だよ」

タケルが眉《まゆ》をひそめた。男たちはホウを待ち伏せていたようだ。

「日本人には関係ない。こいつをおいて帰れ」

進みでた男がいったが、まるで訛《なまり》のない流暢《りゅうちょう》な日本語だった。

「あんたも日本人に見えるがな」

タケルがいうと、男は眠たげな目を向けた。

「殺されたいか」

タケルは口をすぼめた。

「おっかねえ。何か入れちゃってる?」

「よせ」

ホウが低い声でいった。

「古い友だちなの、ホウ」

カスミは訊ねた。

「大昔はな。リンとつるむようになってからは、つきあってない」

「リン」

男はいって、ぺっと唾《つば》を吐いた。

「あいつは中国人の面汚しだ。日本人にケツを振った」

ホウの全身に力がみなぎった。

「俺の前でリンの悪口をいうな」

「そうか、お前はリンの女だったな」

男は薄笑いを浮かべた。

「よう」

タケルがいった。男は首を回した。

「何だ、まだいたのか」

男の瞳孔《どうこう》は明らかに開いていた。タケルがいった通り、クスリが入っている。

タケルは額に手をあて、考えごとをしているような表情を浮かべた。

「あんたにいっておかなきゃいけないことがあると思うんだ」

「何をだ」

「ひとつ目、ホウは俺の仲間だ。仲間のことをあれこれいわれたくねえ。ふたつ目、ここは日本だ。てことは、手前《てめえ》を中国人だと思ってる野郎に帰れっていわれる筋合いはない」

「よしなよ。向かいは警察署だよ」

カスミはいった。タケルは挑発している。

男は口を半開きにしてタケルを見つめた。

「やんのか。本当に死ぬぞ」

「どっちが」

「やめろって。グォ、こいつらは関係ないだろうが」

ホウが止めた。

「腐った野郎は腐った日本人とつるむってわけか」

グォと呼ばれた男は首を傾けた。建設現場を囲んだパネルを示した。

「邪魔の入んねえところで殺してやる」

カスミは息を吸いこんだ。パネルの一枚がとり外され、現場に入れるようになっていた。

「罠《わな》じゃん、これって」

「そうみたいだな。グォ、誰かに雇われたか。俺らを襲えって」

「やかましい。やるのかやんねえのか」

グォはいらだったようにいった。

「俺ひとりでいいだろう」

ホウがいった。即座にグォは首をふった。

「駄目だ、このナメた日本人もぶっ殺す。お前の女は俺らで輪姦《まわ》す」

カスミの両側にグォの仲間が立った。

「逃げるなよ」

カスミの腕をつかんだ。カスミはその男の顔を見つめ、静かにいった。

「逃げないよ。だからあたしに触らないでくれる」

ホウとタケルが目を見合わせた。ホウが息を吐いた。

「しかたない。タケル、やり過ぎるな」

「お前こそ、気ぃぬいて病院送りになんなよ」

三人は男たちに囲まれたままパネルをくぐった。

アツシ

グォたちがそこを使うつもりでいたのはひと目でわかった。積まれた建設資材のかたわらが妙に片づけられている。ちょうどそこに水銀灯の明りが届き、リングのように照らしだされていた。

三人がくぐると、グォの手下が外してあったパネルをたてかけた。斜め頭上には高速道路があり、走る車の騒音が降ってくる。多少の叫び声は、現場の外まで届きそうになかった。


目を戻すと、グォたちが用意しておいたらしい鉄筋の棒を手にしたところだった。

「体中の骨って骨を粉々にしてやらあ」

グォはいって鉄筋をふりかぶった。威《おど》し文句だけは一人前だが、ケンカの腕はたいしたことのない男だった。族時代は、先輩の使い走りをさせられ、そのぶん後輩をいたぶって喜んでいたような奴だ。今も仲間が先にとびかかるのを待っている。

最初につっこんできたのは、ホウも顔を知らない、十六、七くらいのガキだった。額にタトゥを入れている。

ホウが身がまえるより早く、タケルが動いた。横からそいつに体当たりをくらわせ、ふっ飛ばす。落とした鉄筋を拾いあげるや、ふり降ろしてきたグォの鉄筋を受けとめた。

ホウは動いた。グォの胸板に前蹴《まえげ》りを放った。グォは仰向《あおむ》けに倒れこんだ。

ふりかえりざまに、別の男の頬に裏拳《うらけん》を叩《たた》きこむ。

タケルが起きあがると、ホウをうしろから羽交い締めにしようとした男の顔にストレートを浴びせた。さらに回し蹴りを見舞うと男は倒れ、動かなくなった。

ひとりがナイフを抜いた。バタフライだった。くるっと回して形になった瞬間、カスミがバッグをふり回し、ナイフを弾《はじ》きとばした。

ホウはその男の足を払った。倒れこんだところをタケルが蹴った。

勝負はあっという間についた。待ち伏せていた連中は全員、地面に倒れている。

「て、手前、ゴールデンタイガーをなめてんじゃねえぞ」

グォが這《は》いずりながら叫んだ。

「何だ、ゴールデンタイガーって」

タケルが見おろし、いった。

「族だ。残留孤児三世の暴走族のひとつさ」

ホウは説明した。タケルは首をふり、グォの前にしゃがみこんだ。

「お前、ホウが強いって知ってたんだろ。なのになんでこんなことしたんだよ」

グォはそっぽを向いた。タケルが殴りつけ、グォは呻《うめ》き声をたてた。

「お前ら、絶対殺してやるからな」

ホウは無言で鉄筋の棒を拾いあげた。

「どけ、タケル」

いって、グォの前に立った。その目を見つめ、ふりかぶる。グォは目をみひらいた。

「やり過ぎんなつったのはホウだろう」

タケルが驚いたようにいった。ガシャンという音がした。他の男たちがたてかけてあったパネルを倒し、いっせいに外へと逃げだしていく。

「殺されねえようにするには、ここで殺すしかない」

ホウはいった。そして鉄筋をふりおろした。

タケル

「ホウ！」

思わずタケルは叫んだ。ガチン！　という音がして火花が散った。鉄筋の棒はすんでのところでグォの頭をかすめ、地面に当たったのだった。

ひっという声をグォがだした。

「次は外さねえ」

ホウがいって、鉄筋をふりかぶった。グォが両手で頭を抱えた。

「助けて下さい。お願いします。この通りですから」

地面に両手をつき、頭をこすりつけた。

「誰かに頼まれたんだろ」

ホウがそれを見おろし、いった。

「六本木はお前らの縄張りじゃねえ。頼まれなけりゃ、俺がいるってことすらわからなかった筈《はず》だ」

グォの肩が小刻みに震えていた。くぐもった声でいった。

「勘弁して下さい」

タケルはかたわらにしゃがんだ。

「勘弁してほしかったら、誰に頼まれたかいえよ。やくざか」

グォの首が左右に動いた。タケルはホウを見上げた。ホウも不審そうな顔をしている。

「やくざじゃないってのか」

「はい」

「じゃ、何者だ」

「いえないっす。それだけは許して下さい」

「ムシのいいこといってんじゃねえぞ。殺されるよ、お前」

「ホウさん、お願いっす。元は仲間じゃないですか、見逃して下さい」

グォはべそをかいていた。その顔を見ているうちに嫌悪感がおさえられなくなったのか、ホウが鉄筋を投げ捨てた。カランという音に、グォは安堵《あんど》の表情を浮かべた。

「待てよ。ホウは許しても俺は許さねえぜ」

タケルがその髪をつかんだ。

「誰がお前ら使った。いえ！　やくざじゃなきゃ誰なんだ」

グォの顔は青ざめ、血と涙でぐしょぐしょだった。

「もういいよ。見当ついてる」

カスミがいった。タケルは思わずふりかえった。ホウもカスミを見ている。

「マジか」

カスミは頷《うなず》いた。

「誰だ？」

「うちらが今日、六本木にくることを知ってんのは誰」

「まさか」

「他に考えらんない」

カスミは腕組みしていった。タケルはグォの髪を離した。ホウを見る。ホウは無言で首をふった。険しい表情だった。

「消えろ」

タケルはグォに告げた。グォは立つとつんのめるように走りだした。パネルの穴をくぐり、あっというまに姿を消す。

カスミは不意にしゃがんだ。バッグから煙草をとりだし、火をつけた。放心したような表情で煙を吐く。

考えごとをしているときの顔だった。タケルとホウはそのかたわらに立った。

「クチナワがあいつらを使ったってのか。何のために」

ホウがいった。

「わかんない。もしクチナワなら、うちらに今度の任務をひきうけさせるためかな」

「おかしくねえか、それ。ひきうけさせたいのだったら、俺ら痛めつけて何になる」

「痛めつけらんないじゃん。あいつらていどじゃ、二人を」

「わかっていてよこしたってのか」

「クチナワなら、ね。ここは六本木で、この前のクラブからも近い」

「いや、クチナワじゃない」

ホウが首をふった。

「確かにあいつは信用できないが、今夜、俺たちを襲わせるってのは、いくら何でも早すぎる。確かに俺らが六本木にいるって情報のでもとはクチナワかもしれないが、ゴールデンタイガーを使ったのは別の奴だ。そいつはリベレイターの調査を俺らがやるのが気にくわず、あいつらを使った。俺らを痛めつけられると踏んでいたんだ」

「つまりリベレイターには、マッポがからんでるってことか」

タケルはいった。ホウもカスミも無言だったが、それは肯定を意味していた。

「待てよ、それって、俺たちチームのことがそいつに知られてる――」

「そうなる。じゃなきゃ、ゴールデンタイガーを使おうとは思わない。ホウの昔を知ってるってことだから」

カスミが吸いさしを地面につきたてた。火の粉が散った。

「やばいな」

ホウがつぶやいた。

「リベレイターってのは、思ったよりやばい相手かもしれん」

「警察につながっているとしたら」

カスミが頷いた。

「どうする。受けるのやめるか、この任務」

タケルはいった。ホウがカスミを見た。

「やめて逃げられると思うか」

カスミは首をふった。

「うちらのことがバレてるとしたら難しい」

「でもバレてたら解放区への潜入なんてできっこないぜ」

タケルはいった。

「確かにその通りだ」

「問題は、どのレベルかってことだと思う」

カスミがつぶやいた。

「レベル?」

「リベレイターの黒幕に警察の人間がいるとしても、解放区をうろつくことはないわけだし、解放区にきている連中だって、警官がバックにいるとは思ってない。だから潜入の初期はクリアできそうな気がする」

「だがいずれはバレる。それに俺らがいくらうまく潜入しても、クチナワから情報が洩《も》れたらそれで終わりだ」

ホウがいった。

「守るも攻めるも、やばいね」

カスミはつぶやいた。

三人はしばらく無言だった。

「どっちもやばいのなら、結論はひとつしかない」

やがてホウがいったので、タケルとカスミはふりかえった。

「やる、か?」

タケルの言葉にホウは頷いた。

カスミ

＞お知らせです　今夜、午前二時から始まります　場所は新宿区神宮外苑《じんぐうがいえん》のグラウンド　246から銀杏《いちょう》並木をまっすぐいったつきあたりです　ひとりでも多くの参加をお待ちしています　盛りあがりましょう

「きたよ」

その夜、バー「グリーン」でタケルとホウに会ったカスミは携帯電話のメール画面を見せた。

「解放区とはどこにも書いてないな」

受けとったタケルがいって、ホウに回した。

「警戒しているのだろうな、いちおう」

ホウは電話をカスミに返した。

「毎度のことで警察もかりかりしてる。事前に情報が洩れたら封鎖されかねない」

「こんなやり方で洩れないわけがない。誰かが通報すりゃそれまでだ。ネットにだって流れるだろうし」

タケルはいって、カスミを見た。

「いつ、きた？　このメール」

「一時間くらい前」

「九時頃か。五時間後だ。ネットの情報だけじゃ警察が動くには時間がなさすぎる。そのあたりを読んで流しているのだろう」

　ホウがいった。

「でも客だってたった五時間で集まるか」

　タケルが生ビールのグラスを手に眉根《まゆね》を寄せた。

「金曜の夜だ。新宿や六本木のクラブには人があるていどでてる。そこにこのメールが届けば、口コミで伝わる。二時といや、ちょうどダレ始める時間だ。十二時くらいにその日が盛り上がるかどうかわかるからな」

　ホウがいうと、タケルは驚いたように見つめた。

「そういうものなのか。クラブってのは、盛り上がって騒ぎたい奴がくるのだろうが」

「それはそうだが、客の入りやかかってる曲なんかで、場の空気が微妙に変わるものなんだ。そのときいる客がのれるような曲を選べるＤＪがいるのといないのとじゃ、まるでちがってくる。客を読んで、のれる曲をかける。それがＤＪの腕だ。のせたとしてもつづけていけるか。客のテンションだってずっと高いわけじゃない。いっとき休ませてやって、それからまた盛り上げる。そのタイミングをはかれるＤＪはなかなかいない。

結果、一時から二時くらいにダレが始まる。帰ろうか、でも電車はない。しかたなくいるか、そんな感じなんだ」

ホウが説明すると、タケルは首をふった。

「なるほどね」

「そこそこの腕のＤＪは、客のそういう空気を読んで、ここ一発の曲をどのタイミングでかけるかを計算する。リンが天才だったのは、自分の空気に客を染められるところだ。リンが休みたければ、客も休む。リンがハジけたけりゃ、客もハジけた」

「クスリとは関係ないの？」

カスミは訊《たず》ねた。ホウは一瞬黙った。苦い記憶をたどる表情になった。

「本当にのっているとき、リンにはクスリなんか必要じゃなかった。客をのせているほうがよっぽどいけたからな。だが『今日の客は重い』っていうときもある。リンは場の空気を変える名人だったが、そのぶん、客がもちこむ空気に敏感でもあった。重い客ばかりの日は、リン自身が落ちるんだ。そういうときはクスリを入れるしかない。だがクスリの入ったＤＪは、ときどきスベる。そりゃそうだ。客の全部が全部、自分と同じようにパキってるわけじゃない」

「霊媒だな、まるで」

「ある意味そうだ。何百って客の気を受けとめて、そいつらをいいように解放してやるんだ。そのぶんマイナスのオーラみたいなのを背負いこまなきゃならねえ。ひとりひとりのオーラはちょっとでも、何百倍になったらきつい。クスリなしじゃもたないときもある」

タケルは首をふった。

「DJってのは、もっとちゃらちゃらしてるものだと思ったぜ」

「真似ごとをしてる連中は、な。だが本気で客のことを考えてる奴は、頭がおかしくなってくる。一回一回、ひと晩ひと晩が真剣勝負なんだ。もちろん客はそんなことは知っちゃいない。客にわかるのは、『今日はおもしろかった、ノリがよかった』か、『なんか今日は盛り上がらなかったね』というくらいだ。まさかそれが全部DJの腕だとまでは気づかない」

「でもリンには皆気づいてた」

カスミはいった。

「そこがリンのすごいところさ。他の連中とはまるでちがった。だからカリスマになった」

ホウは煙草の煙を深々と吸いこんだ。

「最近思う。『ムーン』の一件がなくとも、あのままDJをつづけてたら、リンは長生きしなかったろう。客から受けとめたマイナスのオーラがたまりにたまって、結局ぶっ壊れちまったにちがいない」

タケルは無言だった。

「あのケンて人は？」

カスミは訊ねた。暗い森の中にひとりでいるような目を忘れられなかった。

「奴とは、何度か同じクラブで仕事をした。専属で踊ってたときもあるが、頼まれて仕込みで踊ったこともある筈《はず》だ。仕込みってのは、客のフリをして踊るのさ。うますぎるとヒカれるときもあるから、そのあたりは計算がいる。ライブのバックダンサーが本業だが、それだけじゃなかなか食えないんで、クラブの仕事をしてる」

「どこの奴なんだ」

タケルの問いにホウは首をふった。

「知らん。踊り以外には興味がないみたいで、誰かとつるんでいるのを見たことがないんだ」

カスミに目を向けた。

「女に関してもそうだ。ダンサーはたいてい同じダンサーや常連の女客とくっつくが、奴に限ってそういうのもなかった」

ホウに気持を見すかされたようで、カスミは思わず目をそらした。

「ホモじゃないのか」

「わからん。たぶんちがうと思うが」

答えてホウは煙草を灰皿につきたてた。

「今夜、ケンはくるだろう。奴からたぐるのか」

「ちがう手を考えてる」

カスミはいった。

「どんな手だ？」

「ちょっとときたない手。でも解放区の黒幕に警察の人間がいるのなら効果が期待できるかもしれない」

アツシ

三人はばらばらで会場に入った。カスミのアイデアだった。タケルは不満そうだったが、どこでどんな人間が動いているのかを知るには一ヵ所にかたまっていないほうがよいというのは確かに正しい。

ホウは午前一時半にグラウンド前でタクシーを降りた。

「何かあるんですか」

タクシーの運転手が驚いたようにいう。それも当然で、深夜人けがない筈のグラウンドにはすでに百人以上の人間が集まっていた。

「さあな。それを見にきたんだよ」

暗がりの中に人間がかたまっている。皆、解放区には慣れた連中なのか、騒ぐことはせず、静かにそのときを待っているようだ。

ホウと同じようにタクシーで乗りつける人間も多かったが、ふりかえると銀杏《いちょう》並木をぞろぞろと歩いてくる人波も切れ目なくつづいている。

それは不気味な光景でもあった。本来明るい光の下で使われる筈のグラウンドに、次々と人が集まってくるのだ。それもスポーツとはおよそ無縁ないでたちをしている若い奴らばかりだ。ペットボトルや缶ビールを手に、たむろしている。

人の数は二時を過ぎると増える一方だった。二時二十分には千人近くにまでふくれあがっていた。

そうなるとただ静かに待っているだけという者ばかりではなくなり、

「いつ始まるんだよ」

「ガセじゃねえの？」

「いいから早くやれよ」

といった声が、グラウンドのあちこちにできた集団から聞こえてくるようになった。

そこには非日常的なできごとへの期待がこもっていて、ハジけたいという思いが全身をふくらませている。

こいつらは皆、煮詰まっている。

それを眺め、ホウは思った。クスリがあろうがなかろうが、それはたいした問題ではない。要は、ここにきている連中にとって、ふだんの日々が、いかにつまらなく、おさえつけられているかなのだ。

学生だろうが社会人だろうが関係ない。この毎日が息苦しくてしかたがない。本音をこらえ、自分を殺して生きている。

何かちがうこと、経験したことのないような馬鹿騒ぎや、世の中の決まりごとを破壊する快感のようなもの、に飢えているのだ。

その場限り、一夜限りの乱痴気騒ぎだからこそ、参加したいとこいつらは願う。祭りが終わって解散すれば、しけたねぐらに帰り、いつものつまらない時間が始まることは嫌というほどわかっている。

だからこそ、この一瞬を待ち望んでいる。

不意に閃光《せんこう》がグラウンドの闇を切り裂き、巨大なサウンドが響き渡った。どよめきがおこった。

少し前から機材らしきものを設置している黒い影の存在にホウは気づいていた。ライティングはともかく、スピーカーだけは、一ヵ所というわけにはいかないのだ。千人からの人間の耳に、しかも上空に音が拡散する屋外で音を届けるには、相当な機材の設置が必要になる。

リンが生きていて、この音を聞いたら「クソオト」というだろう。だがダンスイベントは音がすべてではないというのを、誰よりも知り尽していたのもリンだ。

「お前ら、よくきた！　ウェルカム。さあ解放区の始まりだ！」

どこにブースがあるのかはわからないが、いきなりDJの声が響き、呼応して叫び声があがった。

巨大なボリュームでトランスが流れ始め、地面よりは高い位置にとりつけられたスポットライトがいっせいに点《とも》った。グラウンドの闇が鋭角に切り裂かれる。

「ダンス、ダンス！　ダンス!!　始まるぞ、始まるぞ、始まるぞ！」

どよめきがうねりにかわる。あっという間に巨大なウェーブがグラウンド全体に及び、まるであらかじめ決められていたかのように全員が体を揺すりだした。

悪くない。高圧的だが、今か今かと待ちかまえていた連中には、この唐突の語りが効くだろう。

そう思って聞いていたホウは、だが次の瞬間、目をみひらいた。

「ヘイ！　皆んな覚えてるか。このクソおもしろくねえ毎日をぶっ壊す天才がいたことを。そう、伝説のDJ、死んじまったリン・ホーメイ。今日は、リン・ホーメイにこのイベントをささげるぜ――」

そのあと英語と中国語で同じ内容がつづいた。

体がかっと熱くなった。なぜここでリンの名がでてくるのだ。

ホウはあたりを見回した。DJブースは、必ずフロアの全体を見渡せる場所におかれるものだ。

とはいえ、屋外に音響ユニットを設置する時間はなかったろうから、バンかトラックのような移動できるＤＪブースが用意されているにちがいない。

ホウは走りだした。グラウンドの中央は、踊り狂う奴らでごったがえしている。外縁部を回りこむように走る他ない。近くの路上にトラックが止まり、荷台にすえつけられたスピーカーのかたわらでスポットライトが激しく揺れていた。

まずそこに駆けよった。トラックの運転席は無人だった。スポットライトを見る。そこにも人はいない。無線で制御され自動で首をふるライトだ。あらかじめ曲に合わせてコンピュータに打ちこまれた動きがモーターに送信されてくるのだ。

トラックは四台あった。おそらくすべてが無人だろう。ライティングの操作もＤＪブースからされている。

「ホウ！」

声にふりかえった。タケルだった。グラウンドの中心部から人をかき分けて近づいてくる。

「あのＤＪ――」

タケルの言葉にホウは頷《うなず》いた。

「俺を挑発してる。俺がきているのを知っているんだ」

「どこにいる？」

「それを今捜してる！」

タケルは浴びせられる光をさえぎるように額の上に手をかざした。

「そのへんにいるんじゃないのか」

「たぶん止めた車の中だ。モニターを通して会場のようすを見ながら、無線で飛ばしてる。だが小さい車じゃない、バンとかそれくらいのサイズはある筈《はず》だ」

「あれは?!」

タケルが腕をのばした。銀杏並木とは反対側、絵画館とグラウンドの境の道に白いバンが止まっていた。窓は前にしかない。

「クサいな」

二人がそちらに向かって移動しようとしたときだった。踊りの波から若い男がひとり、つきとばされたように転げでた。あとを追って男が二人でてくる。

「こらっ、手前《てめえ》、誰のシマで商売してやがんだ、この野郎」

あとからきた男のひとりが怒鳴り声をあげ、人波が割れた。

「商売じゃないです」

地面に這《は》いつくばった最初の男がいった。十八、九で、ごくふつうに見える。あとの二人はやくざだ。

「商売じゃなきゃなお悪いだろうが、この野郎。手前、こりゃ何だよ」

男からとりあげたらしい包みを掲げた。アルミのシートがスポットライトを反射した。

ホウとタケルは顔を見合わせた。

もうひとりのやくざが男のかたわらにしゃがんだ。踊っている連中に背を向け、無視している。

「とぼけたこといってんじゃねえぞ。どこの世界にクスリをただでばらまく馬鹿がいる。ああ？」

「本当です。これを皆に配って盛り上がろうって……」

「そりゃ、誰の指図だ、兄ちゃん。いったいどこでこれをもらった？　え」

やくざは二人ともヒップホップのファッションをしていた。

「そ、それは――」

「教えられねえのか？　ならいいけどよ。これからお前を事務所に連れていって、じっくり聞かしてもらうわ」

もうひとりがカーゴパンツのポケットから携帯電話をとりだし、話し始めた。

「か、勘弁して下さい」

「じゃあ、どこでもらったかいえよ」

見つけました、はい、という声が電話をかけているやくざから聞こえた。

「あの、白いバンです。絵画館のとこに止まってる……」

「おっしゃ。お前もこい」

やくざは若者の腕をつかんで起こした。

「そんな。教えたじゃないですか」

「お前が嘘ついてるってこともあるからよ。本当だったらそこで解放してやる」

やくざは立たせた若者の背中をつきとばした。周囲で踊っている連中は、気づいていないか、気づいていても知らぬフリだ。

「どうやらあのバンで決まりだな」

タケルがホウにささやいた。ホウは頷き、あたりを見回した。

白いバンに向けて移動している人間が、少なくともあと八人はいる。携帯電話を耳にあて、踊りの輪には目もくれない。

二人は距離をおき、バンに近づいていった。

そのバンは、イベントとは何の関係もなく、そこに駐車されているように見えた。周囲に立つ者はおらず、運転席にも人影はない。ルーフキャリーに白いカーゴボックスがとりつけられている。そこにテレビカメラと音を飛ばすためのアンテナが仕込まれているのだろうと、ホウは思った。

唐突に始まったダンスイベントは、一瞬で激しい盛り上がりを見せていた。DJはよぶんな喋《しゃべ》りをはさまず、のれる曲だけをたてつづけにかけている。

バンの周囲を十人の男たちが囲んだ。さすがにあまり近づけなくなり、ホウとタケルは踊りの輪に紛れながら、観察をつづけた。

クスリを配っていた若者にカーゴパンツのやくざが何ごとかをいった。若者がバンの荷物室のドアにとりつく。

別のやくざ二人が運転席と助手席のドアをひっぱった。ロックがかかっているようだ。

「カスミはどこだ?!」

タケルがホウの耳もとで叫んだ。踊りの動きがぎこちない。ホウは首をふった。

「わからん」

「電話してみるか」

「大丈夫だろう。たぶん気づいてどこかから見ているさ」

このあたりを縄張りにする新宿の暴力団に解放区の情報を流したのはカスミだった。シマうちで断わりなくクスリをさばいている連中がいるとわかったら、暴力団は知らぬ顔ができない。新宿ではすでに一度、解放区が開かれ、そこで何があったのか、情報は当然入っている。

グラウンドに組員をもぐりこませ、クスリを配っている人間を見つけだし、ネタ元を締めあげようとするに決まっていた。

口笛と鋭い歓声があがった。Tシャツを脱ぎ、上半身をさらした女が激しく腰をグラインドさせている。クスリの入った目だ。

ガンガンという音が聞こえた。ロックのかかったバンの荷物室のドアにやくざのひとりが蹴《け》りを入れている。

「馬鹿か」

それを見てタケルがつぶやいた。

「こんなところでイベントの邪魔をしたら、ここにいる全員が敵に回るぞ」

同じことを考えたやくざがいたのか、すぐに蹴りはやんだ。やくざたちはひとかたまりで立ち、何ごとか相談している。クスリを配っていた若者は逃げられないように二人のチンピラにおさえつけられていた。

「どうでる」

低い声でタケルがいった。ホウは首をふった。

「イベントが終わるまで待つつもりか。それともどこかで実力行使に走るか。わからんな」

「だがぐずぐずしていたら警察がくるぜ」

ホウは頷いた。解放区が有名になりすぎたせいで、イベントが朝までつづけられることはなくなっていた。ものの一時間で警察が出動し、解散を命じる。

ただし、解放区が解放区らしくなるのは、警察が出動してからだと聞いていた。集まった千人を超す群衆と警察官がにらみあう。何かにぶつかりたい、ぶっ壊したい、と願っている連中にとって、このにらみあいはエネルギーを発散するまたとない場となる。

群衆に対する警官は数十人から、せいぜい百人で、数で制圧するのは不可能だ。といって明らかに犯罪をおこなっているというわけでもない集団に強制排除などの実力行使もできない。

殴りかかってきたりすれば、公務執行妨害でつかまえるのも可能だろうが、警告や命令を無視して踊っている若者に手錠をかけるわけにはいかないからだ。

結局、二時間から三時間近くを解散命令のみに費すことになる。その状況を、集まった連中は楽しむのだ。

誰かを困らせている——その誰かが個人ではなく、警察という公的機関であることが、良心の呵責《かしやく》なく楽しめる理由なのだろう。

だがやくざはちがう。必要なら暴力もふるうし、群衆に怪我を負わせるのもためらわない。ただ、いくらやくざでも千人からの人間の怒りの対象にされるのは恐れる筈だ。イベントを邪魔したあげく、その怒りの矛先をＤＪに誘導でもされたら、この場はリンチの舞台と化してしまう。

やくざの目的は、解放区の阻止ではなく、そこでのクスリの無料配布をやめさせることだ。自分たちの商売にプラスになるなら、野外イベントを邪魔する理由はない。

「警察がくるまでが勝負だが、あいつら何か作戦があるのか」

「考えは俺たちと同じだろう。このイベントの主催者をひきずりだす」

タケルの言葉にホウは頷《うなず》いた。

「見ていようぜ」

カスミ

イベントが始まったとき、カスミはグラウンドのほぼ中心部にいた。ケンに似た人物を見かけ、その姿を追っていた。

だが大音響でトランスが流れ始めたとたん、それを見失った。スポットライトがかえって視界を分断し、揺れる人波が行く手をさえぎる。

歓声をあげ、長い飢えを満たすかのように音楽に身を任せる群衆にカスミは呑《の》みこまれた。

中心部にいるのは解放区をよく知る、常連の集団だろう、とカスミは思った。その中には必ず、主催者とつながりのある人物がいる筈《はず》だ。

無闇と体をぶつけてくるのはクスリが決まりすぎて、曲とは関係なくぶっとんでいる奴だ。それをかわし、からめとろうとする腕をかいくぐる。

かわいーじゃん、超やりてえ、という声を無視して動き回る。クラブのような屋内とちがい、野外イベントはある意味、無法地帯だ。うかうかしていると、サカリのついた獣のような奴らにつかまり、暗がりにひきずりこまれないとも限らない。そうなったら急所を蹴り潰《つぶ》してでも逃げるしかない。

「よう！」

いきなり腕をつかまれた。

「あんたいいじゃん、盛りあがろうぜ」

金髪を炎のように立たせた男だ。舌に入れたピアスをきらめかせながらせまってくる。

革ジャケットの下の素肌はタトゥで埋まっていた。

「放せよ」

カスミはふりほどこうとした。が、金髪男の力は思いの外強かった。男は首をぐいと傾けた。

「あっちいこうぜ。いいネタがあるんだ」

カスミは冷ややかに男を見つめた。次の瞬間、体を回転させ、男の手首を逆に決めた。合気道の要領だった。男は呻《うめ》き声をもらした。

「あたしにかまうな」

耳もとでいって、つきとばした。

「カスミ」

声がしてふりかえった。いつのまにか、すぐ横にケンがいた。

「ケン」

「何だよ、この野郎——」

金髪男がカスミにつかみかかろうとした。一瞬早く、そのあいだに入ったケンが、男の胸に手を当てた。

「よせよ。この子は俺の連れだ」

金髪男の目をのぞきこみ、ケンは静かにいった。

「何、何だよ」

金髪男はとまどったようにいった。ケンは口調をかえず、

「もう一回いおうか?」

と告げた。

「いいよ、わかったよ」

金髪男はふてくされたように吐きだし、背を向けた。やけになって踊りだす。

ケンはカスミをふりむいた。

「邪魔したか？　もし、ああいうのがタイプなら」

カスミは首をふった。

「ありがと。捜してたんだ」

「俺を？　なんで?」

「お礼いおうと思って。ちゃんとここの案内が届いたから」

ケンは笑みを浮かべた。

「そんなの。どうってことない。でもお互い見つけられてよかった。こんな中で」

喋《しゃべ》りながら体を動かしている。ゆるやかな動きだが、リズムにきちんとのっていた。その踊りには、周囲とはまるでちがう優美さがある。

そっとのばしてきた腕に、カスミは肩を預けた。並んで踊る。ケンと踊っていると、自分がすごくうまくなったような気がした。ケンが合わせてくれているのだ。

「楽しい」

カスミはケンの目をとらえ、微笑んだ。吸いこまれるような目は、この野外の闇にあってもかわらない。

「よかった」

ケンが音楽なのだ。二人で踊っていると、周囲の声や、流れているトランスとは関係なく、二人の体が音楽に包まれる。それは、ケンの体が楽器のようにリズムを作りだしているからだった。心地よく、気持が安まるメロディすら奏でているかのようだ。

ほんの少し体が触れ合うだけで、そこから電流のように何かが流れこむのをカスミは感じた。体の芯《しん》が熱くなる。

「やばい」

小さくつぶやいた。絶対にそれはケンにも伝わっている。カスミはケンに密着したい衝動をおさえた。

「楽しんでる？」

ケンがカスミの目をのぞきこんだ。

「すごく」

声がかすれた。唇が自然に合わさった。一瞬のキスが、喘《あえ》ぐほどの快感をもたらす。ケンのせいではない。自分が、ケンを求めているからだ。

「めちゃやばい」

カスミはケンの耳もとでいった。ケンの手がカスミの腰を抱いた。革のパンツに包まれたケンの下半身にカスミは自分の体を押しつけた。自分の体が反応しているとわかった。

　恥ずかしさと欲望が同時にこみあげた。クスリも入っていないのに。

「初めて会ったときから気になってた」

　カスミは目を閉じ、深呼吸した。

「でも、ホウの彼女なら、そっとしておかなきゃって……」

　カスミは無言で首をふった。ケンの肩に回した腕に力がこもった。

「仲間だけど、彼女じゃない」

「よかった」

　ケンがカスミの目をのぞきこんだ。

「その目」

　カスミはつぶやいた。

「その目にやられた」

　ケンは微笑した。目を閉じる。

「駄目。開けていて」

　カスミは頼んだ。

「ずっと見てたい、その目を」

「どこかにいく？」

危く、頷《うなず》きそうになった。二人きりになれば、解放区の情報が得られるかもしれない。だが必ず、ケンに溺《おぼ》れる。わかっていた。

ケンと捜査をごっちゃにしたくなくて、わざわざ新宿の河原組に情報を流したのだ。ケンと寝たら、それが無意味になってしまう。

「駄目」

近づいてきたケンの唇に指をあて、いった。

「待ちあわせているの。仲間と」

「あいつら？」

「そう」

目の中にある暗い森が、さらに翳《かげ》った。

そのとき、トランスにも負けない音量で放送が鳴り響いた。

「こちらは四谷《よつや》警察署です。グラウンドに集まっている集団は、ただちに解散しなさい。くり返します。こちらは四谷警察署です。グラウンドに集まっている人は、ただちに解散しなさい」

ケンの目が遠くを見た。口もとに笑みが浮かんでいた。

「きたな」

「マッポ？」

ケンは頷いた。

「これからが楽しいんだ」

いたずらっ子のような口調だった。

タケル

パトカーはサイレンを鳴らさずやってきた。赤色灯を点《とも》し、四台が銀杏《いちょう》並木の下に止まっている。おそらくこの後十台やそこらはすぐに集まってくるだろう。だがせいぜい数十人で、千人からの集団を説得できる筈《はず》がなかった。

やくざは白いバンを囲み、じっと待っている。何らかの動きを見せるのは、主催者が撤収しようとしたときだろう。タケルやホウもそれを待っている。

「さあ、みんな。いよいよ解放区も本番だ。盛り上がってくれ！」

ＤＪが叫んだ。明らかに警察の出現を意識している。が、警察を直接挑発するようなことはいわない。

曲がかわった。さらにノリがよくなる。パトカーからの警告をまるで無視して、踊りの動きが激しくなった。

パトカーから警官が降りてくる気配はない。ただ車内から見ているだけだ。この状況では、グラウンドで何が起こっても容易には近づけない。

バンを囲んだやくざたちもそれを見越しているようだ。これだけの人数がいれば、警官にもやくざの見分けがつきにくい。

「新手だ」

ホウがいった。さらに数台のパトカーがバンの止まっている道を塞《ふさ》いだ。

「妙だな」

タケルはいった。パトカーの出現で、白いバンは退路を塞がれていた。それなのに悠然とかまえ、逃げだそうとしない。

「あのバン、逃げられなくなったぞ」

タケルの視線の先のパトカーをホウが見て、顔をしかめた。

「しまった」

「囮《おとり》か」

タケルの言葉にホウは頷いた。新手のパトカーから警官が降り立った。白いバンを指さし、何ごとかを話し合っている。

やくざが動いた。携帯電話でどこかと連絡をとっていたが、クスリを配っていた若者をひき連れてその場を離れていく。

「助けよう」

ホウがいった。

「あいつを？」

タケルは訊《き》き返した。ホウは頷いた。

「作戦変更だ。あのバンが囮だったら、俺らの糸はあいつだけだ」

「カスミに連絡する」

タケルは携帯を耳にあてた。呼びだしているが返事はない。この状況では電話の音が聞こえていない可能性がある。

「駄目だ」

「俺たちだけで動こう」

ホウはいって、やくざのあとを追った。

グラウンドの外側では早くも小ぜりあいが始まっていた。パトカーの周囲に立つ警官に、一部の群衆が罵声《ばせい》を浴びせている。クスリが入っているか、今ひとつ踊りにのりきれないか、最初から騒ぎを目当てに集まってきた奴らか。

「手前、マッポ、うぜえんだよ」

「帰れ、帰れ、帰れ」

警官たちは平静を装い、罵声を無視していた。だが内心は不安がある筈だ、とタケルは思った。そんな可能性はほとんどないが、千人からのここにいる若者が暴徒と化したら、とうてい抑えこむ術《すべ》はない。

さすがにまだものを投げたり、警官につかみかかろうという者はいない。〝場面〟を楽しんでいるだけであって、自分がつかまったり痛い目にあわされるのは嫌なのだ。

こいつらはただ退屈し、出口のない日常に腐っているだけなのだ。そっとしておいてやれ。

「こっちだ」

ホウの声に我にかえった。

やくざたちは警官とパトカーを避けるように、グラウンドの外れへと移動していた。二人はそれを追った。クスリを配っていた若い男は、大柄なやくざに肩を抱かれ、ひきずられるように移動している。

ひときわ大きな歓声があがった。グラウンドの中心部で何か派手なパフォーマンスがあったようだ。何が起こっているかは揺れる人波に隠されている。

群衆からもパトカーからも遠のいた位置にまで移動すると、やくざはふた手に分かれた。

若者をつかまえている大男と仲間二人を残し、残りの連中はグラウンドに戻っていく。それを暗がりにうずくまって、タケルとホウはやりすごした。

「勘弁してくださいよ。俺、本当に何も知らないすから」

若者の泣き声が聞こえた。

「でかい声だすな。大丈夫だよ、お前のいう通り、あの白い車にクスリがありゃあ、俺らは引きあげる。お前、いったよな。あの車の奴からもらったって」

「はい」

「じゃあ何も心配することねえじゃないか。いるんだろ、あの白い車の中に」

「そんなのわかんないです。今いるかどうかは」

「何ぃ、この野郎。いねえのに俺らに教えたのかよ」

「そうじゃないです。そのときは確かにいましたけど、今いるかどうかがわからない——」

「やかましい。こら、俺らにいい加減な与太フカしてたら手前、半殺しじゃすまねえぞ」

わざといたぶって楽しんでいる。タケルは顔をしかめた。

「やるぞ」

ホウにいって暗がりを飛びだした。駆け足で男たちに近づく。

気配にやくざがふり返った。

「何だ、お前ら——」

無言でその腹に前蹴《まえげ》りを叩《たた》きこんだ。やくざはわっと声をあげながら仰向《あおむ》けに倒れこんだ。

「野郎！」

怒号をあげた男の頰にホウが肘打《ひじう》ちをくらわせ、足払いをかけた。

「このガキ」

若者をおさえつけていた大男が向き直る。元相撲取りのような体つきだ。タケルは腹にストレートを打ちこんだ。だがぶよついた外見とは裏腹に腹筋は鋼のように硬かった。

フンと、大男が鼻を鳴らした。

「効かねえな」

タケルは回し蹴りを放った。大男は素早い腕のひと振りでそれをブロックした。大男は応戦しながらも左手で若者の手首をつかみ、逃がそうとしない。

「そいつを放せ」

タケルは間合いをとっていった。

「何だ、お前。このガキの仲間か」

若者は目をみひらき、タケルとホウを見ている。

「放せっていってんだよ！」

タケルはいって、大男の顔にフックを放った。鈍い感触が拳《こぶし》に伝わった。だが大男はにやりとしただけだ。

「殺すぞ、こら」

大男が若者をつかまえたまま右手を振った。強烈な張り手だった。タケルはとっさによけたが、それが首すじに命中し、ま横にふっとんだ。

ホウがとびついた。大男の両耳を両手でつかみ、顔面に頭突きを浴びせた。

一発、二発、三発目が決まると、大男の鼻から噴水のように血がとんだ。

「こいつ……」

濁った声で大男がいった。タケルは体を起こすと、助走をつけてとび蹴りを大男の胸板にくらわせた。

さすがに立っていられず、大男は倒れこんだ。ひきずられて若者も倒れた。

ホウが大男の顔面に膝《ひざ》を突きこんだ。勢いで大男の後頭部がアスファルトに激しくぶつかった。

大男が白目をむいた。さすがに失神したようだ。

タケルは若者を助け起こした。

「大丈夫か。ほら、立て」

「す、すいません、ありがとうございます」

「いいから。こいつらの仲間が戻ってきたら厄介だ。こっから逃げだそうぜ」

青ざめている若者をタケルは押しやった。

「に、逃げるってどこへ」

「表通りだ。解放区の近くにいたら、またやくざにつかまる」

青山通りの方角に顎《あご》をしゃくり、ホウが答えた。若者は無言で頷《うなず》くと走りだした。タケルとホウもあとを追った。

パトカーが集結している銀杏《いちょう》並木を避け、外苑《がいえん》東通りに三人はでた。神宮の森をへだてたグラウンドの騒ぎが嘘のように静かだ。タクシーが六本木と四谷三丁目をつなぐ人通りの少ない道路を疾走している。

「ここまでくりゃ、大丈夫だ」

慶応《けいおう》病院が前方に見えてくると、タケルはいった。三人は息を整えるため、ガードレールに腰をおろした。通りをはさんだ反対側には交番があるが、中にいる警官は特に興味を示してもいない。

「助かりました。本当にありがとうございます」

「いいんだ、別に。俺らはやくざが嫌いなだけなんだ」

タケルはいった。若者は大きく肩で息をしている。

「こんなこと、初めてです。今まで一度もなかった」

「今までってのは、解放区でってことか」

ホウが訊《たず》ねた。

「ええ。俺、主催者の人と知り合いで、ずっと頼まれているんです。これまで文句いわれたことなんかなかったのに」

「あんた、何やってあいつらにからまれたんだ?」

タケルはわざと訊ねた。

「配っただけです、バッとかを」

「配るって、ただで?」

「ええ。そうしてくれっていわれてますから。お金はとっちゃいけないって。欲しがる人にばんばん配ってよって」

「気前がいい話だな。もうもってないのか？」

ホウがいうと、若者は首をふった。

「ありません。少し残ってたのは全部あいつらにとられちゃいました」

「そうか。そいつは残念だ」

ホウがため息を吐くと、若者がいった。

「でも大丈夫です。いえばいくらでもくれますから」

「その主催者の人が？」

「ええ。すごいお金持がバックについてて、中国から大量に仕入れてるって話なんで」

タケルとホウは顔を見合わせた。

「俺、タケル。こっちはホウ。あんたは？」

「ヨウジです」

「ヨウジか。ヨウジは、そのお金持と会ったことあるのか」

「まさか」

ヨウジは笑った。

「俺なんかが会えるわけないじゃないですか。でも、主催者のひとりなら紹介できます。俺、トクさんていって、テレビ局のプロデューサーのアシスタントをやってるんです。トクさんと前のバイト先で知りあったんです」

「ヨウジは学生なのか」

「じゃ俺らと年がかわんないわ。タメ口でいこうぜ」

タケルはいった。

「いいの？」

「いいよ、もちろん」

「サンキュ。でもあんたら強いな」

「強かねえ。さっきは奇襲だから勝てたんだ。まともにやりあったらヤバい。向こうは仲間もいるし」

タケルは首をふった。ヨウジのポケットで携帯が鳴った。ひっぱりだしたヨウジが、

「あ、トクさんだ」

とつぶやき、耳にあてた。

「どうも。ヨウジっす」

どうやらトクという男は、ヨウジがやくざにつかまるのを見たか、誰かから教えられて電話をしてきたようだった。

「そうなんですよ。マジ、びびりました。事務所連れてくって威《おど》されて。おしっこちびりそうになりました。そうしたら助けてくれた人がいて。いや、お巡りじゃないっす。解放区の参加者っすよ。俺と同じ年くらいの」

いって、ヨウジはタケルとホウをふりかえった。

「今？　今すか。今は、信濃町《しなのまち》の駅の近くです。とりあえず、またあのやくざに見つかるとヤバいんで」

はい、はい、とヨウジは向こうの話に耳を傾けた。

「わかりました。待ってます」

電話を切る。

「トクさんがあんたらに会いたいって。平気？」

「別に平気だけど、会ってどうすんだ？」

ホウがいった。

「わかんない。礼をいうってのも変だよね。仲間になってほしいんじゃない？　解放区ってほら、ボランティアみたいなもんだから」

「ボランティア？」

タケルは訊《き》き返した。

「だって、何でもただじゃん。お金とらないし。動いてくれる仲間はひとりでも多いほうがいいって、トクさんいってるもの」

「トクさんてのは、いくつくらいの人なんだ？」

「三十くらいかな。自分も元ＤＪですごく顔が広いんだ」

タケルはホウを見た。ホウは知らないというように首をふった。

「さっきやってたＤＪは、そのトクさんの連れなのか？」

「みたいだ。俺、トクさんと知りあったの、テレビのロケ現場なんだ」

自慢げにヨウジはいった。

「トクさんは、テレビの制作プロダクションで働いてて、俺は現場のAD見習いみたいなことやってたんで」

「すげえじゃん」

タケルは話を合わせた。

「芸能人とか見た？」

「見た、見た。話とかぜんぜんできなかったけど……」

そこに一台のバンがやってきて、クラクションを鳴らした。

「あ、トクさんだ」

口ヒゲを生やした男が運転席にいた。ジーンズにスタジアムジャンパーを着け、キャップをかぶっている。

「お疲れ、ヨウジ。この人たちか」

助手席の窓をおろし、キャップの男はいった。

「そう。すげえ強いんですよ。やくざ何人もいたのに、あっという間にぶっとばしちゃって」

「だからいったろう。あれはたまたまだって」

タケルは首をふった。

「とりあえず乗ってくれませんか。お礼もいいたいし。後輩を助けてもらって」

「いいんですか」

「ええ。解放区のほうもそろそろヒケなんで。お巡りがたくさん集まってきてて」

「撤収とかは？」

「問題ないです。機材は全部おいてくることになってて」

「警察にとられちゃうじゃないですか」

キャップの男はにやりと笑った。

「レンタルっすよ。偽名で借りてる機材で、最終的にはレンタル業者に返されるから問題なし」

「なるほど。頭いいな」

ホウはつぶやいた。

「このあと、新宿の地下クラブでメンバー皆んな合流なんです。きませんか」

「えっ、俺もいっていいんすか」

驚いたようにヨウジが訊ねた。今までは呼ばれなかった打ち上げの席らしい。

「いいよ。お前も体張ったからな」

「やった」

三人はバンに乗りこんだ。色はちがうが、グラウンド近くに放置された白いバンと同車種だ。

「あ、なるべくその辺に触んないように。触ったら、洋服の袖《そで》とかでふいておいて。このクルマも無許可レンタルなんで」

「無許可レンタル。盗んだってこと？」

ホウが訊くと、男は楽しげに笑った。

「そうそう。じゃ、いくよ」

バンは発進した。

カスミ

「そろそろだな」

ケンがささやいた。

「そろそろ？」

カスミは顔を上げた。タケルやホウと合流するのはあきらめていた。ケンといっしょにいたほうが情報を得られる筈《はず》だ、と自分にいい聞かせる。決して、ただいっしょにいたいからではない。情報のためだ。

「お巡りが集まってきた。そのうちケンカを吹っかける奴がでてきて、ぐっとヤバい感じになる」

「ヤバいって、どういうこと？」

「何か革命みたいな風になるのさ。お前らは敵だ、みたいに。そういうのって、ぞくぞくする」

「わかる。暴れられるって感じ」

「そう、それだよ。皆んな、自分の本能をむきだしにできる場面に飢えてる。別に誰かを傷つけたいわけじゃない。大声をだして、思いきりいいたいことを叫んで、ストレスを吐きだしたいのさ。若い奴にはストレスなんかないだろうって、おっさんたちは思ってるかもしれないけどな」

ケンの手がカスミの手をとった。自然に指をからめあう。

「移動しよう。特等席に」

ケンがいった。

「特等席？」

「こっちだ」

踊りつづけている群衆をかきわけ、ケンは移動を始めた。ＤＪは矢つぎ早に曲をかけ、喋《しゃべ》る言葉が少なくなっている。

ケンが足を止めたのは、絵画館に近い位置だった。踊っている集団から少し離れている。解放区には直接参加していない野次馬のようなグループもいる。

「ここにいてはいけません。帰りなさい」

そこには外側を囲む警官の姿もあって、ハンドスピーカーで、解散をうながしていた。

「うっせえな。ほっとけよ。お巡りこそ帰れ！」

野次馬から声があがる。

一台のバンの周囲でもみ合いが始まっていた。警官とそうではないグループとがもめている。グループはやくざの集団だった。

「お前らお巡りが頼りねえから俺らがでてきてんだろうが。おお?!」

スキンヘッドの男が制服警官に顔をつきつけ、すごんでいた。

「いいから。ここは我々に任せて」

「任せらんねえな。この車に、ふざけたイベントをしかけた野郎が乗ってんのはわかってんだ。大人のお仕置きってのをしてやんなきゃしょうがねえだろう」

警官がロックされたバンの扉を叩《たた》いている。

ケンがそれを見て笑った。

「何がおかしいの？」

「まだいると思ってるんだ」

カスミは気づいた。白いバンはＤＪブースだ。しかしもう中に人はいない。流れている音楽や喋りは、あらかじめ録音されたものなのだ。

「あのＤＪ、録音なの？」

「途中からは、な。だってそうだろ、ずっと喋ってたらパクってくれっていってるようなものだ」

　カスミはケンをふりかえった。

「ケンは知り合いなんだね、解放区をやってる人と」

　答はなかった。あいまいな笑みを浮かべただけだ。

　不意に音楽がやんだ。

「俺たちの楽しい時間を邪魔しないでくれ」

　DJが流れた。どよめきがあがった。そうだあ、警官帰れえ、という叫び声がする。

「始まった」

　ケンがいった。あっというまに叫びはひとつにまとまり、シュプレヒコールとなる。

「帰れ、帰れ」

「けーさつ、帰れ」

「帰れ、帰れ」

「けーさつ、帰れ」

　大合唱だった。グラウンドを囲んだ警官たちはじっと動かない。無視しているというよりは、耐えているかのようだ。

「俺たちの大切な時間を奪わないでくれ」

　DJがいった。

「そうだ！　奪うな！」

「帰れ、帰れ、帰れ、帰れ……」

今度はパトカーのスピーカーから警告が流れた。

「こちらは四谷警察署です。絵画館前のグラウンドに集まっている人は、ただちに解散しなさい。くり返します。ただちに解散しなさい」

不意にきらきらときらめくものがスポットライトの光の中をよぎった。ペットボトルだった。中の水を飛び散らせながら、ペットボトルはパトカーに命中した。

おおっという声があがり、次の瞬間、ペットボトルや缶が空中を飛びかい始めた。次々とパトカーや警官に降り注ぐ。

「やめなさい。ものを投げてはいけない。公務執行妨害になります」

「うるせえ！　お巡り、帰れえっ」

叫びながら石を投げた男がいた。それが一台のパトカーのフロントガラスに当たった。

一瞬、あたりが静かになった。直後、ピーッという笛の音が響きわたり、その男めがけ警官が殺到した。

グラウンドの人波が大きく割れた。逃げまどう男と追う警官がグラウンドの中心になだれこんだのだ。

再び音楽が流れ始めた。だが踊る者はいなかった。警官と群衆がもみあう大混乱のバックグラウンドミュージックになった。

「まるで映画みたい」

カスミはつぶやいた。古いニュースの映像でこんな場面を見たことがあった。生まれるよりずっと前、四十年くらい昔、警官隊とヘルメットをかぶったデモ隊がぶつかって乱闘をしていた。日本の話だ。デモ隊はタオルで覆面をし、石を投げたり、棒で殴りかかったりしていた。火炎瓶が炎を散らすシーンもあった。

それを見たときは驚いた。この日本でそんなことがあったなんて信じられなかった。警官隊を相手に何千人という集団が戦いを挑んでいるのだ。

それがいったいなぜ、何のために起きたのかはわからなかった。戦っているのが学生だと聞いて、さらに驚いた。

「こんなの、見たことないだろう」

ケンがいった。カスミは頷《うなず》いた。

「すごい。すごすぎるよ」

「な」

カスミとケンは手を握りあったまま、群衆と警官がもみあうさまを見つめていた。それは理屈とは関係なく、心を揺さぶられるような光景だった。誰もが叫び声をあげ、まるで獣のように体をぶつけあっている。怒りとか憎しみとかとはちがう。ためこんでいたエネルギーをこの場で一挙に放出しているかのようだ。

体が震えていた。なぜかはわからないが、感動に似た興奮が心の奥底からわきあがり、じっとしていられない。

「なんか、ヤバい。変になっちゃいそう」

カスミはケンの手を強く握りしめ、いった。

ケンがカスミの肩を抱いた。

「いこう」

耳もとでいった。

グラウンドを離れた。すでに警官の包囲から逃れ、その場から遠ざかろうとしている人々もたくさんいた。それらに交じり、早足で歩いていった。

「こっちだ」

ケンに手をとられ、カスミは国立競技場の黒々とした建物の陰に入った。離れていても、どよめきや叫びが伝わってくる。

抱きしめられた。

「欲しくなった」

ケンが耳もとでいった。二人は無言で衣服を脱ぎ捨てた。ざらざらとしたコンクリートの柱に背中を押しつけられ、カスミは喘《あえ》いだ。

ケンは楽々とカスミの体を抱えあげ、両脚を押し開くと入ってきた。カスミは小さく叫んだ。強引だが、その強引さをカスミの体は待ち望んでいた。

アツシ

トクの運転するバンは新宿二丁目の雑居ビルの前で止まった。

「降りろ」

三人をうながし、トクはスタジアムジャンパーからひっぱりだした軍手をはめた。その手でハンドルや自分が触った場所をごしごしとこする。

「大丈夫か、指紋残してないか」

ホウとタケルは頷いた。

「よし、いこう」

キィをつけたままバンを降りた。急ぎ足でその場を遠ざかる。

「どこすか、集まってるのって」

ヨウジが訊《たず》ねた。

「もうちょっと先だ。靖国《やすくに》通りを渡らなきゃ」

トクは答えた。

靖国通りを南から北に渡る。新宿五丁目に入った。一方通行の路地を、トクは急ぎ足で歩いた。

ホウはわずかに息を吸いこんだ。懐しい道だった。リンと二人でこの近くでクラブを経営する〝夢〟を見たことがあった。ITでぼろ儲《もう》けしたおたくをリンがひっかけ、金をださせて、最高のサウンドシステムを導入した店になる筈《はず》だった。

　リンが死に、その〝夢〟はきれいさっぱり消えた。

「ここだ」

　トクが足を止めたのは、まさにその〝夢〟を見た場所だった。はっきり覚えている。一階にイタリア料理店の入ったビル。地下に降りる階段をトクが示した。階段の壁はまっ黒く塗られている。リンとホウは、その階段を白く塗りかえるつもりだった。「ホワイト《W》・ウォッシュ《W》（もみ消し）」という店名にすることも決まっていた。

「何てこった」

　ホウは喘いだ。タケルがふりむいた。

「どうしたんだ、ホウ」

　ホウは無言で首をふった。偶然に決まっている。ここをリンとホウが、自分たちの新しい「城」にしようとしていたことを知っている人間はごくわずかしかいない。

「何でもない。いこうぜ」

　トクのあとを追って、ホウは階段を降りた。黒いガラスの自動扉が地下の踊り場にはあった。扉が開き、奥の光景が目にとびこんでくる。

　思わずホウは声をたてそうになった。そこには、リンが設計した「ホワイト・ウォッシュ」と寸分かわらないクラブの店内が広がっていた。

いや、ちがう点がひとつだけある。ＤＪブースも含め、リンは店内のあらゆる調度を白で統一しようとしていた。

――白が一番の嘘つきだ。きれいに見せて、その裏側にあるうすぎたないものを全部隠しちまう。くそったれな店には最高じゃないか。俺たちは嘘つきだって、客に宣言してやるんだ。

それがすべてまっ黒に塗られている。そこだけがちがう。

ＤＪブースの下のカウンターも、手前のダンスフロアも、それを囲むボックスも、デザインはすべてリンとホウが考えたものと同じだった。設計図と完成予想図を毎晩のように見ていた。だから忘れようもない。

「カッコいいだろう、ここ。『ブラック・アウト』っていうんだ」

トクがふりかえり、いった。

「クラブなんですか」

ヨウジが訊ねた。

「そうさ。死んじまった伝説のＤＪの遺志を継いで、オーナーが完成させたんだと」

タケルがはっとしたようにホウをふりかえった。ホウは歯をくいしばっていた。

「伝説のＤＪ？」

「知らないのか。去年『ムーン』であったイベントで、空中のＤＪブースから落っこって死んだＤＪだ。その騒ぎのあと、警察の手入れがあって、『ムーン』は潰《つぶ》れた」

『ムーン』が潰れたのは知ってましたけど、そんなことがあったんですか」

ヨウジが驚いたようにいった。タケルがトクに訊ねた。

「この店のオーナーは、そんときのイベントの関係者か何かですか」

トクは首をふった。

「そこまでは俺も知らない。けど、ここのオーナーは、主催者のひとりだって話だ。解放区の」

ホウは目をみひらき、トクを見つめた。

「今もいるんですか、ここに」

トクは店内を見回した。音楽はかかっているが、踊っている人間はいない。ボックスに何組かのグループがすわり、酒を飲んでいるだけだ。

「いや、まだきてないな。打ち上げはもうちょっとしてからだ。メインの連中がきていない」

「メインの連中？」

「DJとか照明のセッティングをしたメンバーさ。だいたい現場に最後まで残って、ようすを見届けるんだ」

「つかまりませんか、マッポに」

タケルが訊ねると、トクは首をふった。

「つかまらない。DJブースのバンは囮《おとり》だから、警官が囲むのを高みの見物して帰ってくるんだ。イベントの途中から流れるＤＪは録音で、警察はそれを知らないでやめさせようとする。ＤＪは途中から参加者を煽《あお》るから、だんだんヤバい感じになってきて盛り上がるってわけだ。最後は大乱闘。すごいぜ。次のときはつかまんないようにして見てるといい。血がかあっと熱くなる」

「でもそんなことをして何になる？」

ホウはいった。

「何になる？　おっさんみたいなことというなよ。何にもならなくたっていいじゃないか。熱くなって盛り上がって、精いっぱい騒いだら、すっきりする。解放区の魅力はそれに尽きる」

「クスリを配ったりするのも、盛り上がるためですか」

「もちろんだ。野外イベントじゃバーがないからな。客がもちこんだ酒以外は、盛り上がるネタがない。それで配ることにしたんだ」

「でも金がかかるじゃないですか」

「それがどうした。解放区の主催者には金持がいっぱいいて、俺たちボランティアは体をつかい、主催者は金をつかう。それで成り立ってる」

そのとき店の入口がにぎやかになった。ボックスにいた客がいっせいに立ちあがり、拍手を始めた。

「帰ってきた」

トクがつぶやいた。

タケル

拍手で迎えられたグループの先頭にいたのは、フェイクファーのコートを素肌にまとった男だった。髪を立たせ、大きなサングラスをかけている。

かたわらのホウが、

「あいつ……」

とつぶやくのを聞き、タケルはふりかえった。

「知ってるか」

小声で訊《き》いた。

「DJだ。日本人だがリンのやりかたをパクって人気がでた。そうか、あいつが……」

「ウェルカムバック！」

音楽が低くなりDJが流れた。

「今日の解放区も、もちろん彼が盛り上げてくれた。D.J.ムサシ！」

サングラスの男は拳《こぶし》をつきあげた。歓声と拍手があがった。

タケルはDJブースを見上げた。がブースの中は暗く、今喋《しゃべ》っているのがどんな人物なのか、うかがえない。

　ＤＪがつづけた。

「今、手もとにデータが届いた。今日の解放区の参加者は、九百八十六人。惜しい！　あと十四人で千人だった。出動した警官の数は、百三十人。はっ、こんな数で俺たちのイベントを止められるわけがない。次はもっとでかい、もっと伝説になるようなイベントをやろうじゃないか」

　おおっという声を皆があげた。

「さあ、今日はこれから打ち上げだ。ここＢ・Ｏ《ブラックアウト》の好意で、ドリンク、フードはすべてフリー。それだけじゃ足りない悪者《ワル》どもには、他のお楽しみも用意した。Ｔシャツを着たスタッフに声をかけてくれ。いろいろとりそろえてあるぜ！」

　音楽の音量が一気にあがった。フロアに客が踊りでる。「Ｌｉｂｅｒａｔｏｒ」のＴシャツを着たスタッフが、手にボウルをもって現われた。ボウルの中には、ＭＤＭＡの錠剤が入っている。次から次に手がのび、それをすくいとっていく。

　ムサシと呼ばれたＤＪが軽やかにＤＪブースへの階段を登った。手をふり、ＤＪブースの中へと消える。

「何だ、主催者の挨拶《あいさつ》はなしか」

　タケルはがっかりしたようにつぶやいた。

「すげえ大物でもでてくるかと思ったのに」

「まあまあ、あわてるな。お前らのことはあとで紹介してやる。きちんと話ができるようすだったらな。とにかく今は楽しんでくれ」

トクがいって、タケルとホウの肩を叩《たた》き、店の奥へと向かっていった。

フロアでは二十人くらいの人間が踊っている。男と女、数は半々だ。踊りのようすから見て、クラブ遊びにかなり慣れた連中だった。

ヨウジがその中に加わり、踊りだすと、上半身ビキニトップの女が首に両手を回してひき寄せた。

ヒーローだ、ヒーロー！　という声がどこからかあがり、ヨウジは得意げに手をふってみせた。

タケルはホウに合図をした。二人はフロアを離れ、ボックスに腰をおろした。

「いる?!」

Tシャツのスタッフがボウルをさしだした。タケルは首をふったが、ホウは、

「もらっとこう」

と手をのばした。

「ホウ――」

「飲んだフリをするんだ。じゃないと疑われる」

小声でホウがいい、タケルの手にもピンクの錠剤をのせた。二人は手を口もとにもっていき、芝居をした。

「誰か見張ってるってか」

　タケルはいった。

「DJブースの奥に、こっちからは見えないVIPルームがある。そこからは店の中が丸見えだ。さっきトクがそっちにいった。きっと俺らのことを話してる」

　ホウの答にタケルは驚いた。

「なんでそんなことがわかるんだ」

「この店の造りは全部わかってる」

　ホウはむっつりといい、あたりを見回した。

「ここにいるのは全部、ヨウジみたいなボランティアだな。主催者はきっとVIPルームからでてこねえ。最初から最後までそこにいて、顔は見せないつもりなのじゃないか」

「どうする？　クチナワに連絡するか」

　タケルは携帯電話を入れたポケットに手をのばしていった。

「このフロアにいる連中をパクったって、リベレイターの正体はつかめないさ」

「だけどTシャツを着てる」

「そんなの偶然の一致といわれりゃそこまでだ。VIPルームにいる連中が主催者なら、そいつらの狙いをつきとめなきゃならん」

「狙いか。ただ騒ぎを起こす以外に、いったい何があるんだ」

タケルは息を吐いた。何げなくあたりを見回し、目をみひらいた。

「おい！」

カスミだった。いつのまにかフロアで踊っていたのだ。しかも男といっしょだ。二人はぴったりと体を寄せ合い、互いの目をのぞきこむように踊っている。

タケルの体がかっと熱くなった。はたから見ていてもそれとわかるくらい、二人の息はぴったりと合っている。まるで恋人どうしのダンスだ。

相手の男に見覚えがあった。六本木のクラブで会った、ホウの知り合いだ。

「あいつ――」

ホウがつぶやいた。

タケルは立ちあがろうとした。それをホウが止めた。

「何する気だ」

「何するって、カスミのところにいってくる」

「いってどうする」

「いままでどこにいたんだって。連絡もよこさないで」

「馬鹿なことはよせ」

タケルはきっとなってホウを見た。

「何が馬鹿なことなんだ。お前は頭にこないのかよ。俺たちは任務の最中なんだぞ」

「カスミだって同じだ。ケンが何かを知っていなけりゃここに現われなかった筈《はず》だ」

「そうかもしれないけど、あれじゃあ——」

タケルの腕をつかんだホウの手に力がこもった。

「おさえろ」

「くそ」

タケルは唇をかんだ。なぜ腹が立つのかはわかっている。嫉妬《しっと》だ。カスミとケンがあまりに仲よくやっているのが許せない。

ソファに腰を落とした。

「やってられねえ」

吐きだした。なぜこんなことになってしまったのか。

「裏切られた」

ホウは無言だった。ただじっとカスミとケンに目を向けている。二人はまるでこちらに気づいていないようだ。いや、お互い以外の何も目に入っていない。

タケルは顔をそむけた。視界がにじんでいた。怒りと悲しみで心臓がバクバクしていた。いまこの瞬間にも大声をだして、ケンに殴りかかりたい。

「そうとは限らんさ」

ホウが低い声で答えた。

「見りゃわかる。あの二人——」

それ以上言葉がでなかった。タケルは息を吐いた。

「カスミは、会ったときからあいつのことが好きだったんだ。だから奴からたぐるやりかたを選ばなかった。あいつにはいい子でいたかったのさ」

「だとしても、こうして俺たちはもぐりこんだ。カスミの作戦のおかげだ」

「いやだ、俺はもう。やる気が失《う》せちまった」

タケルはつぶやいた。そのときホウがタケルの膝《ひざ》を叩き、合図した。

「楽しんでるか」

声が降ってきた。トクだった。クスリを入れたのだろう。目が輝いている。

「まあまあです」

ホウが答えた。

「そっちの兄さんはどうした。元気がねえな」

タケルがいい返す前にホウがいった。

「今、彼女からメールがきて、ふられたみたいなんです」

トクは笑い声をたてた。タケルはかっとなった。けんめいにこらえる。

「気にすんな。女なんていくらでもいる。それよりお前らの話をしたら、主催者が会いたいってさ」

「今ですか」

「そうだ。けどここじゃ話ができないから、別の場所にきてくれってさ」

「別の場所？」

「西新宿のタワーホテルってわかるか」

「超高層ホテルでしょ」

「そこの五十階のスイートルームだ。五〇一一号室にいけ。主催者が待ってる」

「なんでここじゃ駄目なんです？　皆、集まってるじゃないですか」

ホウが訊《たず》ねた。トクがあたりを見渡し、体をかがめると小声でいった。

「サツの犬がいる」

タケルも思わずトクを見た。

「サツ?!」

「そうさ。警察の奴らは、何とか解放区をぶっ潰《つぶ》したくて、スパイを送りこんでいるんだ。この店にも、そいつが入ってるらしい」

「マジで？」

「ああ」

トクは胸を張った。

「どこからそんな情報が入った？」

「そいつはいえないね。なんていって、実は俺も知らないんだ」

「なんだ」

「とにかくタワーホテルにいってくれ」

「ヨウジは？　ヨウジもいっしょなんですか」

トクは首をふった。

「あいつはいらない。あんたらにきてほしいんだそうだ」

「わかりました」

「すぐいけよ」

トクはその場を離れた。

「いこうぜ」

ホウが立ちあがった。

「お前はいけ。俺はいかない」

タケルは首をふった。

「どうするんだ」

「ここにいる」

「ここにいて、ずっとカスミをにらんでるのか。カスミが気づいてくれるまで」

タケルはホウをにらんだ。

「何だ、そのいいかた」

「ガキじゃねえんだ。いつまでもスネてるんじゃねえ」

「何?!」

ホウの目は険しかった。

「気に入らないか。俺もお前が気に入らねえ。こんなときにふてくされやがって。おいていくのは全然かまわないが、お前がすべてをぶち壊しにするかもしれない。そうなったら最悪だ」

「ふざけんな。俺がいつ、何をぶち壊すってんだ」

タケルは熱くなった。

「トクのいったことを聞いたろう。六本木で俺の昔の仲間に待ち伏せされたのもそうだが、洩《も》れてるんだ、情報が。もしお前が暴れたら、まっ先に疑われるのは誰だと思う」

ホウの目がフロアに向けられた。

「カスミか」

「そうさ。いいのか、そんなことになって」

「くそ」

タケルは呻《うめ》いた。

「だけどあいつひとりを残していって大丈夫なのか」

「カスミなら心配いらないさ。ケンもいる」

その言葉を聞いて、タケルはまた体が熱くなった。

「こう考えろ。カスミは任務のためにケンをたらしこんだ。『ムーン』のときだってそうだった」

「あのときはまだ俺たちはチームじゃなかった」

「チームとかチームじゃないは、関係ない。お互いに、できる方法で任務をこなしてる。

クールになれよ」

タケルは唇をかんだ。頭ではホウのいうことが正しいとわかっている。が、体がどうしても納得できない。特に、ケンが気に入らなかった。

「あいつは絶対に怪しい」

「だからこそカスミは近づいたんだろうが。そうじゃない奴といちゃいちゃしてたら、そっちのほうが変だ」

「わかったよ！　いくよ」

タケルは立ちあがった。カスミのほうを見たいのを我慢しながら、フロアを横切った。ホウのいう、「任務のためにケンをたらしこんだ」であってほしかった。そうでなかったら、自分はチームを抜けるしかない。

カスミ

カスミは思わず息を止めた。クラブの出入口に向から二人の姿が見えた。二人がいることは、店に入ってすぐ気づいていた。どうやってか、うまく主催者グループにもぐりこんだのだ。

さすがだ、と思う一方で、心がとがめた。自分がここにいるのは任務だからなのか。

ケンに惹《ひ》かれ、こうなってしまった挙句の果てではないのか。任務でなくとも、自分はケンといっしょにいただろう。

二人には知られたくない。ケンとこうなってしまったことを。任務として、この店にやってきたと思われたい。

が、店の扉をくぐる直前、タケルが自分に向けた視線に、それがはかない願いだったことをカスミは知った。

激しい怒り、憎しみすら感じる目を、タケルはこちらに向けていた。

わかられている。自分とケンに起きたことを。

「どうした?」

カスミが体をこわばらせたのに気づいたケンがやさしくのぞきこんだ。

「何でもない」

間をおき答えたカスミに不審を感じたのか、ケンは出入口の方角をふりかえった。タケルとホウはすでに店をでていったあとだ。

カスミはケンの体を抱きよせ、目を閉じた。

とりかえしのつかないことになってしまったかもしれない。

ケンの腕にも力が入った。抱きしめられ、カスミは小さく喘《あえ》いだ。体の芯《しん》に、まだケンの温もりが残っている。

チームは終わる。終わらせたのは自分だ。二人の、特にタケルの信頼を自分は壊してしまった。

二人が店をでていったのは、〝裏切った〟カスミにあきれ、任務を放棄したからだ。馬鹿馬鹿しくなって帰ったのだ。

当然だ。作戦をたてたカスミ自身が、こともあろうに任務を忘れて男といちゃついているのを見せつけたのだから。

最低だ、何もかも。こんなときにケンみたいな男と出会ってしまった。これがまるで別の場所ならよかったのに。任務と関係なくケンと知り合っていたら。

それでも二人は許さなかったかも。特にタケルは。

カスミは息を吐いた。涙がでそうだった。

タケルの気持には気づいていた。だが気づかないふりをするしかなかった。タケルが駄目だとか、そういうことではない。ただ三人しかいないチームの中で、そうなってしまったら、いろいろなことがやりにくくなるのは自明の理だ。

ホウがカスミをどう思っているのか、正直わからない。人間としては信頼してくれていただろう。女として好意をもたれているかどうかまでは自信がなかった。たとえもっていても、それを露《あら》わにしないのがホウだから。

ただもしタケルと自分が男と女になったら、ホウだってチームとして動くのが難しくなるのはまちがいないことだ。今は同じように互いを信じあっていられても、どちらか片方と別の関係が生まれたら、同じでは決していられなくなる。その結果、チームの均衡は崩れ、致命的な任務の失敗につながりかねない。

だからこそ、カスミはタケルの気持に気づかないフリをしたのだ。おそらくホウはそれを感じとり、さりげなくフォローしていたと思う。熱くなるタケルをいなし、チームでありつづけることでいつかタケルの想いがかなうだろうと信じるようしむけた。

それなのにカスミがしたことは、そのホウのフォローに対する裏切りでもあった。

だけど、どうしようもなかった。

カスミはぎゅっと目を閉じた。まさかこんな状況に自分が陥ってしまうとは、想像もしていなかった。

今は少し落ちついている。なぜならケンとそうなったことで、自分の中の欲望があるていど満たされたから。

どうすればいいだろう。

カスミは深く息を吸いこんだ。今すぐこの店をとびだし二人を追いかけ、あやまったら、とり返せることはあるのだろうか。

ない。そんな真似をしても、タケルは怒り、ホウは冷ややかに、自分を切り捨てる。

任務は失敗だ。ここで終わる。

ならば自分は、どこで何をする？

カスミは何度も唾《つば》を飲んだ。ひとりぼっちの自分だけが、任務を続行できる。二人に捨てられはしたが、まだ自分は解放区の関係者の近くにいる。

たったひとりでも任務をつづけなかったら、それこそ、これは自分がケンと出会うためだけのできごとだったで終わってしまう。

「大丈夫か」

耳もとでケンがいった。

「少し疲れたかも」

「じゃ、すわろう」

二重の罪悪感がカスミの心をしめつけている。タケルとホウを裏切った罪。目の前の好きな男に嘘をつき、利用しようとしている罪。

空いているソファに並んでかけた二人の前に、Tシャツを着け、ボウルを手にしたスタッフが立った。

「いる?」

ボウルの中は錠剤だ。手をのばし、かみ砕けば、この苦しみが少しはやわらぐだろう。

だがカスミは首をふった。

「今はいらない」

ケンも首をふった。

「ありがとう」

スタッフに告げる。スタッフは気にするようすもなく、にっこり笑って立ち去った。

ケンが店内を見渡した。

「小さいけどいい店だ。音にも気をつかってる」

「そうだね」

カスミは話を合わせた。

「君はリンを知ってたかい。ホウの友だちの」

「リン？『ムーン』で死んだ？」

はっとして訊《き》き返した。

「そう。ここはリンが、オーナーとしてやる予定だったんだ。内装は計画通りで、色だけをかえてオープンさせた」

「誰が？」

カスミはケンの顔を見つめた。今はあの目に吸いこまれない。

ケンの目がＤＪブースの方角を見た。そこにいる人物なのだろうか。

「ムサシのスポンサー」

「ムサシ？」

聞き覚えがあった。

「ＤＪだよね、ムサシって」

「そう。そのスポンサーはいくつものクラブのオーナーで、才能のあるＤＪやダンサーの面倒をみてくれている人だ。俺も、世話になってる」

「世話って？」

「練習用のスタジオをただで使わせてくれたり、衣裳《いしょう》とかをプレゼントしてくれる」

「何者なの？」

「さあ。本業が何なのかは知らない。四十過ぎの女の人で、いっぱい優秀なスタッフを抱えているんだ。大金持なのはまちがいない」

「女の人なんだ」

ケンがカスミを見た。

「妬《や》ける？」

「そういう関係なの？」

ケンの目がすっとそれ、宙を見た。

「ときどき」

「ときどき？」

「俺ひとりじゃないから。彼女に愛されているのは」

寂しげな口調だった。それを感じた瞬間、カスミは心が冷えた。

「好きなんだ、その人を」

「好きっていうより、何ていうのかな。尊敬してる」

カスミが黙っているとケンは言葉をつづけた。

「奇妙だけど、俺たちにとっては神様みたいな存在なんだ。俺たちのエネルギーを受けとめて、何か、より創造的な方向に導いてくれる——」

「宗教みたい」

「実際はそんなんじゃない。お祈りするわけじゃないし、その人をあがめたてまつるのでもない。だから尊敬している、としかいいようがない」

「でも――」

「でも、何だい」

セックスをするんでしょう、という言葉をカスミは呑《の》みこんだ。いえば、ケンに抱かれた自分がひどくみじめなところに落ちるような気がした。

「解放区のスポンサーってその人なの？」

息を吸い、訊《たず》ねた。ケンが身じろぎした。カスミからわずかに体を離した。

「なぜそんなことを知りたいの？」

不意に醒《さ》めたような声になった。

「だって興味あるじゃない。あれだけのイベントを、ただ皆が思いつきだけでできるわけないもの」

ケンは無言だった。そして、

「飲み物をとってくるよ」

と、立ちあがった。

カスミはそのうしろ姿を見つめ、不安がわきあがるのを感じた。ケンは何かを感じとっている。それがケンの心に、カスミに対する不信を生んだような気がする。

ケンの姿がフロアの向こうに消えた。カスミはバッグを開いた。携帯電話を手にとる。タケルからの着信記録が残っていた。時刻は、午前二時二十分。解放区の最中だ。それ以降はない。この店をでていったあとは、カスミに連絡しようという気はないようだ。

ケンが戻ってきた。ペリエの壜《びん》とグラスを手にしている。かたわらにスーツを着た、二十代後半の男がいた。堅いサラリーマンのような雰囲気だ。

「この店の副社長で、ジョージさん」

ケンが紹介した。

「カスミです」

「やあ、カスミちゃん、よろしく」

ジョージと呼ばれた男が微笑んだ。どこか本心を隠しているような笑みだ。カスミはケンを見た。

「君がオーナーに興味があるみたいだったから。ジョージさんは、オーナーと仲がいいんだ」

ケンは無表情にいって、カスミのグラスにペリエを注いだ。

「ジョージさんに話を訊くといい。俺はちょっと知り合いに挨拶《あいさつ》してくるから」

背中を向け、人混みに呑まれた。ジョージが気障《きざ》な仕草でカスミの隣に腰をおろした。

「いいかい？」

わざとらしく訊く。

「どうぞ」

カスミはソファの上をずれた。

「ありがとう。乾杯」

ケンがおいていったもうひとつのグラスにペリエを注ぎ、ジョージはグラスを掲げた。

「乾杯」

カスミもグラスを掲げ、あわせた。

「ケンから聞いたのだけど、死んだＤＪリンの友だちだったのだって？」

ジョージはさりげない口調で訊ねた。

「知り合いが友だちだったんです」

カスミは答えた。

「そう。僕も、友だちがリンとは親しかった」

「そうなんですか」

「その友だちはあの場にいたんだ」

「あの場って？」

「『ムーン』さ。リンがブースから落ちて死んだ」

カスミは無言で目をみはった。

「もしかして君もいたのかい？」

「ええ」

「そうか」

ジョージはグラスを口もとに運んだ。吐く息でガラスが曇る。

「あれは警察の罠《わな》だった。知っていたかい」

「罠？」

「そうさ。警察は、残留孤児三世のリンが若者のカリスマになっていくのが許せなかった。そこで『ムーン』のイベントに刑事を送りこんだ。それを知ってリンは絶望し、身を投げたんだ」

「本当ですか?!」

「ああ」

ジョージは平板な口調で答えた。

「警察にとっちゃ、こういうイベントにかかわる者は皆、目の敵《かたき》だ。社会の平穏を乱す犯罪者だと思われている」

「馬鹿みたい」

「そう思うかい？」

ジョージが訊いたので、カスミは思わずふりむいた。

「だってただ楽しんでるだけじゃない。人に迷惑かけるわけでもないし。それなのに犯罪者なんて変だよ。もっと悪いことしてつかまらない奴はいっぱいいる」

ジョージが笑みを大きくした。

「いいねえ、カスミちゃん。筋が通ってる」

「あたしのことを子供扱いするのはやめて下さい」

「そんなつもりはないさ。世の中が見た目通りじゃないってことをいいたいだけで」

「ジョージさんは警察にケンカを売りたいんですか」

ジョージの目が広がった。

「なぜそんなことをいうんだい」

「リンが死んだのは警察の罠で、解放区も何も悪いことをしているわけじゃないのに、警察が目の敵にするっていったじゃないですか」

「なるほど。そうだな」

ジョージはいって黙った。カスミはジョージを見つめた。

「ジョージさんのケンカが解放区なんですか。解放区を主催して、警察をふり回してる」

「解放区ていどじゃケンカのうちに入らない」

ジョージが答え、カスミははっとした。

「もっとすごいことをするの？」

「そうだね」

「ジョージさんておもしろい」

カスミはいってジョージの目をのぞきこんだ。

「おもしろい?」

「何か、ふつうの人とちがうような気がする」

芝居に徹しよう、カスミは決めていた。自分ひとりでリベレイターの正体をつきとめるには、どんどん関係者と距離を詰めていくしかない。そのためにケンを失うことになっても自業自得だ。タケルやホウを失った今、自分は誰からも愛されたり信頼される資格がない。

「おいおい。ケン君に悪いぞ」

ジョージの目がフロアを見回した。

「ふつうじゃない人がいいって思うんです。ただワルぶったりとかそういうのじゃなくて、信念があってふつうの人にできないことをしている人」

カスミはたたみかけた。

ジョージの目がカスミに戻った。上辺の笑みが口もとから消え、表情が真剣になっている。

「本当にそう思ってるのか」

「うん」

「おもしろい子だな」

「別にあたしはふつうです。その場限り、というのが嫌なだけで」

「上にいかないか」

ジョージが頭上を示した。

「上？」

「DJブースの奥に、ここからは見えないけど部屋がある」

「そこで何するの」

わざと湿った表情を作った。ジョージは首をふった。

「別に二人きりになるわけじゃない。例の、『ムーン』に居あわせた友だちもいる。きっとそっちでの会話のほうが、カスミちゃんにはおもしろい」

「ケンの神様もそこにいるんですか」

「ケンの神様？」

訊《き》き返し、ジョージは息を吐いた。

「オーナーのことだね。いや、彼女は今はいない。用事があってでかけた。あとで戻ってくると思うが。会いたいのかい」

「少し興味があります」

「だったら奥で待とう。そのほうが早い。ケンも呼ぶかい？」

「どちらでも」

カスミが答えると、ジョージは一瞬驚いたような表情になった。

「いいんだ？」

カスミは無言で頷《うなず》いた。

「よし、じゃいこう」

ジョージが立ち上がった。

アツシ

タケルのおかげで落ちついていられる。ケンと踊るカスミを見た瞬間、ホウは体じゅうの血が止まったような気がした。二人のようすを見れば、起きたことは明白だった。解放区で連絡がつかなかったこの何時間かで、カスミとケンの距離が一気に縮まっていた。その意味は馬鹿でもわかる。

だがそれがカスミの裏切りなのかどうか、ホウは決めかねていた。

かつてカスミは親友の仇《かたき》を破滅させようと、その男と寝て情報をとり、クチナワに流していた。目的のために必要と考えれば、カスミにはそれができる意志の強さがある。

ケンと寝たのが同じ理由であれば、気分は悪いが、ホウは我慢できた。ただ、ケンがかつての塚本《つかもと》ほど、事件の核心にいる人間だとはホウには思えなかった。

ケンがもてるのは知っている。ケンのもつ奇妙な静けさが、見てくれだけを男に求めない女たちに強い魅力となっているのだ。

その奇妙な静けさの中心にあるのは、徹底したエゴイズムだ。物腰はやわらかく、言葉もやさしいが、ケンは他人に何かを与えようとは決してしない人間だ。流されないし、自分に必要だと感じる相手にしか、心を開かない。

だからこそ、ケンが犯罪に積極的にかかわっているとは、ホウには思えないのだった。解放区のような馬鹿騒ぎの演出は、ケンには何の利益ももたらさない。乗っかって、自分が楽しむのはオーケーだろうが、自ら手間暇をかけるのは、ケンのキャラではない。

夜明け前の新宿はさすがに人通りが少なかった。空の一角が青みがかっていて、客を捜す気も失《う》せてしまったようなタクシーの空車がだらしなく道端に止まっている。

ホウとタケルはゴミ袋の積みあげられた裏通りをつっきって西新宿に向かった。そのあいだにも空が白み、カラスの鳴き声がやかましくなった。

クラブをでてからタケルはずっと押し黙ったままだ。爆発寸前の自分をおさえこんでいるかのようだ。そんなタケルを感じているから、ホウは落ちついていられるのだった。

新宿五丁目から西新宿の高層ビル街まで、二人は無言のまま歩きつづけた。冷んやりとした空気には何か無言の悪意のようなものがたまっていて、自然、早足になる。

タケルが立ち止まることだけをホウは恐れていた。不意に立ち止まり、やってられねえと吐きだすのではないか。チームは終わりだ、俺は抜ける、と宣言するのではないか。

タケルがそうするのを、なぜ自分は恐れるのだろう。ホウは歩きながら自問した。

自分はタケルともカスミともちがう。二人ははっきりとした理由があって、クチナワのスカウトに応じ、警察の手先をやっている。だが自分はなし崩し的に二人の仲間になったに過ぎない。警察の真似ごとをしたいなんて、これっぽっちも思わなかった。自分がこうしているのは、タケルに対する奇妙な友情が一番の理由だ。そして考えたくはないが、カスミへの感情もある。強くて賢くて、年のわりにとんでもなく冷静なくせに、カスミにはどこかほっておけないもろさがある。それを守ってやりたいと思わせる哀しさのようなものを抱えている。

タケルはカスミのそんなところに参ったのだ。自分もそうだ。

カスミがしたいと思うことをタケルは助けたい。それをさらに自分が手伝ってやりたいと思ったから、そうしてきた。

カスミには秘密がまだまだある。二人に話していない謎の部分が隠れている。それを無理に知りたいとは思わない。たぶん今は知ったところでどうにもならないことだろうからだ。

タケルは知りたい。だがカスミは決して話さない。話せば、カスミのためにタケルが暴走するかもしれないし、したところで何ひとつ役に立たないとわかっている。

奇妙だが、もしカスミがどちらか先に、抱えている秘密を打ち明けるとすれば、それは自分だろうとホウは思っていた。カスミはホウを通してタケルをコントロールしようとするにちがいない。

結局のところ、二人ともカスミに利用されることになるのだが、それでかまわない。

なぜなら、チームを作った一番の理由はカスミにある。おそらく家族を皆殺しにされたタケルよりも。

カスミが追っているもの、捜しているものは、タケルが追っているものより、きっともっと遠くにある。カスミが果してそこにたどりつけるかどうかわからないが、タケルがそのカスミを助けようとする限り、ホウもつきあう他ない。

リンと同じなのか。タケルはリンと同じなのだろうか。

ちがう。リンとタケルはちがう。

なぜならリンは天才だった。ホウには決してできないことがリンにはできた。リン以外の誰にもできないことができたからこそ、ホウはリンを尊敬し、守ろうとした。

タケルは天才じゃない。それどころかホウ以上に不器用であぶなっかしいところがある。だからむしろほっておけない。

そこまで考え、ホウははっとした。リンとタケルにはもっと大きなちがいがあった。

なのに自分はそれを〝理由〟として思いつかなかった。

タケルは日本人だ。くそったれの日本人だ。なのに自分はタケルを心配し、チームでなくなることを恐れている。

それに気づいたとき、ホウは動揺した。

日本人は大嫌いだったのじゃないのか。リンのためなら、すべての日本人を敵に回せると俺は覚悟していたのではないのか。

なのに、タケルもカスミも日本人だ。

その二人を今、自分は誰よりも大切に思っている。

こんなこと、ありえない。

タケル

歩きつづけることで少し冷静になった。ホウのいう通り、自分がガキみたいだというのはわかっている。

もしホウがいなかったら、きっとすべてをぶち壊すような行動をとっていた。

タケルはあの日のことを思いだそうとした。心が砕け散ったあの日。タケルの世界が粉々にされたあの日。あの日自分の身に起きたできごとに比べてみろ。

今夜のことなど、どうということもない。

怒るなら、熱い怒りではなく、決してさめない冷徹な怒りをもつのだ。

不意に前を歩くホウが立ち止まった。

「タワーホテルってどれだ」

前方を見上げている。いくつもの超高層ビルが白み始めた空につき立っていた。

「あれだ」

タケルは右斜め先にある、細長い建物をさした。

「細くて、先っぽがとがってる奴」

「あの矢印みたいなビルか」

「ああ」

「いったことあるのか」

「一回だけ。何でだったかは忘れた」

嘘だった。四年前、親戚《しんせき》だとかいうオヤジに呼びだされた。地下にあるステーキハウスで飯を食わされ、どんな生活をしているのかとか、あれこれ訊《き》かれた。狩りを始める前だったが、秘《ひそ》かに準備は進めていた。体を鍛え、いろんなジムや道場を見学していた。

そんなことをいえば止められるに決まっていた。金持かもしれないが、本当はタケルのことではなく自分を心配しているのが、話していてありありとわかったからだ。ひとりで暮らしているタケルが何か事件を起こしたら、自分に迷惑が及ぶ。そのオヤジが心配なのは、それだけだった。

二人はタワーホテルの前に立った。ロビーは一階ではなく二階にある。建物の外についた屋根つきのエスカレータで二階にあがった。

早朝だというのに、ロビーにはおおぜいの人がいた。外国人の団体が、ガイドらしい人間の点呼をうけたり、大きなスーツケースをひきずった人々が精算のため、カウンターに並んでいる。

二人は誰からも咎《とが》められることなくエレベータに乗りこみ、五十階をめざした。

五十階の廊下はしんと静まりかえっていた。ロビーの喧噪《けんそう》が嘘のようだ。

五〇一一号室は廊下のつきあたりにあった。タケルは扉の前に立つとチャイムのボタンを押した。

ドアが開かれた。立っていたのは、見上げるように大きな黒人だった。二メートル近い身長があるだろう。黒いスーツを着てネクタイを結んでいる。胸板はまるで冷蔵庫のようだ。つるつるのスキンヘッドに、細長いレンズのサングラスをかけている。

「カムイン」

二人を見おろすと大男はいった。タケルとホウは無言で顔を見合わせ、部屋に足を踏み入れた。

革ばりの巨大な応接セットが目に入った。シャンペンのボトルをさしたアイスバケットがおかれ、テーブルの上に細長いグラスが並んでいる。

横長のソファに女と、そのかたわらに二人を迎え入れた黒人に勝るとも劣らない白人の大男がいた。金髪を立たせている。

「いらっしゃい」

女がいった。わずかにかすれた声だった。胸が大きく開いた、光沢のある生地でできたドレスを着け、ソファに横ずわりになってグラスを手にしている。長い髪が肩から胸もとに広がっていた。年齢の見当がタケルにはつかなかった。三十代か四十代だろう。毒々しいほど濃い化粧をしていて、香水の匂いが部屋にこもっている。

「すわって」

女がいって、空いているソファをグラスで示した。かたわらの白人を見やり、ちらっと笑う。

二人はソファに腰かけた。背後に黒人が立った。わずかに足を開き、両手をうしろで組んでいる。

「名前を教えてくれる？　わたしはミサ」

女がいった。

「ホウだ」

「タケル」

二人は名乗った。

「ありがとう、きてくれて」

女は微笑んだ。

「俺たちに何の用です」

タケルは訊《たず》ねた。女は気どった仕草で手をふった。

「お礼がいいたかった。スタッフを助けてくれたそうね」

女の仕草は合図だった。白人の男が白いスーツの内側から封筒をだし、無言でテーブルの上においた。

「どうぞ」

女がいった。

「何ですか」

タケルは訊ねた。

「わたしの気持」

「お金か」

ホウがいった。女は小さく優雅に頷《うなず》いた。

「だったらいらない。俺たちは別にお礼が欲しくてヨウジを助けたわけじゃない」

「ヨウジ?」

女が訊き返した。

「やくざにからまれていたスタッフだ。クスリを配っているのを見つけられて、商売の邪魔をするなと威《おど》されていた」

女は首をふった。

「あれは手ちがいよ。もう話はついているわ」

「手ちがいって何ですか」

タケルは訊ねた。ホウとちがって、女に対してタメ口をきくのが何となくためらわれた。

「連中の商売を邪魔する気なんてなかったのよ。わたしはただ盛り上がって欲しかっただけ。クスリなんてどこから入れたってかわらない。これからはあの連中のところから入れたクスリを配ればいいだけのことよ」

　女は面倒くさそうに答えた。

「あなたが解放区の主催者なんですか」

「そう。わたしは若い人たちに人生をうんと楽しんでほしい。こんな世の中だから、若いうちにしかできないことを思いきりやってほしいの」

「そのために金をつかっている？」

　ホウがいった。女はホウに目を向け、こともなげに頷いた。

「お金は、あるのよ。いくらでも」

「ひとつ、訊いてもいいか」

「なあに？」

「さっきまで俺たちがいた店、『ブラック・アウト』。オーナーはあんたか」

「そうよ」

　ホウは一瞬黙った。

「それがどうしたの？」

　白人が動いた。アイスバケットからシャンペンをとりあげ、女のグラスに注いだ。

「あの店はもともと、あるＤＪが自分の好みにあわせて設計した。店の中はまっ白で

『ホワイト・ウォッシュ』という名前でオープンさせる予定だった」

「知ってるわ。リンでしょう。あの子は天才だった。警察の罠《わな》にかかって死んだ」

ホウの声が鋭くなった。

「あんたはそれを見たのか」

女は首をふった。

「見てはいない。でもその場のようすを伝えてくれた人がいたの。わたしは以前、自分の店にリンをスカウトしようとしたことがあった。でもそのとき、リンには悪いスポンサーがついていて、面倒になりそうだからやめた。塚本というやくざ。塚本も殺された。『ムーン』で起こった一連のできごとは、警察によって仕組まれていたのよ。まずは塚本を破滅させ、次にカリスマ的な人気があったリンを表舞台から消す」

「なぜそんなことを警察は考えたんだ」

「リンのこと? リンは日本人を嫌ってた。なのに日本人の若い子に人気があった。これ以上リンに人気が集まったら、日本という国に悪い影響が及ぶと考えた政府の人間がいたのよ」

「政府?」

思わずタケルは訊き返した。

「たかがDJひとりのことで、政府がそんなことを考えたのですか」

「ええ。若い人は影響をうけやすい。理屈とかじゃなくて、気持で簡単に行動を決めてしまう。リンは日本人を憎んでいて、あのままリンがカリスマ化していけば、いずれ日本人なのに日本という国を憎む人が多くなる。それを防ぎたいと考えたのよ」

「あんたはそれを政府の奴から直接聞いたのか」

ホウが訊ねた。

「そう」

女は答えた。

「わたしにはいろいろな友人がいる。その中のひとり。わたしは日本人だし、日本を憎んでもいないけど、そういう政府のやりかたは卑怯《ひきょう》だと思う。だから解放区を始めた。これで納得した？　あなたはリンの友だちだったみたいだけど」

「つまりあんたはリンを罠にはめた日本政府への仕返しとして解放区をやっている、と？」

「それだけじゃない、もちろん。リンとわたしは別に親しかったわけじゃないから、復《ふく》讐《しゅう》する理由はない。何でも自分たちの思い通りに動かそうと考える政府の人間が嫌いなの。人は自由に生きる権利がある。特に若いときは。そう思わない？」

「つまり、趣味ってことですか。解放区は」

「そうね。そういってしまえば」

タケルのほうを見て、女は微笑んだ。

「つまりお金持のお遊びってわけだ」

ホウがいった。冷ややかな声だ。

「金を使って設備を用意し、若い奴らを集め、クスリをただで配って大騒ぎを起こさせる。警察がそれにふり回されるのを眺めて楽しんでいる」

「ひどいいいかたね。解放区が嫌いなの？」

「好きでも嫌いでもない。でも金で人間を操ろうとする奴は嫌いだ」

「あなたは日本人じゃないみたいだけど、今の日本をいいところだと思っているの？」

「別に思わない。だからってどこかに天国があるとも思ってない」

女はホウをじっと見つめた。そして首をふった。

「かわいそうな人。あなたのいる場所はきっとどこにもないのね」

ホウの顔がひきしまった。それに気づいた白人が体の向きをかえた。

「別にあんたに同情してもらうことじゃない」

「何もかもをぶち壊してやりたいと思ったときがあるでしょう」

ホウは大きく息を吸いこんだ。タケルは不安になった。もしホウがぶち切れたら、この大男二人を相手にすることになるだろう。素手ではとうてい太刀打ちできそうにない。

「あるさ、それがどうした」

「もうひとつ考えていることがあるの。それもわたしの趣味だけど、もう少し真剣で、勇気がいる仕事よ」

タケルは女を見た。リベレイターのことをいっているのか。

「仕事？　あんたはお遊びだといったじゃないか。なぜ仕事なんだ」

タケルがいい返した。女が微笑んだ。

「お金になることだから」

「つまりあんたがギャラを払うってことか」

「ちがう」

「まさか働けっていうんじゃないだろうな。真剣に、勇気をもって働いて金を稼げ」

タケルが嘲笑《あざわら》うようにいった。

「基本は解放区といっしょ。ただあんなに人は集まらない。集まってくるとすれば、警察くらいね」

「銀行強盗でもやれってか」

「人を傷つけるような仕事じゃない。いってみれば、スケールの大きな悪戯《いたずら》で世の中を驚かす」

「どうして金になる？」

「それによってひき起こされる混乱をお金にかえるシステムがあるの」

ホウがタケルを見た。

「信じられるか、そんなこと」

タケルはようやく気がついた。ホウは怒ったフリをして女を挑発し、リベレイターの話をひきだしていたのだ。

「信じらんない」

タケルは首をふった。

「悪戯って何です。電車に落書きでもするんですか」

「最初のうちはそんなこともあった。でも今はもっと効率的で影響が大きいやりかたを見つけたわ」

「つまり、もうそれはやっているってことですか」

「ええ。でももっともっとその数を増やしたい。どう？」

「俺たちにそれをやれと？」

「あなたたちはすばしこくて、頭も切れる。うんと大きな悪戯ができそうじゃない？」

「いくらになる？」

ホウが訊《たず》ねた。

「悪戯のスケールによる。前に送電線を切ったときは、百万円だったかしら」

「百万？　たったそれだけで？」

タケルは訊《き》き返した。まちがいない。リベレイターの話をしている。

「そう。何かアイデアをだしてみて。電車を止める、送電線を切る、といったような。もしそれがおもしろいと思えることだったら、必要な資材はわたしが提供する。どう？」

タケルとホウは顔を見合わせた。

「考えさせてくれ」

ホウがいった。

「いいわ。連絡先を教える。何か思いついたら電話をちょうだい」

女は答えた。

アツシ

「どうする？」

タワーホテルをでて歩きだすと、ホウは訊ねた。タケルが無言で見返した。

「さっきの店に戻るか」

タケルは首をふった。

「戻ったってしかたがねえ。あそこにいるのは小物ばっかりだ」

「カスミは？」

「ほっとくさ。あいつはあいつでやる」

ホウは立ち止まった。

「どうしたんだ？」

タケルに訊ねた。一刻も早く「ブラック・アウト」に戻りたがると思っていた。だがタケルは戻りたくなさそうだ。

「何がだ」

タケルは訊き返した。

「カスミのことが気にならないのか」

「カスミなら心配いらないといったのはお前だ。だからクールになっている。それが駄目なのか」

タケルはいった。ホウは首を傾げた。

「変だ」

「どこが」

「お前だ。らしくない」

タケルはホウを見つめた。

「すぐ熱くなる単細胞の俺がぎゃあぎゃあいわないからか」

ホウは息を吐いた。

「そんな風に思っちゃいない」

「嘘をつけ。お前もカスミも、俺のことをそう思ってる」

ホウは首をふった。

「どうしたんだ。何をすねてる」

「すねてなんかいねえ！」

「じゃあいったい何だっていうんだ」

タケルは深々と息を吸いこみ、夜の明けた超高層ビル街を見渡した。

「クチナワに訊きたいことができた」

「クチナワに？」

「さっきの、あのミサって女の話だ。『ムーン』での一件は、警察によって仕組まれていたといってた」

ホウは無言でタケルを見つめた。

「『これ以上リンに人気が集まったら、日本という国に悪い影響が及ぶと考えた政府の人間がいた』」

「それがどうした。中国人がでかいツラするのは気にいらねえって考えてる奴はごまんといる」

ホウはいった。タケルは目をそらした。

「お前はあのとき、リンのそばにいた。だから知らないだろうが、あれはまさにクチナワとカスミが仕組んだ、塚本を潰《つぶ》すための罠《わな》だった。俺もそう思っていたからクチナワに協力した。それだけだ、と思っていたんだ」

「それだけ？」

「リンだ。リンを消す計画があったなんて知らなかった。お前は腹が立たないのか。お前にとって親友だった男だぞ。それを中国人だから、という理由で抹殺した」

「あれは抹殺じゃない。事故だった。俺は見ていた。塚本の手下ともみあって、DJルームから落ちたんだ」

「それは結果だ。もしそうならなくても、事故が起こらなくても、塚本と組んでいたことで、リンのDJとしての立場や人気は、あの一件で駄目にされていたかもしれない。それが全部計画されていたものだとしたら、俺は利用されたってことだ」

「待てよ。お前はリンを嫌いじゃなかったのか」

ホウは驚きを感じながら訊いた。

「好きか嫌いかといえば、好きじゃなかった。それはもともと、ドラッグをやるような奴が気にくわないからだ。俺がひとりで狩りを始めたのも、まず若い連中にドラッグを売りつけるようなゴミをぶっ潰してやりたかったからだ。中国人が好きじゃなかったのも本当だ。だがそれは、犯罪で金を儲《もう》けようと日本にくる奴らだ。そうじゃない中国人に対してまで腹を立てたり、潰してやろうなんてことは思っちゃいなかった。わかるか。リンは中国人だし、ドラッグもやってた。そういう点じゃ確かに、気にくわない男だ。だが、そのリンが日本人に人気があるのを許せねえとか、この国の将来にどうこうなんて、これっぽっちも思っちゃいなかった。なのに、あの女の話を聞いていると、『ムーン』の一件の標的は、塚本とリンの両方だったっていうじゃねえか。もしそうなら、俺はクチナワに利用されたことになる。塚本やドラッグを売りつける連中をぶっ潰す計画に誘われて、別に恨みも何もなかったリンまで、あんな目にあわせるきっかけを作っちまった」

「考えすぎだ」

　ホウは首をふった。

「それにあの女のいっていることが本当かどうかなんてわからない」

「お前も聞いたろう。あの女は政府の奴から聞いたって認めたんだ」

「そんなの――」

「忘れたのか。警察や俺たちのことがあいつらに洩《も》れてたのを」

　ホウはハッとして口をつぐんだ。その通りだ。ミサのいっていたことがすべて真実かどうかは別としても、少なくとも警察関係者とのパイプを、あの女はもっている。

「だろ？　あの女のいったことを全部信じられるとは俺も思わないが、じゃあクチナワは俺たちに隠していることがないのか――」

　ホウは頷《うなず》いた。タケルはつづけた。

「それをクチナワに会って確かめたいんだ。だけど、くそ、クチナワと連絡をとるのはカスミの役目だ。今は、カスミに会いたくねえ」

「大丈夫だ」

　ホウはいった。クチナワと連絡をとることなら自分でもできる。タケルのもった疑いは、タケル以上に自分にとって重大だ、とホウは気づいた。もしその疑いが正しければ、ホウは〝敵〟のために働いていたことになる。だとしたら、絶対に許せない。

カスミ

VIPルームには四人の男女がいた。どれも、クラブイベントではあまり見かけないタイプの連中だ。いかにも金持といった雰囲気を漂わせた三十代の男が二人。あとの二人は、正体の見当がつかない四十代の男とその恋人らしい三十前の派手な女だ。見覚えがあった。少し前売れていたモデルだと気づいた。最近はあまり見なくなった。四十代の男は白いスーツに、長くのばした髪をうしろで束ね、アパレル関係の人間のようだった。

ジョージがカスミを四人に紹介した。といっても、ただ名前をいっただけだ。四人の名は、金持風の三十代が、岡山《おかやま》と田代《たしろ》、髪を束ねたのが城戸《きど》、女がやはり思った通りモデルの望月《もちづき》ルリだった。

岡山はカスミにねっとりした視線を向けてきた。ぶよぶよと太っている。

「キミいくつ？」

「十八です」

「どこの高校？」

カスミは首をふった。

「高校にはいってません」

「へええ」

職場とキャバクラ以外の場所で若い女と口をきくことがほとんどなさそうだ。身に着けているものや衣服はやたらに高価だが、それがまるでさまになっていない。

「岡山さんはお仕事は何なんです？」

「僕？　僕は田代さんといっしょで、投資関係の仕事。こちらの城戸さんは金融関係だよ」

「へえ、すごい」

わざとらしくカスミはいった。望月ルリが露骨に蔑《さげす》んだような視線を向けた。

ジョージがいった。

「城戸さんは、あのとき『ムーン』にいたんだ」

「そうなんですか」

カスミは城戸に向き直った。陽に焼けていて口ヒゲを生やしている。キザなメキシコ人のようだ。

「わたしもいたんです」

城戸はシャンペングラスを手にとり、首をふった。

「おしい才能をなくした」

「リンのことですか」

「そうだ。リンの人気がでればでるほど、気にくわないと思った人間が国家権力の中にいた。リンは罠にはめられたんだ。日本は自由の国じゃないってことだ。中国のように露骨な弾圧はしないが、権力はあの手この手で、気にくわない者を潰す」

そして改めて気づいたようにカスミを見つめた。

「どこかでお前を見たような気がするな」

「『ムーン』でじゃないですか」

「そうだが、それだけじゃない」

いって城戸は考えこんだ。望月ルリが城戸の顔をのぞきこんだ。

「なあに。気にいっちゃったの、この子のこと。よくある顔だと思うけど?」

いやみたっぷりにいった。

城戸の目は鋭かった。カスミは城戸の正体に気づいた。金融関係なんかじゃない。城戸は塚本と同じだ。〝本社〟の人間だ。

「わたし、塚本さんの彼女の友だちでした」

わざとエサを投げた。城戸の目が広がった。

「そうか。それでか」

「塚本さん?」

岡山が訊《き》き返した。城戸が首をふった。

「『ムーン』で殺された。〝本社〟の人間だ」

岡山の顔がこわばった。

「殺されたって、誰に——」

「警察だ。あの一件は〝本社〟にとっても痛手だった。塚本は、いいビジネスプランをもっていたのに残念なことをした」

「〝本社〟って何ですか」

カスミはあどけない表情を作って訊《たず》ねた。

「それはまだ君が知らなくていいことだ」

ジョージがあわてたようにいった。

「さあ、シャンペンでも飲めば」

「未成年に酒はやめておけ」

城戸が止めた。ジョージが作り笑いを浮かべた。

「でも城戸さん、下じゃ酒どころかもっと——」

「おい」

城戸がすごみのこもった声を出した。VIPルームの中が凍りついた。

「そんな話をここでするんじゃない。俺を巻き添えにしたいのか」

「とんでもないです」

蒼白《そうはく》になったジョージが首をふった。

「だったらその小娘を連れて下に戻れ。ここはお前がのこのこ入っていい場所じゃない」

「はいっ」

ジョージは直立不動になっていった。

「恐い人なんですね、城戸さんて」

カスミは城戸を見つめ、いった。城戸は首をふった。

「用心深いだけだ。子供のお前にはまだわからないだろうが」

甲高い笑い声を望月ルリがたてた。それはとってつけたような、空々しい笑いだった。

タケル

クチナワと会ったのはその日の夜だった。トカゲの運転するバンがタケルとホウを広尾の商店街でピックアップした。

後部席で、タケルとホウはクチナワと向かいあった。バンは走りだした。

「捜査は進んでいるのか」

クチナワが訊ねた。

「カスミから何も聞いていないのか」

ホウが訊き返した。クチナワは無表情だ。

「君らの報告を聞きたい」

タケルはホウに目配《めくば》せをし、話した。

「ミサって女に会った。解放区のスポンサーだといった。すげえ派手な四十くらいの女で、ボディガードだかジゴロだかわからないような外国人の男二人とタワーホテルのスイートルームに、俺たちを呼びだした。女は俺たちが気に入ったみたいで、仕事をやらないかともちかけてきた。スケールの大きな悪戯《いたずら》で世の中を驚かしたら、金になる、といった」

「どう、金になるんだ？」

「混乱を金にかえるシステムがある、と」

クチナワは、頷《うなず》いた。

「なるほど」

「それがどういうことか、あんたにはわかるか」

「こうではないかという疑いはある。で、その女と今後も接触できるのか」

「俺たちがいいアイデアを思いついたら連絡することになった」

「わかった。何かアイデアをだして実行しろ。その日時を前もって私に知らせるんだ」

「その前にあんたに確かめたいことがある」

「何だ？」

「チームができるきっかけになった『ムーン』の一件だ。あれは全部、あんたとカスミが立てた計画か」

「そうだが？」

「塚本を潰《つぶ》す以外の目的があったと聞いた」

「以外の目的？」

「リンだ。リンが日本人の人気をこれ以上集めちゃまずい、とあんたは考えたのか」

「誰がそんなことをいった」

「あの女さ。ミサだ。政府にも友人がいて、そいつから聞いた、と」

クチナワの目は冷ややかだった。

「信じたのか」

ホウが口を開いた。

「俺たちが六本木で会った晩、中国料理屋の帰りを待ち伏せされた。待ち伏せてたのは、ゴールデンタイガーって、俺が元いた族だ。なぜ、奴らは俺が六本木にいることを知ってたんだ？　警察《サツ》にいる人間が情報を流したからだ」

「ゴールデンタイガーとやらの目的は？」

表情をかえず、クチナワはホウに訊ねた。

「俺を殺すことだ。奴らには逆立ちしたってやれないが」

クチナワは無言で頷いた。

「六本木は奴らの縄張りじゃない。それがぞろぞろでてきたのは、俺がそこにいるって、確実な情報があったからだ。そんなことを知ってるのは、俺たち以外にあんたしかいない。あんたが流したのか」

「そんな真似をして、私に何の得がある」

「俺もそう思う。てことは、あんた以外のサツの誰かが、リベレイターを調べられちゃ困る、と考えたんだ。そいつはミサって女とつながってる。だからミサがいった『ムーン』の一件の話がすべて嘘とは限らない、と俺たちは思った」

タケルはいった。

「なるほど」

クチナワは低い声で答え、タケルとホウの顔を見比べた。タケルはクチナワに詰め寄った。

「俺たちのことを知っている人間が、あんたとトカゲ以外でサツにいるか」

「警察には、いない」

「警察には？」

ホウが訊き返した。

「じゃ、どこにいる」

「それは教えられん」

「そいつが情報を流していたらどうなんだ」

「調べる」

クチナワは短く答えた。ホウがいった。

「ひとつ答えてくれ。リンを抹殺するのも、『ムーン』でのあんたの計画に含まれていたのか」

クチナワはホウを見つめた。

「あれは事故だ。リンの生命や社会的地位を脅かそうという計画はなかった」

「じゃ、そいつが嘘をついたのか。何のために？」

「私にはわからない」

「都合が悪いことはわからないですませる気か」

「だから調べる、といっている。何者が情報を流したのか」

「信用できねえな。ホウ、そう思わないか」

タケルはクチナワをにらみつけ、いった。

「調べたがわからなかった、ですませるかもしれない」

「同感だな。俺たちで調べようぜ」

クチナワの表情が初めて動いた。

「君たちで？」

「ミサを通して、その政府の友人とやらの正体をつきとめてやる。リベレイターにくいこめばできるだろう」

「それは君らにとって非常に危険な選択だ」

「俺らにとって？　あんたにとってのまちがいだろう！」

タケルは声を荒らげた。

「もちろん私にとってもだ。君たちがその人物をつきとめ接触するような真似をしたら、君たちはうしろ盾を失うことになるぞ」

「うしろ盾って何だ。あんたのことか」

「そうだ。君らのこれまでの捜査活動は、法に照らし合わせれば、違法性が非常に高い。もし私がいなくなったら、君たちが逮捕・起訴されるのを防ぐ存在がいなくなる」

「ふざけるな！　違法性が高いとわかっていて、俺らを動かしてきたのはあんただろうが。情報や資金を用意したのもあんただ！」

タケルは怒鳴った。

「その通りだ」

クチナワは冷ややかに答えた。

「だからいっている。私がいなくなったら、君らは破滅だ。これまで君らが犯罪者を送りこんできた場所に、君ら自身が送りこまれる」

「あんたは恐れているのか」

ホウがいった。クチナワはホウを見た。

「俺たちが、政府にいるミサの友人で、情報を流した人間の正体を暴くのが恐いのか」

クチナワは深々と息を吸いこんだ。

「スパイの正体は暴かれるべきだ。だがその方法をまちがえると、こちら側に被害が出る。それだけ相手は強い立場にいる。君らの話を聞いていてわかった」

「どんな立場なんだ」

ホウが静かな声で訊《たず》ねた。

「我々の活動の資金援助をし、独立した捜査が黙認されるよう仕向けている政府機関の中にいる」

「仕向けている？」

「これ以上は話せない」

クチナワは考えていたが、いった。

「私がスパイの正体をつきとめるまで、そのミサという女との接触は禁止だ」

「冗談じゃない。あんたがうやむやにしないという保証がどこにある？」

タケルはいった。だがクチナワは相手にせず、

「車を止めろ」

と命じた。

いつもならクチナワに命じられたら、トカゲはすぐに車を止める。が、そのときはちがった。バンはむしろスピードをあげた。

「どうした。車を止めろといったんだ」

クチナワは厳しい声をだした。

「尾行されています」

トカゲがいった。目がサイドミラーに注がれている。

「何」

クチナワは車椅子の上で身をよじった。が、バンにリアウインドウはない。

「どこからだ」

「おそらく、ですが、広尾《ひろお》からずっと」

トカゲが答えた。クチナワは目を細めた。

「何が目的だ。よし、首都高速に上がれ。天現寺《てんげんじ》から環状線に入って新宿方面に向かえ」

「了解です」

クチナワはタケルとホウに目を向けた。

「君らが狙いなら、今車から降ろすわけにはいかない。尾行の目的は、君らの顔を確かめることかもしれん」

「俺らの顔？」

タケルは訊《き》き返した。

「内通者は君らの顔までは知らない。私が提出した報告には、一切、君らの写真は添付していないからな。リベレイターを組織している者は、警察が送りこんだ人間の顔を知りたいと思う筈《はず》だ。そこで内通者は、私を監視する手段をとった」

「顔を知らないなら、なぜゴールデンタイガーは、俺を待ち伏せできたんだ」

　ホウが訊ねた。

「君の経歴だ。君らの経歴の一部は、チームをミドリ町に送りこむ許可を得るために委員会に報告した」

「委員会？　それがあんたのいう政府機関の名か」

「そうだ。メンバーは非公開だが八名いる。そのうちの誰かが、リベレイターとつながっている」

「つながる目的は何だ」

　タケルはクチナワを見つめた。クチナワは首をふった。

「わからん。金かもしれん。リベレイターの活動が経済的な利益を生むことを、君らはミサという女から知らされた」

　バンが登り坂にさしかかった。首都高速への入路をあがっている。

「内通者も必死なわけだ」

　ホウがいった。

「俺らを見つけないと、自分がヤバい」

「そうか」

　タケルはつぶやいた。

「俺らがばらばらに動いたんで、わからなかったんだ」

「何のことだ」

クチナワが訊ねた。

「ミドリ町の任務では、俺たちは三人いっしょで行動した。けどきのう解放区にもぐりこんだとき、カスミは俺たち二人と別行動をとった。だから俺たちのことがわからなかったんだ」

「なるほど。内通者は、スパイは男二人に女ひとりのチームだと、リベレイターの幹部に知らせていた。それで君らが見抜けず、焦って私に監視をつけたのだな」

クチナワはいった。そしてトカゲに声をかけた。

「尾行はまだいるか」

「います。いい腕です」

「このまま中央高速に入れ」

タケルとホウは顔を見合わせた。

「どこまで俺らを連れていく気だ」

ホウがいった。クチナワが答えた。

「向こうが君らの顔を知りたいのと同様、こちらも相手の顔を知りたい。ちがうか」

カスミ

岡山から電話がかかってきたのは、その日の夕方だった。ＶＩＰルームを追いだされたあと、ジョージはたいしたことではないようなフリをしていた。本心はかなり傷つき、しょげている筈だ。カスミは、自分のせいだといってあやまり、ジョージと連絡先を交換して別れた。

フロアにケンの姿はなかった。タケルとホウも戻っていない。

とりかえしのつかないことをした。それはわかっていた。二人の仲間を失い、その上ケンにも捨てられた。

「はい、カスミです」

「あの、きのう『ブラック・アウト』で会った岡山だけど、覚えてるかな。この番号、ジョージから聞いたんだ」

おずおずとした声だったが、その陰に欲望が見え隠れしている。

「あ、ＶＩＰルームで会った？」

「そうそう。本当はもっと話したかったし、城戸さんもあそこまでいうことないと思うんだよね。カスミちゃんが傷ついてるんじゃないかって心配して電話してみた」

「ありがとうございます！　嬉《うれ》しい、そんな風に思ってもらえて」

「あのさ、もしジョージじゃなくて僕がいっしょだったら、城戸さんもあんないい方しなかったと思うんだ。ジョージはまだ、何ていうか……」

「偉くない人なんですか」

「まあ、はっきりいえばそうなるかな」

「ジョージさんが、VIPルームでの話はおもしろいよっていってたんで期待していました。だからちょっとがっかりしました」

「カスミちゃんは大人なんだな」

「同じ年の学生の子よりは、たぶん」

「もしよかったら、晩御飯でも食べないか」

「本当に?! いつ?」

「いつが空いてる?」

「いつでも大丈夫です。岡山さんに合わせます」

岡山は笑いを噛《か》み殺すような声でいった。

「今日は?」

「ええと、遅くならなければ大丈夫です。遅い時間はちょっと約束があって」

「彼氏?」

わざと怒ったようにいった。

「そんなんじゃありません」

「ごめん。じゃ、六時に青山一丁目にこられるかい？」

「いけます」

「おいしいイタリアンとお鮨屋《すしや》さんと、どっちがいい？」

「お鮨屋さんで」

「わかった。じゃ、あとでね！」

十代の女に目がない男の視線は独特だ。VIPルームで会ったときから、岡山が自分に欲望を感じていることにカスミは気づいていた。

たぶんこれまでも、ジョージを使ってその欲望を満たしてきたのだろう。

岡山と寝る気はない。リベレイターに関する情報を得るために利用するだけだ。

だが接触することは、誰かに知らせておいたほうがいいかもしれない。

誰に？

そう考えるとカスミの心は沈んだ。タケルとホウからは、今日になっても何の連絡もない。怒り、あきれ、そして本当に捜査をやめてしまったのだろうか。

確かめるのも恐かった。

といって、クチナワに知らせる段階ではまだない。「ケンの神様」の正体もつきとめていないのだ。

ケンのことを考えると胸の奥に甘い痛みが広がった。だがこの甘さは、いずれ消えてなくなり、残るのは痛みだけになる予感が、カスミにはあった。

ケンにとって、あれは一度きりの遊びだ。〝知りたがる〟カスミに、ケンも岡山と同じことを思ったにちがいない。この女は、大物と知り合いたいだけなんだ、と。だからジョージを押しつけ、姿を消した。

寝たからには紹介してやるよ。だからこれきりにしようぜ——ペリエをカスミのグラスに注ぎ、人混みに呑《の》まれる直前、ケンの目はそう語っていた。

任務でなかったら、ケン以外の人間にまるで興味がないと証明できたのに。

カスミは目を閉じ、深呼吸した。ケンのことも、タケルとホウのことも、今は忘れなくては。

せめて捜査くらい、まっとうしなければ。

アツシ

中央高速に入っても尾行はつづいていた。

トカゲはスピードを特に上げることなく、時速八十キロでバンを走らせている。

夜の中央高速下り車線は、進むにつれ車の数が減り、あとからきた多くは八十キロで走るバンを追い越していく。

クチナワは膝《ひざ》の上においたパソコンを操作している。タケルが訊《たず》ねた。

「何やってる」

「首都高と料金所のカメラシステムにアクセスして、尾行車のナンバーを割りださせている」

パソコンの画面がかわった。クチナワの口もとに苦笑が浮かんだ。

「偽造ナンバーのようだ」

「つまりプロってことか、俺たちのあとを追っかけてきているのは」

ホウはつぶやいた。

「少なくともマル走《暴走族》アガリではないな。この先、パーキングエリアはあるか」

トカゲに呼びかけた。

「相模湖《さがみこ》インターの先にあります」

「そこに入れ」

指示して、クチナワはタケルとホウに目を向けた。

「パーキングエリアに入ったらすぐ車を止めろ。この二人を降ろす。それから何もなかったように売店の前まで進めろ」

「了解しました」

「二人は尾行者にわからないよう、ただちに隠れるんだ。私はトイレにいくふりをしてトカゲと車を降りる。尾行者は、この車の内部をうかがおうとするだろう」

「つかまえるのか」

ホウは訊ねた。

「可能なら」

頷《うなず》いて、クチナワは上着の内側から拳銃《けんじゅう》を抜きだした。

「使い方は知っているな」

ホウはクチナワの手に握られた銃を見つめた。

「ＳＩＧか」

「弾は七発入っている。相手が銃をもっていたらこれを使え」

「わかった」

受けとり、弾倉に弾丸が入っていることを確認して、ジーンズのポケットにつっこんだ。

「パーキングエリアまで一キロです」

トカゲがいった。

「スピードを上げろ。二人を降ろすのを見られたくない」

「了解」

バンは速度をあげた。ホウはタケルと目を見交わし、バンのスライドドアの近くに移動した。

トカゲがハンドルを切った。左車線に移り、ウインカーを点《とも》してパーキングエリア入路にバンをすべりこませた。

入路は直線から途中で大きく左に弧を描いている。

「今だ」

バンが左に曲がり、直線の入路からの死角に入ったとき、トカゲは急ブレーキを踏んだ。完全に止まる前に、ホウはスライドドアを開け始めていた。

タケルとともにバンからとび降りた。植え込みが目の前にある。その中に体を押しこんだ。

バンは急発進した。パーキングエリアの駐車帯に入っていく。何十台かの車と売店やトイレの入った建物が明るい照明の下にあった。

「きたぞ」

タケルがいい、ホウは植え込みの陰に伏せた。

セダンが一台、入路の坂を上がってきた。黒いレクサスだ。ウインドウにフィルムが貼られ、中は見えない。

レクサスは二人の目の前を走り過ぎ、駐車帯へと進入した。

「いこう」

ホウは植え込みを抜けだした。

駐車帯の手前は、大型車の専用ゾーンだった。コンテナ車や大型トラックが止まっている。その陰に身を隠しながら二人は進んだ。

小型車用の駐車帯の外れに、トカゲはバンを止めていた。

レクサスは少し離れたところで止まり、ライトを消した。

「降りてこないな」

小型車用の駐車帯の外れまで近づき、タケルがいった。

「中から監視してるんだろう。ビデオでも撮っているのじゃないか」

タケルは答え、止まっている4WDの陰にうずくまり、レクサスを見つめた。

バンの運転席のドアを開け、トカゲが降りた。スライドドアを外から開く。昇降機を操作してクチナワが降りてきた。

トカゲはクチナワの車椅子のうしろに回った。トイレの入った建物に向け、車椅子を押していく。本当は電動車椅子なので押す必要はない。時間を稼ぐための芝居だ。

レクサスが不意に動きだした。

「まずいぞ」

タケルがつぶやいた。

トカゲとクチナワはまだ駐車帯の中を進んでいた。一段高くなった歩道には達していない。その二人に向かって、レクサスは突然ヘッドライトを浴びせ、スピードを上げた。

「やばいっ」

ホウとタケルは4WDの陰をとびだした。

レクサスはまっすぐトカゲとクチナワに向かって突進していた。

トカゲがふりかえり、クチナワの車椅子をつきとばした。レクサスがつっこみ、トカゲの体が宙をとんだ。クチナワは車椅子とともに地面に倒れこんでいる。

「野郎！」

ホウは右へと走る向きをかえた。二人をはねとばしたレクサスは、高速への合流線に入るために、右に向かう。先回りするためだ。

走りながら拳銃を抜いた。スライドを引き、初弾を装塡《そうてん》する。

レクサスはエンジンの唸《うな》りをあげ加速していた。ホウは立ち止まり、両手で銃をかまえた。

狙いをレクサスの車体につけ、引き金をひいた。

パン、パンという銃声とともに固い衝撃が手から肩に伝わり、レクサスのドアがへこみ、サイドウインドウが砕けた。レクサスのタイヤが悲鳴をあげ、大きく尻《しり》を振った。が、止まることはなく、合流線へと走りこんでいった。

「ホウ！」

タケルの声に我にかえった。倒れているクチナワとトカゲの周囲に人が集まっている。

ホウは駐車帯の外れにいたので、発砲よりもむしろ、ひき逃げのほうに皆、気をとられていたのだ。

銃をしまい、ホウは走った。

トカゲは歩道と駐車帯のあいだに倒れていた。動かない。

タケルが周囲の人の手を借りて、クチナワの車椅子を起こしていた。

ホウはトカゲに駆け寄った。目は閉じているが、呼吸していた。頸動脈《けいどうみゃく》に指をあてると、脈が伝わってきた。眼鏡がとび額から頬にかけて血がにじんでいる。

ジーッというモーター音が聞こえ、ホウはふりかえった。クチナワが車椅子を進め、近づいていた。

「生きているか」

「ああ。意識はないが」

「今、救急車を呼びましたから」

野次馬のひとりがいった。

「申しわけない」

クチナワは頭を下げた。

「狙いは俺たちじゃなかったな」

ホウはクチナワを見つめた。

「どうやらそのようだ」

つきとばされ倒れたときに打ったのか、クチナワの唇の端が切れていた。

「二発撃った。窓とドアに当たったが逃げられた」

ホウはかがみこみ、クチナワの耳もとでいった。クチナワは頷き、小声で返した。

「いい腕だ。それはもっていろ」

「いいのか」

「足のつかない銃だ」

クチナワは動かないトカゲを見つめた。

「どうやら私の判断が甘かったようだ。内通者は、私を消せばスパイの脅威をなくせると思ったのだな」

「どうする？　これでも捜査を禁止するか」

タケルが訊《き》いた。

「いや。こちらの動きとは関係なく相手は攻撃をしてきた。しかも政治的な圧力ではなく、より直接的な方法で、だ」

クチナワは答え、タケルとホウを見た。

「捜査を続行しろ。方法は問わない。内通者をもっと焦らせてやれ」

ホウとタケルは顔を見合わせた。救急車のサイレンが近づいてきた。

カスミ

〝芸能人がお忍びでくる〟という鮨屋《すしや》に、岡山はカスミを連れていった。トロに目がないのか、岡山は大トロばかりを注文し、太っているのも当然だとカスミは思った。

「カスミちゃんは今、何か仕事はしているの？」

「少し前までは知り合いの会社を手伝ってたんですけど、今は何も。どうせなら、ふつうのOLとか水商売じゃない仕事をしたいなって。岡山さんのお仕事は何なんですか」

「デイトレーダーってわかるかな」

「株の取引をやるんですよね」

「すごい。すごいね、カスミちゃん。カスミちゃんの年でデイトレーダーを知ってるなんて。僕は、それをしてるんだ。株だけじゃなくて外貨の売買をやる、FXとかも手がけてる」

カスミは首を傾げた。

「お金をいっぱい動かしているんですか」

「そうね。何十億とか、動かしてる」

岡山は自慢げに答えた。

「なんかちがう世界の人だな」

カスミはつぶやいた。

「わたしなんか来月の家賃だってどうしようって感じなのに」

岡山はわざとらしく首をふった。

「僕だって最初からこんなに大きなお金を動かせたわけじゃない。それこそ家賃を滞納して、こつこつやって少しずつ元手を増やしていったんだ」

「でも十万や二十万のお金じゃいつまでたっても何十億にはならないでしょう」

「レバレッジといってね、元手の何倍かの金額まで取引できるシステムがあるんだ。儲《もう》かるときも大きいけど、すったらすったで、大損する」

「それでも何十億までは大変じゃないですか」

カスミは食い下がった。岡山は苦笑した。

「カスミちゃんはお金持になりたいのかい」

「なりたくない人っているんですか」

カスミは岡山の目を見つめた。

「それは、お金がすべてだとまではわたしも思わない。でもお金があれば、この世の中でたいていのことができます。それにこれからはもっともっとお金持とそうじゃない人の差が開いていくと思うんです。わたしは女の子だから、岡山さんみたいな特別な人とこうして話をさせてもらえるけど、男だったらきっと相手にされない。岡山さんといるのは楽しいけど、ただ楽しいだけで終わらせたくないんです。岡山さんからもっともっと、いっぱいいろんなことを吸収したい」

岡山の目つきがかわった。

「僕に教えられることだったら何でも教えるよ。カスミちゃんみたいな子に会えて嬉《うれ》しい、本当だ」

「わたしも嬉しい。岡山さんと知り合えて」

岡山は急に落ちつかなくなった。

「お腹いっぱいになった？　だったらそろそろ場所をかえようか」

「もっと話を聞かせてくれますか」

「もちろん。そうだ、近くにいいワインバーがある。今日はお酒を飲んでも怒る人はいないし」

「連れてって下さい！」

鮨屋をでて五分ほど歩いた住宅街の中にその店はあった。ふつうの一軒家のような建物で看板も小さくしかでていない。岡山は常連のようで、扉をくぐると白いシャツに黒エプロンを巻きつけたボーイたちがうやうやしく迎えた。

「奥、空いてる？」

「あ、どうぞ」

「いつもの赤、もってきて」

「承知いたしました」

奥というのは、四畳半くらいの洋室に大きなソファを並べた個室だった。

「並んですわろ」

カスミがいって、隣に腰をおろすと、岡山は腕を肩に回してきた。ドアがノックされ、ボーイが赤ワインのボトルを運んできた。封を切り、岡山のティスティングを待って、デカンタに移す。

「ドライフルーツとチーズ、もってきて」

「かしこまりました」

ボーイがでていくと、バルーングラスに注いだ赤いワインで二人は乾杯した。

「さっきの話のつづき、聞かせて下さい。十万、二十万のお金をレバレッジしたって、せいぜい百万くらいしか儲からないじゃないですか。せめて何千万かの元手がないと億には届かない」

「うーん、頭がいいな。その通りだ」

岡山は上機嫌で応じた。

「いったいどうやったんです？」

「そうだね。僕の投資家としての才能に、投資をしてくれた人がいた」

「それはつまり、その人のお金も増やしてあげたってこと？」

「そう。単純な話さ。百万円投資して一割儲かっても十万円だけど、一億なら一千万になる。その人は儲けが一千万なら僕に三十パーセントの手数料をくれる」

「でも損することもあるでしょう」

「もちろん。だから今のは単純な喩《たと》えで、実際は、二億を三億にするという契約をして、あるていど、そうだな、半年くらい時間をもらう。二億を一ヵ所にぶちこむと危険だから、いろいろなところに散らして、ちょっとずつ増やし、ある瞬間に勝負をかける。三億になったら、三千万が僕の手数料になる。そんな感じかな」

「全部うまくいったんですか」

「うまくいかなかったのもある。でもそこは、僕を信じて待ってもらった」

「その人は、きのうのVIPルームにいました？」

「え」

岡山はとまどったような表情になった。

「なんでそんなことを訊くんだい」

「だってきのうのVIPルームって、岡山さんも含めて特別な人ばかりがいたような気がしたから」

「そうね。まあ、いたことは、いたな」

「当てましょうか。あの恐い人、城戸さんじゃないですか」

岡山は目を丸くした。

「そうでしょ」

「うん、まあ、そうだな」

「あの人は何をしている人なんです」

「大きな会社の資産運用を任されている、いってみれば金庫番、かな」

岡山は落ちつかない顔になった。

「城戸さんの会社って、どんなところなんです」

「うーん、それはあまり話せないんだ。守秘義務があるからね」

「VIPルームにいた人は、皆んなそういう関係の仕事をしているんですか」

「そ、そういう関係って？」

岡山は口ごもった。

「資産運用の仕事です。何か変でした？　今の質問」

「いや、そういうわけじゃないけど。そういえば、カスミちゃんは、城戸さんの知り合いと会ったことがあるような話をしていたね」

「ええ。塚本さんといって、イベント関係の仕事をしていた人です」

「イベント？　ああ、そういう仕事の人なんだ」

岡山はほっとしたように笑った。

「〝本社〟って何です？」

岡山の笑顔がこわばった。

「何ていったの」

「〝本社〟です。城戸さんは、塚本さんも〝本社〟の人だっていってました」

「さあ……。僕にはわからないな。そうだ、歌でも歌いにいかない、このあと」

「歌は興味ありません。もっとビジネスの話を聞かせて下さい。駄目ですか」

カスミは首を傾げ、岡山の目をのぞきこんだ。

「そんなことはないさ。ただおもしろいのかなって……」

「ビジネスの話をしている男の人の顔が好きなんです。すごくセクシーだなって」

カスミは肩にのせられた岡山の手の甲に触れた。

「カスミちゃんは女性実業家をめざしているの？」

「あのお店、『ブラック・アウト』のオーナーは女性だって聞きました。そういう人には憧《あこが》れます。会いたかった」

「ミサさんのことか。あの人は、実業家というのとはちょっとちがう」

「え？　ちがうんですか」

「うん。もともとあの人は大金持の家に生まれていて、人生全部を暇つぶしみたいに考えてるんだ。だから人と人を紹介してくっつけたり、出会いの場になるようなパーティやイベントを主催している。あの人本人はそれでお金儲《かねもう》けをしようという気はないのじゃないかな」

「すごいな。そういう人がいるんですね、日本にも」

「特別だね。超セレブで、政治家とか大物もいっぱい知ってる。親戚《しんせき》には大臣をやった人が何人もいるらしい」

カスミは首をふった。

「まるで夢みたい」

岡山がそれに答えようとしたとき、携帯電話が懐ろで鳴った。岡山はあわててひっぱりだした。

「はい、岡山です」

相手の声に耳を傾け、答えた。

「今、ですか。青山です。いえ、ひとりじゃありませんが……」

顔に緊張が走った。

「マジですか、それ。え？　本当に」

カスミはワイングラスを唇にあて、待った。

「いや、全然そんな……。大丈夫です。こちらは」

岡山の目が泳いだ。カスミに向けられる。

「いえ、ありえないです。本当です。で、ミサさんは何て？」

ミサという名を口にした瞬間、しまったという顔になった。カスミはわざと聞こえなかったフリをした。

そのときカスミのバッグの中で携帯電話が振動した。メールの着信を知らせるものだ。

カスミは口の動きで、「トイレ」と岡山に告げた。岡山が頷《うなず》いた。

個室をでるとトイレに入り、携帯電話を開いた。メールはホウからだった。

∨クチナワが襲われ、トカゲが入院した
カスミはホウの番号にかけた。

「どういうこと？」

ホウが応《こた》えると訊《たず》ねた。

「それだけだ。リベレイターは、俺たちのことに気づいていて、クチナワを消そうとした。リベレイターの中に、正体を暴かれちゃ困る、政府の大物がいるらしい」

「リベレイターの目的は、株のデイトレードによる利益よ。大きな騒ぎが起こると、株価が上下する。それで儲けるのだと思う」

ホウが一瞬、沈黙した。

「お前、今どこなんだ」

「青山のワインバー。リベレイターのメンバーで、株取引を商売にしてる男といる。そいつは、〝本社〟の資産運用も任されているみたい」

「〝本社〟?」

「塚本がいた組織よ。『ムーン』の」

ホウが息を呑《の》む気配があった。

「お前、まだ捜査してたのか。俺はてっきり――」

「男に走ったと思った? いいわけはしない。でも任務を途中で投げだしたりはしない」

「くそ」

ホウがつぶやいた。

「聞け。リベレイターはクチナワが三人組を送りこんだと知ってる。男二人、女ひとりだ。疑われたらお前もヤバいぞ。クチナワを襲ったのはプロだ」

「大丈夫よ。でも〝本社〟の城戸って奴には要注意。たぶん襲わせたのはそいつ。それとリベレイターの中心は、ミサっていうセレブの女」

「会った、その女なら」

ホウがいった。

「そろそろ切る」

「待て。委員会というグループがクチナワの報告をうけていて、メンバーは八人だ。その中にリベレイターとつながって儲けている奴がいる」

委員会。カスミは唇をかんだ。

「わかった」

「ヤバくなったら連絡しろ」

「大丈夫」

電話を切った。

すべてが見えた、と思った。やはりチームはクチナワに利用されたのだ。

トイレをでて、個室に戻った。岡山の電話は終わっていた。

「大丈夫ですか。お仕事忙しそう」

「全然平気」

岡山は首をふった。だがどこかそらぞらしい。

「そうだ。これから知り合いが合流したいっていうんだ。いいかな」

「わたしは平気です」

「じゃあいこう」

岡山は立ちあがった。

「どこに？」

「ミサさんのところさ。憧れてるっていったよね。会わせてあげる」

「本当ですか?!」

「ああ。今日もミサさん、仲間を集めてパーティをやってるみたいだ。そこに呼ばれた」

「嬉《うれ》しい！」

タケル

クチナワは、トカゲとともに救急車で病院に運ばれていった。タケルとホウはパーキングエリアにタクシーを呼び、最寄りのＪＲの駅で鉄道に乗りかえて、東京に向かった。途中、ホウがどこかにメールを打っているのに気づいた。直後、ホウの携帯が鳴り、ホウは座席を離れ、デッキにでていった。

戻ってきたとき、難しい顔をしていた。

「どうした」

「カスミがリベレイターの仕組をつきとめた。株のデイトレードだ。騒ぎのせいで起こる株価の変動を金儲けに利用してたんだ」

タケルは目をみひらいた。

「カスミが？」

「あいつはあいつで捜査をつづけていたらしい。リベレイターで金儲けをしている連中の中に、塚本がいた〝本社〟の奴もいる」

「〝本社〟って、暴力団の？」

タケルの問いにホウは頷いた。タケルは深々と息を吸いこんだ。〝本社〟は、日本最大の暴力団の通称だ。

「ああ。奴らが動かすブラックマネーは、とんでもない金額になる。傘下の日本中の組織から吸い上げた金を、投資で洗って増やしているんだろう。そのうちの一部がリベレイターに流れこんでる」

「やくざが株取引かよ」

タケルは吐きだした。深夜の中央本線上り列車に、乗客は少ない。やりとりを他の人間に聞かれる心配はなかった。

「頭のいいやくざほど、悪事で儲けた金を、株や土地取引に回す。元手がでかければでかいほど利益もでかいし、そうやって稼いだ金には警察も手をだせない。むしろ税務署のほうが恐いだろうな」

ホウがいった。

「それじゃふつうの会社とかわらねえ」

「そうさ。クラブやレストランを経営したり、IT企業に出資したりして、マネーロンダリングし、儲けは外国の銀行に隠しておく。死んだ塚本もよくそんな話をしていた」

「金持は金持どうしのネットワークで、儲けるシステムを作るわけか。まともな奴もそうでない奴も、金持は裏でつながってる。貧乏人は何も知らないで、そいつらに利用されるだけか」

「そういう金持は、政治家や役人ともパイプがある。だからクチナワが俺たちを送りこんだことがバレたんだ」

「頭にくるな。そいつら皆んなぶっ潰《つぶ》してやる」

タケルはいってホウを見た。だがホウはちがうことを考えているような目をしていた。やがていった。

「カスミはよくやってる。ケンにひっかかったことは認めたが、任務を放棄する気はない、とさ」

「よくいうぜ。俺はあいつを許さない」

タケルは首をふった。熱い怒りはだいぶさめていた。が、心の底に、決して溶けないしこりのようなものが固まっている。

「あいつは任務の最中に男と寝たんだ。それも情報を得るためだといったか？」

「いいや。『いいわけはしない』といっていた。あいつは寝たくてケンと寝たんだ」

タケルは唇をかみしめた。そうとわかれば、よけいに腹が立つ。が、それはヤキモチでしかない。

「カスミは今、デイトレーダーといっしょらしい。リベレイターのメンバーに入りこんだ。中心にいるのは、例のミサって女だ」

「あの女か。すると、ミサに〝本社〟の奴、デイトレーダー。クチナワのいってた委員会のメンバーというのはどこにいる？」

「まだ姿を現わしてない。カスミにはその話をした。驚いた感じじゃなかったから、知ってたのかもしれん」

「知ってたって、何を。委員会のことを、か」

ホウは頷《うなず》いた。

「思いだせよ。俺たちをチームに選んだのはカスミで、そのときはもうクチナワと組んでいた。つまりカスミは、チームのうしろ盾が委員会だってことを知ってたんだ。だからクチナワが襲われたのも、カスミにとっては予想の範囲内だったのさ」

「くそ」

タケルは暗い車窓に目を向けた。

「あいつはどこまで秘密だらけの女なんだ。なのに俺たちは、あいつのいわれた通りに動くしかない」

腹が立つのと切ないのが入り混じった、どうしようもない気持だ。カスミのことが好きだ。女にこんな感情をもつのは初めてなのに、決して思い通りにならないとわかっている。

抱けなくてもいい、いっしょにいられるのなら我慢しよう、そう決めていた。だが、あいつはそんなタケルの感情を踏みにじるように、会ったばかりの、つまらない男に抱かれた。それもまるで見せつけるように。

「わかんねえ」

タケルは息を吐いた。

「カスミの考えてることがまるでわかんねえよ。ホウはわかるか」

「いや。少なくともケンとああなるとは思ってなかった。お前や――、お前が傷つくとわかっていた筈《はず》なのに」

タケルはホウをふり向いた。

「お前や俺だろ。ホウだって傷ついた。ちがうか」

ホウの目をのぞきこんだ。口にだしたくなかった問いだが、今ならいえる。

本当は、ホウもカスミに惚《ほ》れているのだろう。

ホウは息を吐いた。

「まあな。気分がいいわけはない。ケンはもともと俺の知り合いだ」

「お前の知り合いじゃなけりゃ、殴ってやりたい」

「そんなことより今は東京に戻ったらどうするかだ」

ホウはいった。タケルはホウを見つめた。

「どうするって？」

「カスミはひとりでリベレイターに入りこんでいる。たぶん株のデイトレードをやっているメンバーにうまく近づいたんだ。だが、いつ正体がバレてもおかしくない。そうなったら助けられるのは俺たちしかいない」

タケルは黙った。

もちろんカスミを見殺しにはできない。だがこんなにも気持を踏みにじられ、素直に動く気にはなれなかった。

「何かくやしくないか。結局俺たちは、あいつに――」

いいかけ、ため息を吐《つ》いた。さっきと同じことをいっている。

「チームを解散するか。もちろん、今のこの捜査が終わったら、だが」

ホウがいった。

「それもしかたがないかもしれない。俺は、カスミが信じられなくなった」

タケルはつぶやいた。そしてホウを見た。

「お前はどうなんだ」

ホウは無言だった。

「どうなんだよ。こんなにふり回されても、まだあいつを信じられるのか」

「信じるってのとは、ちがう」

「前にもいったけど、あいつには目的がある。その目的のために、あいつはチームを作った。クチナワと組んだのも、目的が最初にあったからだ。つまりカスミはカスミでクチナワを利用しているんだ」

「じゃ何だ」

「じゃ俺らも利用されてるってことだ」

タケルは唇をかんだ。ホウは首を傾げた。

「そうかもしれないが、クチナワと俺たちはちがう」

「何がちがう？　お巡りじゃないからか。それとも年が近いからか」

ホウは頷いた。

「こんなことを今いうのは変かもしれないが、カスミは俺たちを信じてる、そんな気がするんだ」

「そんな馬鹿な！　あいつは俺たちの気持を知ってて、ケンと寝たんだぜ」

「待てよ。傷つけられたのは事実だとしても、別に俺たちは恋人だったわけじゃない。考えてみろ。俺たちは三人でチームなんだ。三人が恋人ってわけないだろう」

「それはそうだけど、あれはないぜ」

「カスミの中にある信頼は、チームの仲間としてお前や俺に対してもっている気持で、恋人とはちがう。それともお前は三人がチームであるためには、他の男や女と寝ちゃいけないというのか。もし俺やお前に好きな女ができたら、それはカスミに対する裏切りなのか」

タケルは深々と息を吸いこんだ。

「そうか……」

「そうだ」

タケルはホウと見つめ合った。チームの仲間として信頼することと、恋人として信頼することはちがう。

「俺はガキみたいにヤキモチを焼いているんだな。もっとクールになれってことかよ」

タケルはつぶやいた。

「カスミにとっちゃチームにそんな感情をもちこまれるのは迷惑ってわけか」

「そこまでは思ってないさ」

ホウは首をふった。

「あいつはそんな無神経な女じゃない」

「そうか？　あいつがやったのは無神経そのものの行為じゃないか」

タケルは声を荒らげた。

「もしかしたらあいつは歯止めのためにケンと寝たのかもしれん」

「歯止め？」

「カスミは、お前の気持に気づいていた。それがどんどん強くなるのが心配だった。チームとしてつづくためには、恋人であっちゃまずい。そこでこれ以上お前が熱くならないように――」

「待てよ。じゃわざとケンと寝たってのか。好きでもないのに」

「いや、初めて六本木のクラブでケンと会ったとき、カスミははっきり魅《ひ》かれてた。だからケンと寝たかったのも本音だろう」

「何だよ、それ。一石二鳥ってことか。寝たい男と寝て、俺の気持に水をぶっかけて」

「いってみりゃそうかもしれん」

「ますます許せねえよ。なぜそんなことをする必要がある。俺が嫌いなのか。好きになられちゃ困るってわけか」

タケルは体がかっと熱くなるのを感じた。

「そうじゃない。だが優先順位の問題だ」

「俺とケンの、か。ケンが上の順番？　そんなことはわかってる――」

「ちがう、聞け！」

ホウの目が真剣になった。

「カスミに必要な、お前という人間の要素だ」

「要素？」

「チームの仲間としてのお前と恋人としてのお前、どっちがカスミにとって必要かってことさ。その優先順位の中では、仲間としてのお前が上で、それを維持するためには、恋人みたいな感情を互いにもつわけにはいかない。そこでケンが現われたのを、いいきっかけにした」

タケルは頭を抱えた。

「わかんねえ。なぜそんなことをしなきゃいけないんだよ」

「だから目的さ。さっきいったろう。カスミには目的があって、そのためにクチナワと組み、俺たちというチームを手に入れた。クチナワがこれまで俺たちにやらせてきたことは、クチナワの目的ではあるだろうが、カスミの目的じゃない。その目的を果たすまで、チームがおかしくならないようにカスミはしたかった」

「おかしくしたのはあいつだ」

「わかってる。やってからカスミも失敗だったって気づいたろう」

「ふざけんな。そんな真似、ありかよ」

タケルは吐きだした。

「あいつの目的やら気紛れに、俺たちはどれだけ振り回されなきゃならないんだ」

「考えてみろ」

ホウが静かにいった。

「何を」

「カスミは十八だ。俺たちより年下なんだ。いくら頭がよくたって、俺たちの知らないことを知っていたって十八だ。失敗がまったくないわけないだろう、お袋じゃないんだ。失敗しないなんてありえない」

「お袋……」

タケルはつぶやいた。はっとした。そうかもしれない。自分はカスミを、どこか母親のように思っていた。それも理想の母親だ。決して失敗せず、子供を裏切ることもしない。その上、恋人にしたいと願っていた。

小さな頃、タケルの母親は消えた。奪われたのだ。グルカキラーに。だから母親の愛なんて、記憶の中にしかない。記憶の中で母親は、どんどん優しく、美しくなっている。それをカスミにすりかえようとしていた。

「——確かにそうだ」

タケルはいった。

「俺はいつのまにか、カスミを絶対的な存在だと思ってたよ。あいつは決して俺を裏切らない。俺の知らないことを何でも教えてくれるって」

「だろ」

タケルは黙った。落ちこんだ。勝手に惚《ほ》れ、勝手に母親にし、勝手に裏切られたと思っていた。カスミには重荷だったろう。

「ヘコむ」

ホウが苦笑した。

「激しい奴だな。だからって、お前が全部悪いわけじゃない」

タケルはただ息を吐いた。

「どうしてお前はそんな大人なんだ。それとも俺がガキすぎるのか」

「どっちもちがう。お前がそうなるのは当然だ。カスミはお前のことを知ってて選び、仲間にしたんだからな」

「俺の親が殺されたことをいってるのか」

「そうだ。小さいときにお前は家族を奪われ、ひとりで生きてきた。お前を支えたのは怒りだ。だが怒りだけじゃ、遠からず燃え尽きちまう。そうならないための仲間がお前には必要だった」

「そういうお前はどうなんだ。お前こそ全部知ってて、カスミにつきあってやったのか」

ホウは首をふった。

「思いだせ。俺にはリンがいた。リンが世界のすべてだった。そのリンが死に、俺は大嫌いな日本でたったひとりになっちまった。あのとき、俺に最も近かった人間は誰だ？ お前だ、タケル。俺たちはいつ殺しあってもおかしくなかった。だがそれは見かたをかえれば、誰よりも互いを信じられるってことだった。そう仕向けたのがカスミだ」

「クチナワじゃなくて？」

「ちがう。クチナワは一度失敗した。『グリーン』のマスターの話があっただろう。その失敗をとり返せるかもしれない、とカスミはクチナワに思わせたんだ。そして、それはうまくいった」

タケルは、列車の天井を見つめた。

「何だかわからなくなってきた。どうすればいいんだろうな」

「俺もそれをずっと考えていた」

「お前も？　カスミを許してやるのじゃないのか」

意外な気持だった。

ホウがゆっくり首をふった。

「今のままじゃ元のチームには戻れない。それはまちがいない。お前のいう通り、俺だって嫌な思いをした。それをあっさり忘れるわけにはいかないさ」

「じゃ……」

ホウは車窓を流れる光に目を向けた。列車はいつのまにか都心に近づいている。

「カスミに目的を話させる。俺たちをチームとして必要なら、クチナワの捜査じゃなくて、本当にさせたいことが何なのかを話させる。それを聞いて、決めるってのはどうだ？」

「もしあいつが話さなかったら？　今じゃない、とか何とか、適当にはぐらかして」

「そのときはチームは終わりだ。今度のこの任務が最後になる」

ホウはいった。きっぱりとした口調だった。

カスミ

岡山はバーをでると表通りでタクシーを拾い、運転手に、

「新宿タワーホテル」

と告げた。

「ホテルに皆さんいるんですか」

「そうさ。ミサさんがいつも使っているスイートルームがあって、そこに皆、集まってる」

カスミの問いに岡山は答えた。

「楽しみ。何人くらい集まっているんです？」

「さあ……。十人くらいじゃないかな」

「セレブばっかりなんですね」

岡山はちらりとカスミを見た。

「まあね」

タワーホテルに着くと、岡山は無言でエレベータに乗り「50」のボタンを押した。

五十階で降りると、静かな廊下を歩き、５０１１と書かれたドアの前で立ち止まった。

チャイムのボタンを押す。

ドアが開かれた。

立っていたのは、濃い化粧をした四十くらいの女だった。ワイングラスを手にしていて、酔っているのか体が揺れている。

「いらっしゃい」

「こんばんは、ミサさん」

岡山がいった。ミサは小さく頷《うなず》き、カスミを見つめた。女は、明らかにいく度も美容整形を施したような顔をしている。どんなにわがままを聞いてやっても決して満たされない性格が目に表われてる、とカスミは思った。

「こんばんは」

カスミはいった。ミサは首をふった。

「かわいい子ね」

岡山を見る。

「でも子供じゃない」

岡山はバツが悪そうな表情を浮かべた。

「入んなさい」

ミサは一歩退《さが》った。とたんによろけて、手にしたグラスの中味をカスミにかけた。

「あっ」

「ごめんなさい」

「いえ、大丈夫です」

ミサは赤く塗った唇を大きく開き、首をふった。

「駄目よ。赤ワインは染みになるの。すぐに落とさないと」

「いえ、本当に大丈夫ですから」

「駄目。きて」

カスミの腕をつかんだ。岡山にいう。

「皆に待ってていって。この子の服を洗うから」

岡山は途方に暮れたように頷いた。

「こっちよ」

ミサは、入ってすぐ左手にあるドアを開いた。バスルームだった。

「本当に平気ですから」

ミサはカスミをバスルームに押しこみ、うしろ手でドアを閉じた。そしていった。

「今すぐ帰んなさい」

「え？」

カスミはミサをふりかえった。ミサは鏡の中でカスミを見つめている。

「あなたが何者かは知らない。わたしにはただの小娘にしか見えない。でもあなたを警察のスパイだと疑っている人たちがこの部屋にはきていて、恐い目にあわされるわ。それが嫌なら、今すぐ帰りなさい」

ハンドタオルを手にし、水道で濡《ぬ》らすとカスミに向きなおった。ワンピースの胸に広がった赤い染みに押しあてる。

「誰ですか。わたしを疑ってる人たちって」

「そんなこと知る必要ない。わたしはわたしの部屋で誰かが傷つけられるのを見たくないだけよ」

ミサの口調に酔いはまるでなかった。

「誰がわたしを傷つけるんです?」

カスミはミサの手をつかみ、いった。ミサはカスミの手をふりほどいた。

「いえるわけないでしょう。あなたが警察だろうとなかろうと、わたしには関係ない。これは楽しいお遊びなの。それを暗くされたくないの。わかる? 邪魔をしないでよ」

「遊びというのは、リベレイターのことですか」

「そうよ」

ミサはカスミの目をのぞきこんだ。

「誰かを傷つける気なんかこれっぽっちもない。皆が楽しんで盛りあがって、何が悪いの。スパイなんてきたない真似までして、わたしたちの楽しい時間を壊すのはやめてほしいわ」

「でもそれが暴力団の資金源になっているとしたら?」

「暴力団? 何それ。そんな怪しい人間はいないわ。あなたに腹を立てているのは、わたしの友だちよ。岡山くんにいってあなたをここに連れてこさせたのも、ふつうの人。でもわたしは人が争ったり傷つくのを見たくないの」

「城戸さんじゃないんですか」

カスミはいった。染み抜きをしていたミサの手が止まった。

「知ってるの」

「『ブラック・アウト』のVIPルームで会いました」

「城戸さんがわたしの部屋を使わせてくれといってきたの。リベレイターのことを調べてる警察のスパイがいるって話をわたしがしたら、すごく気にしてね」

「ミサさんは誰からその話を聞いたんですか？」

「あなたには関係ないわ」

「城戸さんは、〝本社〟って呼ばれてる広域暴力団の人です」

「どうしてそんなことというの。何も知らないくせに。あの人は金融関係の仕事をしているけど、やくざなんかじゃないわ。やくざだったら、わたしには近づけさせない」

怒った口調だった。カスミはミサを見つめた。

「誰が近づけさせないんです？」

「え？」

ミサの目に一瞬動揺が走った。

「近づけさせないって、ミサさん今いいましたよね。誰かがミサさんを守ってるってことでしょう。それは誰なんですか」

「なんでそんなことをあなたに話さなきゃならないの」

「聞いてください。城戸さんがわたしを疑った理由は、あの人が塚本という〝本社〟の人間と知り合いだったからです」

「塚本のことは知ってるわ。『ムーン』で警官に殺されたやくざでしょう」

「その警官がさっき襲撃されました」

「どういうこと？」

「リベレイターが摘発されたら自分の地位が危ういと考えた人間がいて、その人間が同じようにリベレイターでお金儲《かねもう》けをしている〝本社〟に警官のことを教えたんです」

「ばかばかしい。警官を襲ったって何の解決にもならない。もっと警官がでてくるだけじゃない」

「その警官の捜査方法は特殊なんです。刑事ではなくて、十代の若者をリクルートして潜入捜査をさせるんです。若者たちは警官じゃない。だからリーダーのその警官を殺せば、リベレイターについて調べる人間はいなくなる」

「あなたやっぱりスパイなのね」

ミサの目が冷たくなった。

「〝本社〟は本当に危なくなったら、リベレイターにかかわった人たちを平気で切り捨てるでしょう。場合によっては口封じをするかもしれません」

「何いってるの。やくざなんかとは関係ないっていってるでしょう。わたしの周りにそんな人はいない」

「ミサさんを守ってる人がいて、その人が警察のことをあなたに教えた。それが〝本社〟に伝わったのは、あなたのそばにいる誰かが〝本社〟の人間だという証拠です。その人は自分を守るためにも、〝本社〟が警官を狙うよう仕向けたんです」

「もういい。充分」

ミサは強く首をふった。

「今すぐここをでていってちょうだい」

そのときバスルームのドアがノックされた。

「まだよ、待ってて」

ミサはふりかえりもせずにいった。だがノックはやまなかった。

「もう！」

ミサは荒々しく吐きだし、手にしていたタオルを洗面台に投げつけた。そしてバスルームのドアを引き開けた。

「待っていってるでしょう」

その背中がこわばった。ドアの向こうに城戸が立ちはだかっていた。

「何なの、城戸さん――」

「ミサさん、申しわけないがそのお嬢さんを私に預けてもらいたい」

城戸はおだやかな口調でいった。きのうと同じで、高級そうなスーツを着けている。

「この子は帰るって。気分が悪いみたいよ。ねえ」

ミサはカスミをふりかえった。カスミは無言で城戸を見た。

「それはできない」

城戸は首をふった。

「そのお嬢さんを帰すと、我々にとって非常にまずい状況が生じる」

「どういうこと？　わたしはこの子を帰したいの。この子はパーティのメンバーにはそぐわない。若すぎるし、何もない」

「何もなければむしろ歓迎なんだがね。とにかくでてきてくれないか」

「待ってよ」

ミサはいった。

「ここはわたしの部屋で、パーティの主催者はわたしなの。城戸さん、申しわけないけど――」

「遊びは終わりだ、ミサさん。これからは玄人の時間だ」

「玄人って何？　ちょっと――」

城戸はバスルームに入ってくると、ミサを押しのけ、カスミの腕をつかんだ。

「さあ、ここをでるんだ」

「離してよ」

カスミはふりはらおうとした。だが城戸の力は強かった。ひきずられるようにバスルームの外にでた。

そこには岡山が呆然《ぼうぜん》とつっ立っていた。

「岡山さん、どういうことなんですか」

カスミはいった。

「いや、僕はその、城戸さんに頼まれただけで……」

しどろもどろになって弁解する岡山に、城戸が、

「黙ってろ」

といった。岡山は青ざめ、口を閉じた。

城戸はカスミの腕をつかんだままミサをふりかえった。

「私はこれでパーティを失礼させてもらう。このお嬢さんも連れて帰ります」

「待ってよ、城戸さん。わたしはそんなこと許してないわ」

ミサが部屋の扉の前に立った。

「あんたの許可は必要ない。ミサさん、これはお遊びじゃすまないんだ」

城戸はいってでていこうとした。

「アラン！　ポール！」

ミサが叫んだ。隣の部屋から、白人と黒人の大男が姿を現わした。歩みよってくる。

「城戸さん、帰るのならあなたひとりで帰ってちょうだい。この子は連れていかせな

い」

　城戸は息を吐いた。カスミの腕を離した。

「わかっていただけないようだな。これは私の老婆心なんだ。この娘を自由にさせれば、あんたたちはもっとひどいトラブルに巻きこまれる」

「わたしには守り神がついている」

　ミサはいった。

「この子が何者だろうと、わたしには誰も触れられない」

　城戸は上着の内ポケットから細巻の葉巻をとりだした。ライターで火をつける。

「あなたのそういうところは好きだ。いつも夢の世界で生きていて、現実を一切見ない。だがこれは限度をこえている。あなたの守護神も足もとが危うくなっているんだ」

「そんなことありえない」

　ミサは激しく首をふった。

「とにかく城戸さんは帰って下さい。あなたはこの部屋にふさわしくない人よ」

「いい加減にしろよ」

　城戸が口調をかえ、手にしていた葉巻を床に投げつけた。ぱっと火の粉が散り、

「ちょっと！」

　ミサが鋭い声をだした。

「おとなしく聞いてりゃいつまでいい気になってご託をならべてるんだ。このガキはう

ちが預かるっていってんだろうが。お前ら素人はがたがたいわず、こっちの絵図にのっていりゃあいいんだよ」

「その言葉づかいは何なの」

「やかましい」

「アラン、ポール、この人を追いだして」

外国人二人組が困ったように顔を見合わせ、それでも城戸に近づこうとした。

「やってみろ。手前ら皆殺しだ」

二人は立ち止まった。

「何をいってるの。早く、この人を追いだしなさい」

「マダム――」

白人がミサを見やった。城戸が懐ろから携帯電話をとりだした。ボタンを押し、耳にあてる。

「何をしてるの」

ミサが叫んだ。

「あがってこい」

城戸が短くいって、電話を切った。黒人が城戸に歩みより、そっと腕に手をかけた。ひきつった笑顔を浮かべている。

「離せ、この野郎」

黒人の笑みが消えた。

「〝本社〟の人間を呼んだのね」

カスミはいった。城戸はカスミに向き直った。

「お前にはこれからたっぷり歌ってもらうからな。ガキだからって容赦しないぞ」

「どうしたんですか」

声に全員がふりかえった。隣室との境の戸口にシャンペングラスを手にした田代が立っていた。

「皆さん心配していますよ。何か怒鳴り声が聞こえるって。ミサさん――」

「ひっこんでろ。そこのドアを閉めておけ」

城戸がいった。田代は口を閉じ、Uターンした。扉が閉まった。

「あの、僕もあっちいっていいですか」

岡山が泣きそうな顔でいった。ミサが深々と息を吸いこんだ。

「そうしてちょうだい」

そしてサイドボードにある電話に歩みよった。城戸をふりかえる。

「夫に電話をするわ」

「どうぞ。旦那《だんな》も俺の判断に賛成の筈《はず》だ」

ボタンを叩《たた》くように押し、ミサは受話器を耳にあてた。そのスキに岡山がこそこそと隣室に逃げこんだ。

「もしもし、あなた？　ミサですけど――」

言葉が途中で止まった。相手の言葉に耳を傾けている。

「――馬鹿なこといわないで。なぜそんなことを聞かなけりゃいけないの？　これはただの趣味の集まりよ」

城戸が馬鹿にしたように首をふった。

「お父さんのため？　それってどういうこと。わたしのお父さんに何の関係があるの」

ミサが激昂《げきこう》した口調になった。

部屋のドアがノックされた。白人が動いた。

「イエス？」

ドアのかたわらに立ち、外をうかがった。

「開けろ」

城戸がいった。

「駄目よ、アラン。開けちゃ駄目」

ミサが受話器を手にしたまま いった。城戸が大またでドアに歩みよるとノブをつかんだ。

「ヘイ！」

白人が警告するように大声をだした。次の瞬間、首を反らした。城戸がいつのまにか小さなナイフを抜き、白人の喉《のど》もとにあてていた。

「さがってろ」

城戸はドアノブを引いた。スーツを着た男たちがなだれを打って部屋に入りこんだ。十人近くいる。

「あとでまたかける」

ミサが受話器をおろした。

「城戸さん！　いったいこれはどういうこと?!　この人たちは何なの」

城戸は無視した。先頭で入ってきた男に、

「隣の部屋にも何人かいる。じたばたしないように見張っとけ」

と命じた。

「はいっ」

男は首を傾け、三人を連れて隣室に向かった。

「ミサさん、あんたの親父さんも了解ずみだ。このままじゃあんたどころか、親父さんのケツにも火がつく。きれいにおさめるには、俺らに任せてもらう他ないんだ」

城戸がいった。

「何を任せるっていうの」

城戸は顎《あご》でカスミを示した。

「こいつは警察のスパイだ。スパイは他にもいるが、こいつらを使ってた刑事も含めて始末する」

ねえんだ」

「セレブ気取りもたいがいにしておけよ。あんたの親父も旦那も、あんたとおっ母《か》さんの金に目がくらんでいっしょになったのだろうが、ムショにぶちこまれたらその金も使えねえんだ」

「なんて失礼なことを――」

「いい加減、目を覚ませや。パーティごっこを楽しんでいるのはあんたひとりで、あとは皆んな銭が欲しくて集まってきているんだ。いつまでもガキのお遊びはやっていられねえんだよ」

ミサは黙った。サイドボードのひきだしを開けると、中に手をさしこんだ。

「わたしが子供ですって」

「マダム！」

黒人が息を呑《の》んだ。ミサの手に小さな拳銃《けんじゅう》が握られていた。

「侮辱はもう充分。さっさと帰ってちょうだい。あなたも、あの下品なあなたの仲間も」

ミサは両手で拳銃をかまえ、まっすぐに城戸に向けた。部屋にいるスーツの男たちはかたまった。城戸は平然としている。

「よしな。素人がそんなものをふり回したらろくなことにならない。おとなしく俺のいうことを聞けば、あんたらはまたパーティを楽しめるんだ」

「わたしはね、誰かに指図をされるのが何より嫌い。特にあなたのようなやくざ風情にとやかくいわれるなんて最低よ。さっ、一刻も早くでていって」

城戸はそっぽを向いた。新たな葉巻をとりだし火をつける。

「何してるの?! でてってっていってるでしょう!」

ミサが金切り声をあげた。

「撃てや」

煙を吐きだし、城戸はいった。目だけを動かし、

「おい」

とスーツの男たちにいった。全員が上着の内側から拳銃を抜いた。銃口がミサに向けられる。

「一発でも撃ったら、あんたハチの巣だ。覚悟できてるんだろうな」

「ミサさん、銃をおろして」

カスミはいった。

「本当に撃たれます。この連中は、〝本社〟がリベレイターでお金儲《かねもう》けしていたことを隠すのが目的です。犯罪組織が株取引で利益を得ていたのがわかれば没収ですから」

城戸は首をゆっくり回し、カスミを見た。

「お前、ガキのくせに頭が回るな」

「ミサさんのお父さんが委員会のメンバーなのね」

城戸は瞬《まばた》きもしなかった。

「わがままな娘をもつと父親は苦労する。もっとも、母親も同じで、その金に目がくらんで結婚したのだから、しかたがないか」

パン、という破裂音がミサの手もとでした。ミサが目をつぶっている。

その部屋にいる全員が息を呑んだ。だが弾丸は誰にもあたらず、部屋のドアにくいこんだ。

スーツの男たちがかまえた銃がいっせいに火を噴いた。ミサの体が突風にあおられたように壁に叩きつけられた。

「ミサさん！」

カスミは叫んだ。壁に大きな血の染みを作りながら、ミサは床にくずれ落ちた。みひらかれた目には何もうつってはいなかった。

白人と黒人がドアに走りよろうとした。さらに銃声が響き、カスミはしゃがんだ。

銃声がやんだとき、二人は折り重なるように床に倒れていた。

「馬鹿な奴らだ。ペットはペットらしくしてりゃいいものを」

城戸は吐きだした。そして手下に命じた。

「おい、ひきあげるぞ。隣の部屋にいる連中も始末しろ」

「了解しました」

スーツのひとりが隣室に入っていった。銃声と悲鳴が交錯し、やがて静かになった。

城戸は葉巻の煙を吹きあげた。

「これだけ人を殺したら逃げられない」

カスミはゆっくり立つといった。

「別に逃げる気はない。〝本社〟とこいつらのことを結びつけられる奴はいなくなった。逃げる必要もないさ」

「ミサさんのお父さんがいる」

城戸は首を回した。

「今夜、自殺する。娘の死を嘆き悲しんでな」

スーツの男二人が両わきからカスミの腕をつかんだ。

隣室から男たちがでてくると、城戸に頷《うなず》いてみせた。ドアに歩みよった城戸がカスミをふりかえった。

「騒ぐなよ。さもないと無関係な人間まで死ぬことになる」

男たちに囲まれ、カスミは部屋をでた。

アツシ

新宿駅に着いた二人はタクシーでタワーホテルに向かった。ホテルに着くなり、タケ

ルが、

「あいつら」

とつぶやいた。ダークスーツの異様な集団がぞろぞろとエレベータに乗りこんでいく姿が見えたからだった。

「〝本社〟のやくざどもだ」

ホウはいった。タケルは焦ったようにふりむいた。

「どうする？」

ホウは無言で、扉を閉じ上昇していくエレベータを見つめた。表示盤に「50」という数字が点《とも》ったところでエレベータは止まった。

「どうやら内輪モメが起きたみたいだな。あいつらが五十階のあの部屋にいくってことは」

タケルがいった。

「それだけじゃすまない。〝本社〟からリベレイターに送りこまれた城戸って奴は、警察がリベレイターを調べていたのを知ってる。カスミが俺らの仲間だってのを見抜いたのかもしれん」

「じゃ、あいつらはカスミをつかまえるためにきたってのか」

タケルはあっけにとられたようにいった。

「カスミひとりのためにあの人数かよ」

「たぶんそれだけじゃない。今夜クチナワを襲ったことといい、〝本社〟はリベレイターとのつながりを一切消すつもりなんだ」

「ちょっと待て、それって――」

目を丸くしたタケルにホウは頷いた。

「お遊びでリベレイターをやっていた、あのミサって女と〝本社〟はちがう」

そのときタケルのポケットで携帯電話が鳴った。とりだし、画面を見たタケルは眉根《まゆね》を寄せた。

「知らない番号だ。誰だ？」

耳にあてた。

「はい」

相手の声に耳を傾け、いった。

「そうだけど、あんた誰だ？」

タケルの口がぽかんと開いた。

「なんで俺の番号がわかったんだ――」

タケルの顔が険しくなった。

「本気でいってんのか、あんた」

タケルはホウを見つめた。

「誰だ」

小声でホウは訊《たず》ねた。それを制するように、タケルは掌《てのひら》を広げた。

「まちがいないんだな。わかった」

電話を耳から離した。

「切りやがった」

「誰だったんだ」

「カスミの親父、といった」

ホウは目をみひらいた。

「何だっていうんだ」

「もうじき〝本社〟の連中とカスミが降りてくる。リベレイターの他の人間は皆殺しにされた。城戸は、〝本社〟とリベレイターの関係について警察がどこまで調べたのかを知るために、カスミだけは殺さなかった。それはもちろん、クチナワやトカゲ、俺やお前の口も封じるのが目的だからだ」

「なんでそんなことがわかるんだ。カスミの親父も〝本社〟とグルなのかよ」

タケルは首をふった。

「俺にわかるわけがない。ただ、俺たちにカスミを助けろといった。あいつらが降りてきたら、ロビーの明りをまっ暗にする。その間にカスミを連れて逃げろ、と」

「無茶苦茶いいやがる。相手が何人いると思ってんだ。十人はいるぞ」

「俺たちが助けなかったらカスミは死ぬ、とさ」

「どういうことだ。カスミの親父がなんで、俺たちやリベレイターがやってることを知ってる」

「そんなことより、カスミを助けられるのは俺たちしかいないって、どうする？」

「どうするもこうするもない。助けるしかないだろう」

「作戦は？」

タケルが訊《き》いた。

「ロビーを停電させるって、カスミの親父はいったんだな」

ホウはロビーを見回した。深夜だが、ホテルのロビーには、まだ何十人という人間がいる。この中にも、カスミの父親の仲間がいるかもしれない。ホウは、歌舞伎町でカスミをつかまえたクリハシのことを思いだした。

ホウはまるで歯が立たなかった。そのクリハシがカスミを殺そうとしたとき、ライフルで狙撃し、カスミを救ったのは父親だ。

そのカスミの父親が、カスミを助けろと自分とタケルに命じている。それはつまり、他には、カスミを助けられる人間がいない、ということだ。

カスミの父親でも、助けられないというのか。

「くそ」

ホウはつぶやいた。クチナワはトカゲについて病院にいった。警察の応援をアテにはできない。第一、今の今、一一〇番したところで、とうてい間に合わないだろう。

「停電でまっ暗になった直後しかチャンスはない。俺が〝本社〟の奴らをひきつける。タケルはカスミを連れて逃げろ」

ホウはいった。

「それが作戦かよ」

「ああ。失敗したら、俺たち全員殺される」

ホウはタケルをふりかえった。

「死ぬ気でやるんだ」

タケルの顔が白っぽかった。タケルは無言で頷いた。

「カスミを助けたら、俺のことは気にせず走るんだ。たぶん滅茶苦茶な騒ぎになる」

ホウはジャケットの下につっこんだSIGに触れた。タケルは目をみひらいた。

「それをここで使うのか」

「向こうももっているさ。使わなかったら、ハチの巣にされる」

「わかった。くそ」

タケルはつぶやいた。

目がエレベータの表示盤を見つめていた。

「50」で止まったまま、エレベータは動かない。

ホウがそこから視線を外したとたん、

「くるぞっ」

タケルがいった。エレベータが動きだしたのだった。

ホウは上着の中に手をさしこんだ。SIGのグリップを握る。汗でぬらついた。あたりを見回し、誰も自分を見ていないのを確かめて、上着の下で安全装置を外した。中央高速のパーキングエリアで二発撃った。残りは五発だ。

エレベータの表示盤の数字が順番に減っていく。「20」を切った。

「俺から離れてろ」

ホウはいった。タケルが動いた。エレベータの扉をはさむように、左右に分かれる。

チャンスは一瞬しかない。照明が落ちた直後だ。

「最初に俺が撃つ。それが合図だ」

ホウはいった。〝本社〟の連中の注意はすべて自分に向けられる。そのスキにカスミをタケルが連れて逃げる。

そのあとどうなるかは考えないことにした。

エレベータが「L」で止まった。ホウは息を止めた。

扉が開く。

男たちの姿が見えた。ダークスーツの奴らが狭い箱の中でひしめきあっている。中央に長い髪を束ねた男がいて、火のついていない葉巻をくわえていた。

カスミはどこだ。姿が見えない。

男たちがエレベータを降り、ようやく見えた。葉巻男の横にいる。

「カスミっ」

ホウは叫んだ。男たちがいっせいに身がまえ、カスミがこっちを見た。顔がまっ青で大きく目をみひらいている。

次の瞬間、ロビーの照明が消えた。

タケルがダッシュする気配があった。まっ暗になり、ロビーにいる者から叫び声があがった。わずかに表の光がさしこんでいる。

ホウはSIGを引き抜いた。

「手前《てめえ》ら動くなっ」

叫んで、天井めがけ、引き金をしぼった。轟音《ごうおん》がして、一瞬あたりが明るくなり、悲鳴があがる。

肉と肉がぶつかりあう音がした。ホウは横に跳んだ。

銃声とともに、男たちの姿が闇の中に浮かんだ。何人かがホウのいた方角に向け、発砲したのだ。

「馬鹿者、撃つなっ」

怒鳴り声がした。十人がいっせいに撃ったら、同士討ちになる。それをホウは狙ったのだ。だが、葉巻男が見越して止めた。

ホウは床に体を伏せていた。あちこちで何かが倒れたり壊れる音と、悲鳴がつづいている。

オレンジと緑のライトが点《とも》った。非常灯だ。

しゃがみこんでいる男たちの姿が見えた。

「この野郎！」

そのうちのひとりが身を起こし、手にした銃をホウに向けた。

が、次の瞬間、崩れ落ちた。何が起こったのかはわからなかったが、ホウは体を起こすと走った。

「待て！　こらっ――あうっ」

怒号の直後、男が悲鳴をあげるのを背中で聞いた。

銃声がたてつづけにあがる。テーブルやソファの下に這《は》いつくばる客たちの姿を尻目《しりめ》にホウはロビーを駆け抜けた。

カスミはいなかった。タケルが連れて逃げた筈《はず》だ。

ロビーの出入口にたどりついた。回転扉の向こうにタケルがいた。カスミの姿も見えた。

よかった。

回転扉をくぐった。

「逃げろっ」

男たちが追ってくる。なのにカスミを抱えたまま、タケルは動こうとしない。

「何してんだっ、逃げろって」

ホウは叫んだ。タケルが目を大きくみひらいたまま首をふった。

そのとき、気づいた。カスミの背中、白いワンピースの背に赤い染みが広がっている。

タケルの腕にすがりついたまま、カスミは身動きをしなかった。

「嘘だろ」

ホウは立ちすくんだ。

タケル

ホウの叫び声がして、あたりが銃火で明るくなった瞬間、タケルは男たちの中につっこんだ。葉巻をくわえた男に思いきり蹴《け》りをくらわせ、カスミの腕をつかんだ。

カスミの体は軽かった。まるで人形のようにやすやすと引き寄せられた。

「逃げるぞ」

小声でいった。

「タケル。きてくれたんだ」

カスミが喘《あえ》ぐのが聞こえた。返事をする暇もなく、その腕をひっぱって走った。銃声が背後で轟《とどろ》いた。

直後に、小さな呻《うめ》き声をたて、カスミの足がもつれた。

馬鹿者、撃つな、という叫び声がした。タケルはカスミの体を抱えこみ、ロビーの回転扉をくぐった。

明りが消えたのはロビーだけで、ホテルの外にでると、ロータリーの照明が足もとを照らした。

カスミの体が急に重くなり、タケルは抱えなおした。

「カスミ」

のぞきこんだとき、カスミの背中に回した右手があたたかく濡《ぬ》れたものに触った。はっとした。指がまっ赤だ。

息が止まった。撃たれている。

「カスミっ」

体を揺すり、顔をのぞきこんだ。カスミは眉根《まゆね》に皺《しわ》を寄せ、目を閉じていた。

「たいへんだ」

背後をふりかえった。いつのまにかロビーが薄明るくなった。非常灯が点ったのだ。

その明りの下を、必死の顔で駆けてくるホウの姿が見えた。

男たちが追いすがってくる。だが先頭のひとりがもんどりをうって仰向《あおむ》けに倒れた。

流れ弾が回転扉のガラスにあたり、穴を開ける。

タケルはぐったりとしたカスミの体を抱え、ロータリーを移動した。

ホウが扉をくぐってとびだしてきた。ロータリーにでると左右を見、タケルに気づいた。

「何してんだっ、逃げろって」

カスミが撃たれた、そういおうとタケルは口を開けた。だが喉《のど》の粘膜がぴったりはりついてしまったようで、声がでてこない。

だから首をふるしかなかった。手が震えていた。手だけではない。足も震えている。

タケルとカスミに向けて一、二歩歩きかけたホウが立ち止まった。カスミの背中はホウに向いている。

「嘘だろ」

ホウがつぶやいた。

「あいつらが撃ちやがった」

ようやく、タケルは声をしぼりだした。

「カスミを撃ちやがった」

「病院に連れていこう！」

ホウが走り寄り、カスミの反対側に立つと顔をのぞきこんだ。

「カスミっ、カスミっ」

今まで見たことのない顔をしている。怒っているのでもない、悲しんでいるのでもない。

タケルは気づいた。ホウは怯《おび》えている。

た。

「お前らあ」

声が響いた。ふりかえった。葉巻男にしたがえられた集団が、回転扉の外に立ってい
「やってくれたなあ」

葉巻男の顔はまっ赤だった。男たちがさっと広がり、三人を囲んだ。

ホウが拳銃《けんじゅう》をかまえた。

「チャカ一挺《いっちょう》で俺ら全員、相手にできんのか。この場で皆殺しだ」

葉巻男は肩をそびやかした。

「あんたをまず撃つ」

ホウが低い声でいった。

「かまわねえ。撃てや」

いった瞬間、葉巻男の胸から血煙があがった。そのまま仰向けにひっくりかえる。

「何しやがるっ」

怒声をあげたかたわらのやくざも、次に崩れ落ちた。

男たちは騒然となった。

「手前かっ」

ホウに銃を向けた男が悲鳴をあげてうずくまった。

ホウは一発も撃っていない。タケルとホウは顔を見合わせた。いったい何が起こって

いるのか。

いきなり強烈な光がその場の全員に浴びせかけられた。

ホテルのロータリーに装甲車が何台も止まっていて、光はそこから放たれていた。逆光の向こうに、戦闘服にヘルメット、抗弾ベストを着けた特殊部隊のような男たちがいて、肩にあてた銃をこちらに向けている。

「全員、その場を動くな。動けば射殺する！」

スピーカーの大音声が降ってきた。

ジーッという機械音が聞こえた。タケルははっとして音のした方角を見やった。

光の中に車椅子が進みでた。

「ぎりぎり間に合ったな」

クチナワだった。ほっとし、すぐにタケルは叫んだ。

「カスミが撃たれたっ」

クチナワはタケルたちを見た。

「救急車！」

腫《は》れた口もとから大声が発せられた。

いっせいにいかつい格好の特殊部隊員たちが走り寄ってくる。呆然《ぼうぜん》として立ちすくんでいる男たちから銃をとりあげ、手錠をかけた。

待機していたのか、救急車がすぐに現われた。ストレッチャーがおろされ、白衣の隊員がカスミをその上に横たえると脈をとった。

「大丈夫だよな」

タケルはいった。声が震えていた。

「脈はありますが、弱い。急いで搬送します」

カスミは救急車に乗せられた。

「俺たちもいこう」

ホウがいって、救急車に向かいかけた。

「お前らは残れ」

クチナワがいった。

「特殊部隊《SAT》まで駆りだしたんだ。それに銃をもっているお前をこのままいかせるわけにはいかん」

「何いってんだ。この銃は――」

いいかけ、ホウは言葉を止めた。クチナワが右手をさしだしている。ホウはくやしげにＳＩＧをその上にのせた。

クチナワはＳＩＧを上着にしまい、回転扉に向けて車椅子を進めた。タケルとホウはあとにつづいた。

「どうしてここがわかったんだ」

タケルは訊《たず》ねた。

「連絡があった」

背中を向けたままクチナワはいった。ロビーには明りが戻り、客たちが隅にひとかたまりになっていた。パトカーの赤い光が反射している。

フロアに二人の男が倒れていた。ひとりは回転扉の少し先、もうひとりはエレベータの前だ。

クチナワは車椅子を止め、うつぶせに倒れている男の顔を片手でもちあげた。顔のまん中に弾丸がめりこみ、潰《つぶ》れて血まみれだ。

「お前がやったのか」

ホウをふりかえった。

「ちがう。俺は誰も撃ってない」

クチナワは答えず、車椅子を進めた。ロビーに入ってきた警察官がその場にいた客を外へと誘導した。

エレベータ前で倒れている男も顔に弾丸をくらっていた。

「いい腕だ」

クチナワはつぶやいた。そして入ってきた警官と私服刑事らしい男たちに命じた。

「五十階のスイートルームを調べろ。他にも死体がある筈《はず》だ」

警官がどかどかとエレベータに乗りこんだ。それを見送り、クチナワが車椅子の向きをかえた。タケルとホウと向きあう。

「こいつらを撃った銃声は聞こえたか」

「いいや。すぐ近くだったが聞こえなかった」

ホウが首をふった。

「頭は人間の急所だといわれているが、実際に人間の生命中枢があるのは脳幹の視床下部だ。これはちょうど眉間《みけん》の裏側にある。小口径の銃弾が額やこめかみに当たっても人は即死しないが、視床下部に命中すれば瞬間で生命活動が停止する。この二人を撃った人間は、消音器で弾丸の威力が下がっているのを計算し、一発で仕留められる位置に撃ちこんだわけだ」

「まっ暗だったんだぜ」

タケルはいった。

「だからいい腕だといったんだ。暗視装置を準備していたのかもしれん」

「あんたにここのことを連絡したのは誰だ」

ホウが訊ねた。

「カスミの親父じゃないのか」

クチナワは無言でホウを見ていたが、やがて、

「そうだ」

と答えた。

「俺にも電話があった。カスミがあいつらに連れられて降りてくる。ロビーを真っ暗に

するから助けろ、といわれた」

タケルはいった。

「この中にいたんだ、藤堂は」

いって、クチナワはぐるりと車椅子を回転させた。その顔に怒りとも悲しみともつかない表情があった。

「奴は私にいった。『もう娘にお前の手伝いをさせられない、返してもらう』と」

「どういうことだよ、それ」

タケルはクチナワを見つめた。

「カスミは、藤堂を愛していると同時に憎んでいる。藤堂を捕えるには、カスミの力が必要だと考えた私は、彼女に取引をもちかけた。彼女が望むものを手に入れたいのなら、私の作る特殊捜査班に参加しろ、と。藤堂はそれを見通していた。奴はいった。『お前から奪ったその脚のかわりに、ずっと娘を預けておくわけにはいかないからな』と」

「カスミの親父は、俺たちに助けろといっておいて、本当は自分で助けるつもりだったんだな」

タケルはいった。

「そうかもしれないが……。いったいカスミが望むものって何なんだ？」

ホウがクチナワに訊《き》ねた。

「それは本人に訊くことだ。ただ、手に入れるためには、君らの協力が不可欠だ」

「なんだ、それ」

　タケルはつぶやいた。

「いずれにしても、藤堂は活動の拠点を再び日本におく気のようだ。そのためにもカスミを必要としている」

「カスミに手伝わせるってのか、犯罪を」

　ホウがいった
「かもしれん。カスミはある種の天才だ。今この瞬間でも、大学の犯罪学の教授になれる」

　ホウは首をふった。

「親父の教育が、カスミをそう仕立てたんだ。あいつはそんなこと、これっぽっちも望んじゃいない」

「たぶん、その通りだ。しかしカスミは自分が天才であることを自覚している。それが彼女の不幸だな」

「カスミを親父には渡さねえ」

　タケルはいった。ホウが驚いたようにふりかえった。

「あいつは、おれたちとチームでいるほうが絶対幸せだ。親父と生きるか、俺たちと生きるか、それしかないのなら、俺たちといるべきだ。そうだよな、ホウ」

　ホウはすぐには答えなかった。

「ちがうってのか」

「あいつがどちらを願うか、だ」

「必ず俺たちを選ぶ。あいつは撃たれる直前、こういったんだ。『タケル。きてくれたんだ』って」

ホウの目を見た。ホウの顔が一瞬、ゆがんだ。目をそらし、宙をにらむ。

「そうか」

それが涙をこらえている仕草だ、とタケルは気づいた。

「病院にいこうぜ。カスミを守るんだ」

タケルはいった。クチナワをふりかえる。

「いいだろ。あいつのそばにいてやりたい」

クチナワは渋い表情で頷《うなず》いた。

「だがいつでも連絡をとれるようにしておけ。今度ばかりは、委員会も含め、どう処分が下るかわからないからな」

「逃げやしねえ。逃げたって、いくとこなんかない」

タケルは答えた。


一時間後、カスミを乗せた救急車が付近のどの救急病院にもついていないことが判明した。該当する救急車が発見されたのは翌日で、車内には隊員もカスミの乗った痕跡《こんせき》も、いっさい残されていなかった。

バー「グリーン」

ここには珍しい客だ。

その男が入ってきたとき、俺は思った。濃紺のスーツに白いシャツ、絵に描いたようなサラリーマンて奴だ。眼鏡はよくある黒縁で、目をそらしたとたんに忘れてしまいそうな、特徴のない地味な顔をしている。目はひとえ、鼻は高からず低からず、二枚目ではもちろんないが、印象に残るほど不細工でもない。

ただひとつだけ妙な点があるとすれば、典型的なサラリーマンは、決してひとり飛びこみでは、俺の店にこない。

恵比寿《えびす》駅に近い、このあたりには、いくらでもサラリーマンが安心して呑《の》める居酒屋やバーがある。団体だろうとひとりだろうと、懐ろの具合と相談して、店を選ぶことができる。

なのに、ろくに看板もだしていない、地下のバーに、ようすをうかがうこともせず、入ってきた。「いいですか」もなければ、「こんばんは」もない。

扉を押し、誰もいない五席しかないカウンターのまん中に、無言で腰をおろした。

男は俺の顔を見ようともせず、ただ正面の棚に目を向けている。

ここで売っている飲み物は、ビールとコーラ、それに二種類のバーボンウイスキーだけだ。

音楽はいつも同じCDだし、リース業者に頼みこまれて入れたソフトダーツの機械も、音がうるさくてコンセントを抜いてしまった。

なのにその男は、二種類のボトルしかない棚をしげしげと見つめていた。

つまりは酒が飲みたくてここにきたわけではなく、帰れといったところで聞かない相手だということだ。

「何を飲むね」

「ソフトドリンクをもらいたい。なければ水でかまわない」

俺はコーラのボトルとグラスを男の前においた。

「水じゃ金はとれない」

「先に払っておく。いくらだ」

男は上着の中に手を入れた。

「奢《おご》りだ。用事がすんだら、すぐ帰ってくれ」

俺がいうと、男は初めて俺を見た。

「用事？」

「俺に用があってきたんだろう」

男はじっと俺を見た。おもしろがっているような表情が、わずかに目もとにある。

「なぜそう思うんだ」

「酒も飲まない奴が、この店に飛びこみじゃこない」

「飛びこみの客は入れないのか」

「入れるさ。だがあんたみたいのはいない」

「俺のどこがいけない？」

男は体の位置をわずかにずらした。いつでも立ちあがれるよう、爪先《つまさき》に体重をかけたのだとわかった。

「いけないとはいってない。あんたは目立つ」

「目立つ？　俺が？　初めていわれた」

本当に意外そうにいったので、俺はおかしくなった。

「だろうな。ここにさえいなけりゃ目立つこともない。何の用だ」

「用なんかない」

「用もないのにここにきたのか」

男は一瞬黙った。そして答えた。

「喉《のど》が渇いた」

俺は頷《うなず》いた。グラスにも注いでいない、手つかずのコーラ壜《びん》を見た。

「なるほどね」

しばらく二人とも黙っていた。やがて男がいった。

「あんたの顔が見たかった。思ったより華奢《きゃしゃ》なんで驚いた。本当に副隊長だったのか」

「何の話だ」

俺は煙草に火をつけた。

「煙草まで吸ってるのか。ますます信じられない話だ」

「昔話は売ってない。顔を見て満足したなら帰れ」

男が顎《あご》を上げ、息を吸いこんだ。不意に肩幅が広がり、身長がのびたように見えた。

「副官を命じられた」

俺は横を向き、煙を吐いた。

「だから？　あの人にいわれたのか。まさかな。前任者に挨拶《あいさつ》しろなんていうタイプじゃない。俺が生きていることすら知らんだろう」

男の目が細まった。怒っている。当然だろう。俺もそうだった。あの人に心酔し、部隊に加わった。正確にいえば、あの人の理想に心酔したのだが。

後悔はしていない。だからといって二度はない。

「俺が会いたくなったんだ。隊長を守れなかった副隊長を見たかった」

俺は首をふった。

「自分なら決して失敗しない、か」

「命にかえても」

驚かなかった。俺もかつてはそう思っていたからだ。あの人の下に集まった人間はすべてそうだった。

「俺があんただったら、警視正は今も車椅子に乗ってない」

男はいった。俺は息を吐いた。煙草を灰皿に押しつける。

「何がしたい？」

俺は男の目を正面から見つめた。男は立ちあがった。眼鏡を外すと上着を脱ぎ、カウンターの上におく。腰に留めていた拳銃《けんじゅう》と手錠を外し、その上にのせた。正面からはわからなかったが、胸の厚みが横幅と同じくらいある。

「何だっていうんだ」

俺は呆《あき》れていった。

「同じことが起こったとき、あんた以下じゃ警視正を守れない」

男はゆっくりと首を回し、肩をほぐした。

俺はカウンターをくぐった。そして薄笑いを浮かべ、男の目をのぞきこんだ。

「昔の男にヤキモチか？」

男の腕が閃《ひらめ》いた。予測していたのであっさりかわせた。つづいて膝《ひざ》が飛んできた。体をひねって腰でブロックした。重い膝蹴《ひざげ》りだ。

次の瞬間、左わきに入りこまれた。驚いた。拳法《けんぽう》か空手の有段者とは思ったが、柔道もかなりの腕だ。背負い投げされるところを危うく外し、肘《ひじ》打ちを男の顎に見舞った。

予期していた筈《はず》なのに、平然と男はそれを受けた。

一瞬後俺たちはぱっと離れ、向かいあっていた。男が顎を動かした。

「軽いな。煙草なんか吸っているから、技のキレが悪くなるんだ」

その言葉が終わらないうちに前蹴りが放たれた。膝打ちをブロックした腰はまだ痺《しび》れている。俺はうしろに飛んだが、カウンターが邪魔になった。アバラが折れるのがわかった。

痛みはあとからくる。今それに酔ったら、終わりだ。

体の悲鳴を無視して動いた。左の拳《こぶし》をフェイントでだし、体を半回転させたあと、右の回し蹴りを後頭部に見舞った。さすがに今度は奴も腕でブロックした。体重の乗った蹴りだけに、よろけた。顔面に正拳を叩《たた》きこんだ。

首をそらし衝撃を逃したが、それでも歯が折れる手応《てごた》えはあった。

奴が笑った。

「現役じゃない割にはやるな。ムエタイか」

気づくと俺は両肘を上げ、右膝を浮かせていた。

「そっちは拳法と柔道か」

スピードではこっち、破壊力では向こうだ。長期戦になれば、受け身を鍛えている奴のほうが有利だ。それが現役の強みだ。

奴の唇から血が滴った。

「店をよごすな」

俺はいった。

奴の体から力が抜けた。すっと、一本の棒のように立った。守りにも攻めにも、即座に入れる、みごとな体《たい》だ。どこにも力が入っておらず、それでいて瞬時に全身を鋼《はがね》にすることができる。

俺はおしぼりを奴に投げた。受けとめると唇をぬぐい、それから腰を落として床をふいた。

俺は首をふり、コーラのグラスに新しい氷を入れ、注いでやった。

「納得したか」

男は答えず、拳銃と手錠を腰に戻し、眼鏡をかけ上着に袖《そで》を通した。ストゥールに腰をおろし、コーラを飲んだ。切れた唇と折れた歯にしみた筈だ。だが表情をかえなかった。

俺は新たな煙草に火をつけた。

「クチナワと、自分のことを呼んでおられる」

俺は首をふった。悪趣味はかわっていない。皮肉屋で冷酷で、とんでもなく頭が切れる。

「そうなったのはあんたのせいだ」

「俺のせいじゃない。爆弾をしかけたのは藤堂の手下だ。処理班がきて、解除作業をおこなっているあいだ、あの人は避難しなかった」

「なぜ連れださなかった？」

「いって聞く人か?」

「殴り倒してでも連れだせばよかったんだ。俺ならそうした」

俺は息を吸いこんだ。

「消耗品だ」

俺がいうと、奴は俺をふりかえった。

「何?」

「すべての警官は消耗品だ。あの人はそういった」

「その通りだ。サラリーマンのような暮らしをしたいのなら、警官になどならないことだ」

俺は声をあげて笑った。

「何がおかしい」

「自分の顔を鏡で見てみろ」

怒るかと思ったが、男はにやりと笑った。

「これが俺の武器だ。昔、顔の骨を折ったとき、手術をした。目をひとえにして、鼻を低くした」

「わざとか」

「それからは仕事がずっとやりやすくなった」

「変態だな。そんなに警官の仕事が好きか」

「あんたは好きじゃなかったのか」

俺はすぐには答えず、冷蔵庫から缶ビールをだし、栓を開けた。

「そっちほどじゃないが好きだった」

「ではなぜ辞めた。副官に見捨てられて、警視正はまた、一から始めなければならなかったのだぞ」

「あの人の理想とする部隊は、警察内部には決して作れない」

「作ったじゃないか」

「発足はした。だが活動はできなかった」

「それは爆弾が――」

俺は首をふった。

「爆弾はなくても活動はできなかった。お前にはわからないだろう。精鋭の刑事ばかりを集め、指揮系統を無視した特殊部隊など、警視庁は認めても警察庁は決して認めないんだ。なぜか。コントロールできない操作部隊は、どんな人間の秘密でも暴いてしまう。役人の秘密も、政治家の秘密も。あの人がそれを盾にとって、部隊の捜査に一切の制限をかけさせなくするのは、見えていた。それを一番怖がったのは、上の連中だ」

「陰謀論か。馬鹿げている。警視正より頭の切れる警察官僚などいない」

俺は天井を見た。こいつは本気であの人に惚《ほ》れている。死ね、といわれたら死ぬだろう。

「じゃ、教えてやる。あの人の両脚をふっとばした爆弾がどこにしかけられていたか、知っているか」

「部隊の本部だと聞いた」

「そうだ。だがそれは桜田門《さくらだもん》じゃない。あの人が秘密に用意させたビルだ。警視庁とは何のつながりもない、ただのオフィスビルだった。どうして藤堂は、そこに爆弾をしかけられたんだ？」

男の顔がこわばった。

「スパイか」

「それも部隊の中じゃない。外にいたスパイだ。警視庁の極秘の捜査部隊の所在地を、当時いったい何人の人間が知っていたと思う。警視庁、警察庁、あわせてもごくひと握りだ」

「だったらスパイが誰か、つきとめられた筈だ」

「つきとめてどうする？　ひとりじゃなかったら。たとえばの話、警察庁のある部署が、藤堂から国外の情報を入手するために、あの人の近況をバーターでリークしていたとしたら？　それを藤堂がどう使うかまでは関知せずに」

「警視正と藤堂とには、いったいどんな関係があるんだ」

「本人に訊《き》けよ」

男の表情は硬く、険しかった。

「いいか。俺たちがしたかったのは、犯罪との戦いだ。だがあの人が特殊部隊を作ったとき、まずしなけりゃならなかったのは、警察という組織との戦いだった。そこには、正体不明の妖怪《ようかい》がいて、犯罪者とも外国の情報機関とももつながっている。右の手がやっていることを、左の手は知らない。それがあたり前なんだ。特殊部隊が活動を始めれば、すべてを暴かれる危険があった。嫌がった人間は、ひとりじゃなかったろうな」

男は目を閉じ、重い息を吐いた。

「わかった」

目を開くと、いった。

「だから今度は、非正規部隊を、警視庁の外部に作った。消耗品としても、まるで惜しくない子供を集めて」

俺がいうと、男は首を回し俺をにらんだ。

「知っていたのか」

「お前のことは、トカゲと呼んでいるだろう」

男は手もとに目を落とした。

「奴らは未熟だ。だが未熟なりに答はだしている」

「いっておくが、俺は一切、手を貸しちゃいない。知恵もつけてはいない」

「信用できん」

「好きにしろ。俺はもう警官じゃない。あいつらもだ」

あの人の狙いは、警察という組織の制限をうけない非正規部隊で、自分をハメた上層部に復讐《ふくしゅう》をすることだ。藤堂を逮捕するのが、何よりその目的を果たす。

あいつらはあの人の道具にされている。だがそれをやめろとは、俺にはいえなかった。

あいつらには他に何もない。怒りと絶望とを、誰かを傷つけることなく解消できるのは、あの人の下での秘密捜査以外なかったからだ。

「いいだろう」

男はいった。

「警視正の邪魔さえしなければ」

俺は黙っていた。もし邪魔をしたと思ったら、この男は本気で俺を殺しにくるだろう。

グラスのコーラを飲み干し、男は立ちあがった。

「いくらだ」

「いったろう。オン・ザ・ハウスだ」

男は小さく頷《うなず》いた。踵《きびす》を返そうとしたとき、俺はいった。

「あの人が現場となった部隊の本部から避難しなかったのは、しかけられた爆弾に遠隔操作装置がつけられていたからだ。監視している藤堂の手下が、本部を脱出するあの人を見たら、爆発させる危険があった。そうなったら、あの人は助かっても、処理班の人間は助からなかった。どのみち、助からなかったが」

あの人は両脚を失い、爆発物処理班の二名は命を失った。

「知っている」

男は短く答えた。

「死んだひとりは、俺の弟だった」

俺は息を吐いた。

「あんた、名前は？」

男は首を回し、俺の目を見た。

「トカゲだ」

そしてでていった。

奴の残したグラスを洗い、折れたアバラに自分でテーピングをした。店の備品がひとつも壊れなかったのは奇跡だった。

「こんちは」

扉が開き、タケルとホウが入ってきた。タケルは何も気づかないようすでストゥールにすわったが、ホウはちがった。

店の入口で立ち止まり、無言で周囲を見回した。

「何だ？」

俺は訊《たず》ねた。

「別に」

ホウは肩をすくめた。

「なんとなく、いつもとちがうような気がした」

「どこもちがわねえよ」

俺がだした缶ビールを手に、タケルが首をふった。

ホウが俺の目を見た。俺は素知らぬふりで、

「何を飲むんだ」

と訊ねた。

「コーラ」

思わず笑った。

「何がおかしいんだ」

「何がおかしい」

タケルとホウが同時に訊ねた。

「何でもない」

俺はいって、コーラのボトルとグラスをカウンターにおいた。

「今日のマスター、確かにちがう」

タケルがいった。

「妙に楽しそうだ。何か、いいことでもあったの?」

俺は首をふった。

「別に何もない」

こいつらにトカゲの話をする気はない。こいつらはこいつらで、あの人とつきあっていけばいい。場合によっては、あの人は、こいつらの口を塞《ふさ》ごうとするかもしれない。

そのときだけは別だ。

本当の意味での消耗品に、こいつらをさせる気はなかった。好きで警官になった、俺やトカゲのような男と、こいつらはちがう。

利用して捨てるだけならいいが、自ら手にかけることは許さない。

いつからか俺はこいつらを守ろうと決めていた。犯罪者との戦いで命を落とすのなら、それはしかたがない。だが、違法な潜入捜査を隠蔽《いんぺい》するために口を塞ごうとするなら話は別だ。

たとえあの人を敵に回すことになっても、俺はこいつらを守る。

死んでもこいつらにはいわないが。

解説　四人組の死闘はいよいよ佳境に

村《むら》上《かみ》貴《たか》史《し》

■三ヶ月連続刊行

大沢在昌の『生贄《いけにえ》のマチ　特殊捜査班カルテット』が文庫で刊行されたのが、二〇一五年九月のこと。そして本書『解放者　特殊捜査班カルテット2』が一〇月で、さらに『十字架の王女　特殊捜査班カルテット3』が一一月に刊行予定である。そう、三ヶ月連続刊行なのだ。

これは実に嬉《うれ》しいことである。なにしろ《カルテット》シリーズは、とにかく読み始めたら次を読みたくてたまらなくなるシリーズであり、それを毎月読めるのだから（毎日でもいいくらいだ）。

このシリーズが最初に世に出たのは、二〇〇四年のことだった。『野性時代』での連載が始まったのである。第一話『カルテット』が〇四年一二月号から翌年四月号にかけて連載され、第二話『イケニエのマチ』が〇六年一二月号から〇八年四月号にかけて連載された。その後も第三話『指揮官』（〇八年七月号～翌年七月号）、第四話『Liberator』（〇九年九月号～一〇年一〇月号）と、ほぼ二年に一作のペースで四作品もの連載が続いたのだが、なかなか単行本化はされなかった。

その状況が変化したのは、二〇一〇年の暮れのことだった。第一話と第二話が、単行本として同時刊行されたのである。『カルテット1　渋谷デッドエンド』『カルテット2　イケニエのマチ』というタイトルで刊行された第一話&第二話に続き、翌月には『カルテット3　指揮官』が、そしてその翌月には『カルテット4　解放者（リベレイター）』が刊行されたのだ。そう、単行本化の際も三ヶ月連続刊行だったのである。

だが、ちょっと妙だな、と感じられた方もいるだろう。単行本化の際には三ヶ月連続で四冊刊行だったのに、文庫化の際は三ヶ月で三冊だ。一冊減ったのか？

確かに数だけみれば一冊減っている。だが、中身は増しているのだ。文庫の一巻目は単行本の一巻二巻を、そして文庫の二巻目（本書）は、単行本の三巻四巻を収録しているのである。一冊で倍の愉《たの》しみを味わえるのだ。

とここまで説明して、また妙だな、と感じられた方もいるだろう。じゃあ、文庫の三巻目っていったいなんなんだ、と。

答えはシンプル。新作である。『小説 野性時代』の一三年一二月号から一五年九月号にかけて連載された『カルテット5　相続人』が、『十字架の王女　特殊捜査班カルテット3』として文庫化されるのである。

つまりは、単行本化の際の三ヶ月連続刊行より、さらに強力になった三ヶ月連続刊行が行われるのだ。是非ともその三ヶ月をたっぷり愉しんでいただきたいと思う。

■三人の若者と一人の四十代

かつて事件の捜査中に両足を失う大けがを負いつつも、車椅子に乗って独自の手法で悪との闘いを続けている警視正クチナワ。四十代の彼と想いは異にするものの協力関係が築けるとして共闘を始めた十七歳の少女カスミ、彼等の闘いに巻き込まれるようにして行動を共にするようになったカスミと同世代のタケルとホウ。それぞれに一般の人々とは全く異なる重い過去を抱えたこの四人が〝カルテット〟だ。

平和島の『ムーン』という大箱のクラブで起きた事件――中国残留孤児の血をひくDJがステージから転落死し、VIPルームでは関西を拠点とする日本最大の暴力団の若手の有力者が消された――でタケルとホウはカスミやクチナワと知り合い、さらに四人で日本版九龍城《クーロン》ともいわれる川崎のミドリ町での幼女連続殺人事件の解明に挑む……。文庫版の第一巻『生贄のマチ　特殊捜査班カルテット』では、こうした事件を経て、カスミとタケルとホウという同世代の三人がチームとして機能するようになり、一体感が生まれてくるまでを描いている。

そんな彼等が、お互いの絆《きずな》を深めるべくカスミの旧知の人物が運営する薬物依存症患者の更生施設を訪れた際に新たな事件が起きた。彼等がその施設に泊まった夜に何者かが侵入し、カスミの知人を含む十四人を殺し、施設を爆破したのだ。犯人は誰で、その目的は一体なんだったのか。カスミとタケルとホウがクチナワと連携して調査を進めると、それが対岸の事件ではなく、カルテットに深く関わるものであることが判ってきた……。

そう、この『解放者　特殊捜査班カルテット2』において、《カルテット》は、一つの大きなストーリーとしてのうねりをくっきりと示し始めるのである。『ムーン』の出来事をきっかけにチームとして行動し始めたカルテットだが、『ムーン』の前に起きていた出来事、つまりそれぞれが個別の日々を送っていた頃の出来事のいくつかも、例えば施設の爆破事件などの現在起きている事件と連なっていることが判ってくるのだ。

そうした深みのある内容が、実にスピーディーに語られている点も特筆に値する。カスミもタケルもホウも、情報を集め、深く考えるだけでなく、とにかく行動するのだ。クチナワの言葉に唯々諾々と従うのでもなく、カスミの知恵に頼るだけでなく、タケルもホウも自分で考えて、自分の価値判断に基づいて動く。さらに彼等のみならず、敵側の連中も動く。しかも敵方といっても単一の存在ではなく、複数の組織がそれぞれの意志を持って動いているのだ。いくつもの想いと想いがぶつかり合い、火花を散らし、ときには血を流しながら、物語はハイスピードで疾走していくのだ。ページをめくる手を止められるはずがない。

そうした展開のなかで、カスミとタケルとホウの関係も変化していく。衝突や反発、あるいは信頼など、様々な様相を呈するのだ。特にこの『解放者　特殊捜査班カルテット2』の後半では、そうした変化が読みどころとなっている。また、そうした変化があるが故に、チームが鍛えられていく物語としても味わい深い。

こうした各自の価値判断やその関係の変化を語るにあたり、この《カルテット》シリーズの記述方法が極めて有効である点にも注目しておきたい。このシリーズでは、章タイトルや番号などは用いず、その代わりに、語り手の名が記される。そしてその人物の視点から各シーンが語られていくのだ。大きなストーリーを多視点で語るが故に奥行きも深みもきちんと表現できており、しかも、それだけ視点を切り替えながらも読者を混乱させることはない。さすがの技量である。

さて、本書の終盤には二つのタイプの異なるクライマックスが用意されている。まずはカスミを中心とした山場であり、これは高層ホテルのスイートルームで繰りひろげられる。肉弾戦ではなく、言葉のやりとりが中心なのだが、力関係が変化したり時間の面でのプレッシャーもあったりで、とにかく抜群の緊張感なのだ。そしてそれに続いてもう一つの山場が来る。こちらはドンパチだ。そして衝撃的な出来事の余韻のなかで、本書は幕を閉じる。それも、続きを今すぐにでも読みたくなるかたちで……。

なお、本書には、『小説 野性時代』一二年三月号に掲載された「バー「グリーン」」という短篇も収録されている。タケルとホウの接点の一つとなったバーでの出来事を、主にマスターの視点から描いた十五頁の小品だが、シリーズ読者ならにやりとすること必至。素敵なボーナストラックである。

■一ヶ月の辛抱

大沢在昌の代表作の一つ『新宿鮫《しんじゅくざめ》』（九〇年）で主役を務めた新宿警察署の鮫島は、初登場時三十六歳だった。その印象から大沢の小説を大人たちが活躍する物語だと認識している読者の方も多いのではないかと思うが、デビュー作となった七九年の「感傷の街角」の私立探偵・佐久間公は「僕」という一人称の青年だったし、八六年にスタートさせた《アルバイト探偵《アイ》》シリーズでは、高校生の冴木隆が主役である（二年生で初登場し、後に卒業に失敗して四年目の高校生活を送ることになる）。本書のカスミやタケルやホウほど重い過去を背負っているわけではないが、高校生の若者がシリーズを通して成長していく姿を愉しめる点は本書と共通している。痛快さもスリルも備えたシリーズなので、こちらもお試しあれ。

つい最近、一五年六月に刊行された『極悪専用』の主人公もまた若い。大物を祖父に持つ彼は、それをいいことに好き放題に遊びまくっていたが、とうとう祖父の逆鱗《げきりん》に触れ、殺人も全く厭《いと》わない極悪人ばかりを集めたマンションで管理人の助手を務める羽目になる。数ヶ月以内に命を落とすものが多かったという助手の役割をなんとかこなしていく彼を主人公として、コミカルな要素と命のやりとりを多く備えた好短篇集だが、こちらはこちらなりにやはり成長の物語として——あるいは成長の前提となる生存の物語として——愉しめる。《カルテット》シリーズとはまるで趣が異なるが、やはり素敵な一冊だ。

そして、それらを読んでいるうちに、いよいよ本書の続きである『十字架の王女　特殊捜査班カルテット3』が刊行される。

この作品は、シリーズのなかで最もボリュームがあり、締めくくりに相応《ふさわ》しい長篇である。第一話の冒頭の出来事に言及し、さらにそのシーンの裏側も語るなど、シリーズ全体を総括しているのだ。しかも死闘もてんこ盛りだし意外な事実も次々と顔を出す。本書の読者にあえてここで念押しする必要も皆無なのだが、そう、シリーズ読者必読の一冊に仕上がっているのである。

この『解放者　特殊捜査班カルテット2』を発売初日に手にとって下さった方、つらいとは思いますがもう一月だけ待って下さい。必ずや至福の時は訪れますので。

本書は小社より二〇一一年一月に刊行された『カルテット3　指揮官』と二〇一一年二月に刊行された『カルテット4　解放者（リベレイター）』を文庫化したものです。

解放者《かいほうしゃ》

特殊捜査班《とくしゆそうさはん》カルテット2

大沢在昌《おおさわありまさ》

平成27年 10月25日　初版発行

発行者●郡司 聡

発行●株式会社KADOKAWA
〒102-8177　東京都千代田区富士見2-13-3
電話 03-3238-8521（カスタマーサポート）
http://www.kadokawa.co.jp/

角川文庫 19399

印刷所●株式会社暁印刷　製本所●株式会社ビルディング・ブックセンター

表紙画●和田三造

ISBN978-4-04-102041-8　C0193